DER FOTOKURS FÜR *junge Fotografen*

EIN BUCH ZUM LESEN, LERNEN, AUSPROBIEREN

Vierfarben

Wir hoffen, dass Sie Freude an diesem Buch haben und sich Ihre Erwartungen erfüllen. Ihre Anregungen und Kommentare sind uns jederzeit willkommen. Bitte bewerten Sie doch das Buch auf unserer Website unter **www.rheinwerk-verlag.de/feedback**.

An diesem Buch haben viele mitgewirkt, insbesondere:

Lektorat Frank Paschen
Korrektorat Annette Lennartz, Bonn
Herstellung Kamelia Brendel
Typografie und Layout Vera Brauner
Einbandgestaltung Mai Loan Nguyen Duy
Coverbilder iStock: 815008308 © eclipse_images, 497342079 © knape; Unsplash: daria-tumanova-DzOmeyisQfk, element5-digital-zrICpZVQZYA, filip-mroz-sI2W0lXa2Gc, jamie-street-UtrE5DcgEyg, jason-leung-Xaanw0s0pMk, lidya-nada-tXz6g8JYYoI, markus-spiske-uVrpmz1ATVg, zane-lee-FcbUKIuoGE0; Nicolle Buttler
Satz Christine Netzker
Druck Firmengruppe Appl, Wemding

Dieses Buch wurde gesetzt aus der Calibri (11,5 pt/15,8 pt) in Adobe InDesign.
Gedruckt wurde es auf mattgestrichenem Bilderdruckpapier (135 g/m²).
Hergestellt in Deutschland.

Bibliografische Information der Deutschen Nationalbibliothek:
Die Deutsche Nationalbibliothek verzeichnet diese Publikation in der Deutschen Nationalbibliografie; detaillierte bibliografische Daten sind im Internet über *http://dnb.d-nb.de* abrufbar.

978-3-8421-0658-1

1. Auflage 2020

Vierfarben ist eine Marke des Rheinwerk Verlags. Der Name Vierfarben spielt an auf den Vierfarbdruck, eine Technik zur Erstellung farbiger Bücher. Der Name steht für die Kunst, die Dinge einfach zu machen, um aus dem Einfachen das Ganze lebendig zur Anschauung zu bringen.

Informationen zu unserem Verlag und Kontaktmöglichkeiten finden Sie auf unserer Verlagswebsite **www.rheinwerk-verlag.de**. Dort können Sie sich auch umfassend über unser aktuelles Programm informieren und unsere Bücher und E-Books bestellen.

Hallo!

Mein Name ist Frank, ich arbeite beim Rheinwerk Verlag, und ich habe Nicolle geholfen, dieses Buch zu machen.

Meine erste Kamera hat mir mein Opa geschenkt. Es war eine Spiegelreflexkamera, in die ich Filme einlegen musste. Die habe ich direkt in einen Urlaub nach Österreich mitgenommen. Nach spätestens 36 Bildern war ein Film voll und ob meine Ideen wirklich toll und die Aufnahmen gelungen waren, wusste ich erst nach Wochen. Nicht jedes Bild war dann »nice«, aber das Fotografieren hat Spaß gemacht.

Heutzutage ist die erste Kamera oft das Smartphone und du kannst direkt sehen, wie dein Bild wird. Aber auch heute ist nicht jedes Bild toll. Dieses Buch erklärt dir, wie du bessere Fotos machen kannst. Und besser heißt: deine Ideen zu Fotos zu machen, die dir gefallen und die du gerne zeigen magst!

Fotografie kann für dich alles sein, was du willst: Tagebuch, Quatschfabrik, Lernhilfe, Gefühlsmaschine ... Fang einfach an und hab Spaß dabei!

Dein Frank Paschen
Lektorat Rheinwerk Fotografie

frank.paschen@rheinwerk-verlag.de
www.rheinwerk-verlag.de
Rheinwerk Verlag • Rheinwerkallee 4 • 53227 Bonn

Merke dir

Download-Bereich

Auf der Webseite zum Buch gibt es Bastelanleitungen, Aufgaben und Lösungen sowie weitere Anregungen. Schau doch einfach mal rein: *www.rheinwerk-verlag.de/4868*, im Kasten mit dem Reiter »Materialien«.

Inhalt

Einführung

Kapitel 1

Warum fotografieren wir so gerne?

Kapitel 2

Eine kleine Geschichte der Fotografie

Kapitel 3

Das Licht für ein Foto einfangen

Kapitel 4
Was kann (d)eine Kamera?

Kapitel 5

Der Sensor, das Herz deiner Kamera

Kapitel 6

Die Welt ist farbig – warum?

Kapitel 7

Es kommt auf deinen Blick an

Einführung

Alles fängt mit Neugier an

Hallo, willst du wissen, wie du richtig schöne Bilder machst? Willst du dich mit Fotos kreativ ausdrücken? Super, da geht es dir wie mir. Ich kann dir zeigen wie. Ich heiße Nicolle und habe schon als Kind viel gemalt. Und wenn ich nicht in Fantasiewelten unterwegs war, habe ich sehr gerne Fotos als Vorlage genommen. So kam ich zur Fotografie, denn ich wollte auch wissen, wie man die Fotos selbst machen kann. Mein Vater war Ingenieur, so wie ich es heute bin, und hat sich auch zu Hause mit vielen technischen Spielereien beschäftigt. Dabei hat er mich immer mal mitmachen lassen und meine Neugier geweckt, wie Dinge funktionieren. So war es auch mit Kameras. Damals gab es noch keine digitale Technik wie heute, sodass das Fotografieren bereits mit dem Einlegen eines Films spannend anfing: Kamera öffnen, Filmrolle einlegen, den Film etwas rausziehen und in die Spule fummeln, Gehäuse zumachen und Film ein Stück weit aufrollen. Klingt vorsintflutlich, oder? Auch ein Buch für junge Fotografen gab es noch nicht, sodass ich meine Eltern und Großeltern ausgefragt habe und mir vieles habe zeigen lassen. Das empfehle ich auch dir. Löcher deine Eltern, Großeltern und Freunde! Oder du schlägst hier im Buch nach und holst dir erste Ideen.

→ **Eine analoge Exa 1b, die mit Film »gefüttert« werden musste. Die Kamera wurde ab 1977 gebaut, vor mehr als 40 Jahren! Moderne Kameras sehen nicht so anders aus, aber sie funktionieren ganz anders.**

↑→ Hier siehst du, was mich so fasziniert hat. Man muss bei dieser Kamera oben hineinschauen, um das Motiv vor der Kamera zu sehen. Und das Bild im Sucher ist seitenverkehrt – achte mal auf die grüne Eule. Das ist das Besondere an einer *Spiegelreflexkamera*, bei der das Bild über Spiegel umgelenkt wird und damit zeigt, was später auf dem Film oder der Speicherkarte festgehalten wird.

Ich wollte damals zum Beispiel unbedingt wissen, warum meine Eltern bei ihrer Kamera von oben hineinschauten, um das Motiv vor ihnen zu sehen. Das kam mir komisch vor.

Mit etwa 14 durfte ich dann auch mal mit der Kamera meiner Eltern fotografieren. So wie heute (wir Fotografen sind da etwas extrem) blieb es nicht bei *einer* Kamera. Zwischenzeitlich hatte ich dann eine kleine Kompaktkamera, die mich aber nicht lange begeisterte, weil alles nur automatisch ging. Ich wollte die Kamera lieber manuell einstellen, weil ich so kreativer sein konnte, eben weil ich so selbst entscheiden konnte, wie die Fotos aussehen. Die Kamera stellt sonst alles nach Standardvorgaben ein, das sieht oft sehr langweilig aus oder eben nicht so, wie man es gerne hätte.

Schon sehr bald wurde ich unsere »Familienfotografin« und kaufte mir mit 16 Jahren meine erste eigene Kamera, die Minolta Dynax 500si. Dafür habe ich viele Stunden lang gejobbt und Geld verdient. Diese und die Exakta 1b waren dann lange Jahre meine Begleiter, und ich habe viel mit ihnen fotografiert – alles noch auf Film, von denen ich einige auch selbst entwickelt habe. Da jede Filmentwicklung viel Geld kostete, musste ich mir vorher genau überlegen, was ich fotografieren wollte. Vor jeder Reise habe ich die Zahl der benötigten Filme geschätzt und gehofft, dass kein Film verloren geht und dass die Belichtungseinstellungen stimmten. Gerne denke ich an fünf Monate in Peru zurück, in denen ich viel gereist bin und 50 (!) Filme mit dabeihatte. Jede Filmentwicklung hat meine Geduld auf die Probe gestellt und diese besonders. Wann kommt man schon mal ans andere Ende der Welt?

Im Jahr 2005 habe ich mir dann meine erste Digitalkamera gekauft, eine Konica Minolta A200. Zu der Zeit studierte ich noch, lebte in Irland und hatte wenig Geld für mein Hobby. Digital war dann alles einfacher, da die Bilder auf dem Computer gespeichert wurden und die Speicherkarte nicht wie ein Film nach 36 Fotos voll war. Ich konnte ganz viel ausprobieren; falls es nichts war, habe ich das Bild einfach wieder gelöscht. Und endlich konnte ich meiner Familie gleich Fotos schicken, denn gesehen haben wir uns selten wegen der Entfernung. So ganz ging mein Plan mit dem Geldsparen dann doch nicht auf. Ich brauchte nun zusätzliche Speicherkarten, einen besseren Computer und neue Bearbeitungsprogramme.

↑ Meine Glasvitrine mit vielen alten Kameras – Geschenke meiner Familie sowie von Freunden und Bekannten.

Meine alten Kameras, wie die Exa 1b, habe ich bei mir zu Hause in einer Glasvitrine ausgestellt. Es sind über die Jahre noch einige dazugekommen, die mir Familienmitglieder und Freunde geschenkt haben, wie auch die Kamera meines Opas, die ich ebenfalls viele Jahre lang genutzt habe. Er ist nun über 90 Jahre alt, und wir haben oft und lange über Fotos gesprochen. Dank ihm kann ich dir später im Buch Fotos zeigen, die vor über 100 Jahren (!) in unserer Familie entstanden sind.

Heute habe ich einen Sohn, der sich auch für Fotografie interessiert und viel über die alten

Kameras, Filmrollen, Blitzbirnen und mehr in der Glasvitrine wissen möchte. Er hat mittlerweile bei mehreren Fotokursen mitgemacht, die ich an der Grundschule gebe, kennt sich mit Begriffen wie *Blende* und *Belichtungszeit* aus und macht Fotos mit einer Kompaktkamera und dem Smartphone. Wie ist es mit dir? Ich möchte dir mit diesem Buch zeigen, wie viel Spaß Fotografieren macht, und dir helfen, bessere Fotos zu machen, die, die du im Kopf siehst, nicht die, die deine Kamera vollautomatisch »ausspuckt«.

Das Tolle an Fotos ist, dass man über eine lange Zeit Erinnerungen teilen kann. So kann ich meinem Sohn heute zeigen, dass auch meine Schultüte fast größer war als ich. Für mich sind das Familienschätze! Und wenn du fotografierst, kann du deine eigene »Schatztruhe« füllen.

Meine Schultüte, 1985

Die Schultüte meines Sohnes, 2016

Kapitel 1

Warum fotografieren wir so gerne?

1.1 Fotografie ist Spaß und Kunst und noch mehr

Warum wir so gerne fotografieren, ist gar nicht einfach zu beantworten. Für jeden hat die Fotografie eine andere Bedeutung: Der eine möchte Erlebnisse oder Gefühle möglichst gut für sich im Bild festhalten. Die andere möchte die Fotografie zur Dokumentation nutzen, ohne einen besonderen künstlerischen Anspruch. Und wieder jemand anders möchte sich mit Bildern mitteilen und in sozialen Netzwerken zeigen, was er oder sie erlebt. Es gibt aber auch die, für die Fotografie eine Kunst ist. Dann wird das Bild nicht mal eben schnell »geknipst«, sondern mit einigen Überlegungen kreativ gestaltet.

Das Schöne an diesem Hobby ist, dass du sofort ein Ergebnis hast und dann auch schnell Erfolge sehen kannst, je häufiger du fotografierst. Ein digitales Bild kostet dich praktisch nichts, du kannst daher ausprobieren, bis es passt. Häng dich nicht zu sehr an der Technik auf, sondern konzentriere dich erst einmal auf das Motiv und trainiere deinen Blick. Alltägliche Dinge, an denen du jeden Tag vorbeigehst, werden auf einmal zum Motiv, zum Beispiel das Bild einer Hauswand, die du hier links siehst. Das Foto macht mir immer wieder gute Laune.

↑ Schnappschuss einer Hauswand

→ Was denkst du, fotografiert der Fotograf? Und warum?

Je bewusster du fotografierst, desto besser wird dein Blick für Motive. Wenn du fotografierst, nimmst du deine Welt intensiver wahr, denn du schenkst dem Geschehen um dich herum deine volle Aufmerksamkeit und trainierst deine Beobachtungsgabe. Das ist ein bisschen wie Training beim Sport. Und so wie du dich beim Sport auspowern und auf andere Gedanken kommen kannst, so kann auch das Fotografieren ein Ausgleich für den Alltag sein. Auch wenn du dich beim Fotografieren konzentrierst und vielleicht auch mal körperliche Anstrengung verspürst, vergisst du die Aufgaben des Alltags und tust etwas, das dich glücklich und zufrieden macht. Du entwickelst deinen eigenen Stil, bei dem es kein »richtig« oder »falsch« gibt, und kannst die Ergebnisse ohne lange Wartezeit am Kameradisplay oder zu Hause am Computer ansehen.

↑ Kreativ sein mit Freunden – Fotografieren kannst du auch in der Gemeinschaft.

Fotografieren kann auch ein schöner Zeitvertreib mit Freunden sein, wenn ihr gemeinsam nach Motiven sucht, Bilder voneinander macht oder mit den entstandenen Fotos kreativ seid. Mit Fotos kannst du bei anderen auch Erinnerungen wecken und ihnen eine Freude machen.

Fotos können auch bequeme Malvorlagen sein, da du nicht gleich vor Ort zeichnen musst. Fotografie und Malerei können sich ergänzen.

Du wirst merken, dass dir mit etwas Übung immer mehr Dinge und Details auffallen, vielleicht die blauen Ohrringe deiner Freundin, der schöne Vogel im Garten oder bunte Mülleimer in der Stadt. Allein dafür lohnt es sich, die Fotografie für sich zu entdecken.

↓ Das herbstliche Baumbild habe ich anhand des Fotos gemalt.

1.2 Fotografie ist überall

Fotografieren ist aus unserem Alltag nicht mehr wegzudenken, sei es das Selfie für dein Profilbild im *Messenger-Dienst*, das Bild vom leckeren Essen, das Strandbild aus dem Urlaub, das du deinen Freunden zeigen möchtest, oder ein Schnappschuss von deinem Haustier.

↑ So einen leckeren Pfannkuchen muss man den Freunden doch schicken! Aber nur als Bild, der Pfannkuchen ist ja schon gegessen.

↑ Ein Igel im eigenen Garten! Sehen heißt glauben, da machst du natürlich ein Bild – ob mit dem Smartphone oder einer richtigen Kamera.

Achte mal darauf, wo dir in deinem Alltag überall Fotos begegnen. Vielleicht könnte dein Tag so aussehen? Bevor du das Haus verlässt, schaust du noch kurz auf dein Smartphone – was für ein schönes **Hintergrundbild** vom letzten Urlaub! Muss ich wirklich in die Schule? An der Bushaltestelle hängen Plakate mit **Werbung**. »Die Menschen sehen in Wirklichkeit bestimmt ganz anders aus«, denkst du dir. Es dauert, bis der Bus losfährt. Ein Motorrad überholt den Bus nervös und wird von der Polizei geblitzt (**Beweismittel**), teures Schwarzweißbild! Der Fahrer flucht und diskutiert mit der Polizei. Schnell machst du heimlich ein Foto, um es später erzählen zu können (erlaubt ist das allerdings nicht). In der Schule begegnen dir Bilder im Unterricht (in **Büchern** oder als **Projektion**), auch wenn das vielleicht nicht immer motivierend ist, aber vielleicht schaffen es deine Freunde am Nachmittag, dir den Unterrichtsstoff zu erklären. Schnell ein *Selfie* auf dem Heimweg gemacht und die Freunde gefragt, wer am Nachmittag Zeit hat (**soziale Netzwerke und Messenger-Dienste**).

Allen anderen schickst du später frech ein Foto vom Eisbecher, den du dir gegönnt hast. Auf dem Heimweg kaufst du noch ein paar Dinge ein, die dir deine Eltern auf eine Tafel in der Küche geschrieben haben (**Erinnerungshilfe**, **Einkaufszettel**). Gut, dass du sie noch am Morgen fotografiert hast! Wieder zu Hause angekommen, zeigt dir deine Mutter einen Artikel mit einem interessanten Bild in der **Zeitung**, damit du auf dem Laufenden bleibst. Der Postbote bringt ein Paket mit einer Fotoleinwand (**Dekoration**), die als Erinnerung an euren Urlaub im Wohnzimmer hängen wird. Für die Großeltern gibt es Abzüge und Fototassen (**Geschenke**), damit sie sehen können, wie gut es euch ging (**Dokumentation**). Nur die Wasserschuhe und auch die Wanderschuhe sind dir zu klein geworden, sodass deine Eltern sie mit einem Foto im Internet verkaufen wollen (**Produktfotos**).

Das sind nur wenige Beispiele, bei denen die Fotografie nicht mehr wegzudenken ist. Wie oft sind dir an deinem heutigen Tag schon Fotos begegnet?

← Manche Bilder gehören groß an die Wand. Mach was mit deinen Fotos!

In den vergangenen Jahren und Jahrzehnten hat sich vieles in der Fotografie verändert, aber eines ist jedoch seit Beginn gleich geblieben – das Warum! Warum fotografieren wir? Fotos werden zum Beispiel eingesetzt, um Gefühle auszulösen und zu zeigen. Wir halten schöne Erinnerungen wie Urlaubseindrücke in Fotos fest, weil sie uns noch lange danach glücklich machen und wir sie festhalten wollen, falls sie in Vergessenheit geraten.

Es gibt aber auch Gefühle, die vor allem Fotos in Tageszeitungen und Zeitschriften auslösen, um die Fakten zu verstärken und besser einprägen zu lassen. Oft wird hier leider eher über kritische Themen berichtet, statt über Dinge, die positiv sind.

In der folgenden Tabelle findest du ein paar Gefühle, die durch Fotos ausgelöst oder gezeigt werden können.

Emotion	Foto
Glück	Urlaub; Freunde; schöne Momente
Liebe	Kinderfotos; Familienfotos; Fotos vom Haus- oder Kuscheltier
Angst	Gewitterfotos; Tornadofotos
Entsetzen	Bilder von einem Unfall; hungrige Menschen; Müllberge; Naturkatastrophen
Traurigkeit	ein weinendes Kind; ein krankes Tier
Neugier	ein Erdmännchen; eine Person, die hinter einem Baum heimlich etwas beobachtet; Nahaufnahmen in der Natur
Zorn	eine wütende Person
Langeweile	in den Himmel schauende Person, sitzend auf einem Stuhl
Zufriedenheit	ein gelungenes Foto einer Blume oder eines Eisbechers; sportliche Erfolge
Erstaunen	Bild von einem Hochhaus oder einem Sportler, der einen Salto in der Luft macht (also einer Situation, bei der deine innere Stimme »Wow« sagt)

↑ Gefühle und passende Bildbeispiele

1.3 Es geht auch ohne teure Kamera

Du wirst in diesem Buch lernen, dass die Technik eine bedeutende Rolle beim Fotografieren spielt. Dennoch ist sie nur zweitrangig, denn das Wichtigste für gute Fotos bist du! Entwickelst du einen guten Blick für das Motiv, kannst du Freunde auch mit Smartphone-Fotos begeistern und verblüffen. Red dir gar nicht erst ein: »Das ist ja nur ein Smartphone-Foto.« Sag dir lieber: »Das bekomme ich auch mit ein paar Tricks am Smartphone hin.« Wichtig ist, dass du die Motive findest, so wie den Briefkasten hier rechts.

↑ Von Kindern gestalteter Briefkasten

Ähnlich ist es auch mit einer »richtigen« Kamera. Klar ist es komfortabel, wenn deine Kamera ganz viele Einstellungsmöglichkeiten bietet, aber viel wichtiger sind deine Ideen. Und vielleicht vertiefst du dich mit einer großen, teuren Kamera auch so sehr in die Technik, dass dir das eine oder andere Motiv entgeht. Wenn du mit einer kleinen, eher einfachen Kamera beginnst, konzentrierst du dich auf deinen Blick, nicht auf die Kamera. Und das ist wichtiger, auch wenn du irgendwann mal eine größere oder »bessere« Kamera bekommst.

←↑ Nimm die Kamera, die du hast, und leg einfach los!

Kapitel 2

Eine kleine Geschichte der Fotografie

2.1 Aus einem Kasten wird eine Kamera

Was denkst du, brauchst du, um ein Foto aufzunehmen? Leg das Buch mal für ein paar Minuten zur Seite und denk darüber nach ...

Na, welche Ideen gingen dir durch den Kopf? Ich finde, es sind gar nicht so viele Dinge, die wichtig sind:

- ein dunkler *Kasten*, in den Licht fällt
- *Licht*
- ein *Material*, das sich mit Licht verändert und so das Bild bewahrt
- vielleicht eine *Linse*, die das Licht umlenkt und das Bild schärfer macht
- ein *Verschluss*, der bestimmt, wie lange Licht in den dunklen Kasten fällt

Wissen

Was ist eine Linse?

Eine Linse besteht aus einem durchsichtigen Material, in der Regel Glas oder Kunststoff, das an einer oder an beiden Seiten gekrümmt ist, wie bei einer Lupe, damit das Licht umgelenkt wird. Durch sie kann mehr Licht in deine Kamera gelangen, und Dinge können vergrößert oder verkleinert werden.

Viele Dinge sind das nicht, und so kompliziert ist es auch nicht zu bauen. Und trotzdem musste die Fotografie erst einmal erfunden werden. Es hat viele Jahre gedauert, bis man ein Bild dauerhaft festhalten konnte, um es anderen zeigen zu können. Für die Wissenschaft waren das alles bahnbrechende Erfindungen und Entdeckungen. Viele Dinge und Prozesse, die heute bekannt und selbstverständlich sind, kannte man vor über 100 Jahren noch nicht. Es war die Neugier der Menschen, zufällige Beobachtungen zu hinterfragen, mit Chemikalien zu experimentieren (was oft nicht ungefährlich war) und daraus zu lernen. Manchmal waren es auch persönliche Ereignisse, wie die Träume der eigenen Kinder, die die Wissenschaftler zum Experimentieren angeregt haben.

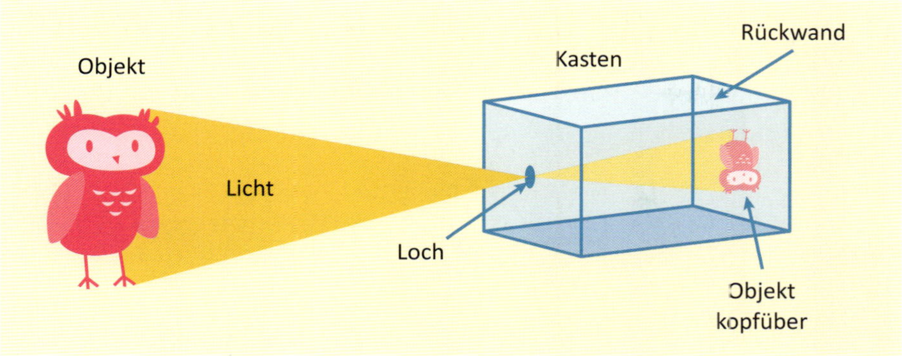

Das Prinzip der Lochkamera

Vor rund 180 Jahren wurde die Fotografie offiziell erfunden. Es war aber bereits vor über 2300 Jahren bekannt, dass in einem dunklen Kasten mit einem Loch Gegenstände abgebildet werden, die sich draußen vor dem Loch befinden, und zwar kopfüber. So eine Kamera nennt man *Lochkamera* oder lateinisch auch *camera obscura*. Im Bild oben siehst du, wie die Lochkamera grundsätzlich funktioniert, und das ist noch immer die Basis auch aktueller Kameras.

Wissen

Warum steht das Bild auf dem Kopf?

Das Bild steht auf dem Kopf, weil sich die Lichtstrahlen im Loch oder in der Linse der Lochkamera kreuzen und seitenverkehrt auf der Rückwand abgebildet werden.

Im 13. Jahrhundert konnten Wissenschaftler den Weg des Lichts durch Linsen erklären und fanden heraus, dass die Konturen viel genauer erscheinen, wenn das Licht durch eine Linse scheint. Mönche nutzten damals Glassteine zum Vergrößern von Text. Als es dann technisch möglich war, Glaslinsen zu schleifen, wurden diese dann auch für Brillen genutzt. Das Wort »Brille« stammt übrigens vom Mineral Beryll, das damals als Material für die Linsen genutzt wurde.

Schau mal beim Bild auf der nächsten Seite ganz genau hin: Die Wassertropfen verhalten sich genauso wie Glassteine. Das Bild wird in dem Tropfen verzerrt und auf dem Kopf dargestellt. Am Rand siehst du das besonders stark.

Auch Künstler haben mit diesen Glaslinsen experimentiert und die Abbildung des Motivs in einer Lochkamera für sich genutzt. Das durch die Linse klarere Bild haben sie mit einem Spiegel auf eine milchige Glasscheibe (eine sogenannte *Mattscheibe*) umgelenkt und als Malvorlage genutzt.

→ Hier siehst du das Beispiel einer Linse in der Natur. Dies sind Regentropfen an einem Spinnennetz in unserem Garten. In den großen Tropfen erkennst du unsere Terrasse und den Baum im Garten – alles auf dem Kopf.

Wissen

Was ist eine Mattscheibe?

Eine Mattscheibe ist eine Platte, durch die Licht durchkommt, aber auf der das Bild »eingefangen« wird, sodass du es sehen kannst. Stell dir eine Glasscheibe vor, auf der ein Blatt Transparentpapier liegt.

Im 19. Jahrhundert schließlich wurde an drei verschiedenen Orten fast gleichzeitig an der Technik und der Chemie der Fotografie geforscht, und zwar von Joseph Nicéphore Niépce in Chalon-sur-Saône (Frankreich), von Louis Jaques Mandé Daguerre in Paris (ebenfalls in Frankreich) und von William Henry Fox Talbot in Lacock (Großbritannien).

Joseph Nicéphore Niépce (1765–1833) trieb der Gedanke um, das Bild in dem Kasten dauerhaft festzuhalten. Ungefähr 1826 gelang ihm nach jahrelanger harter Arbeit und vielen Fehlversuchen die weltweit erste Aufnahme, die wohl den Beginn der modernen Fotografie markiert. Er beschichtete eine Platte aus Zinn mit Asphalt. Ja, du liest richtig! Das Material, worauf du auf der Straße läufst. Um den Asphalt als dünne Schicht auf die Platte zu bekommen, löste er es in Petroleum auf. (Petroleum ist eine brennbare Flüssigkeit, die aus Erdöl gewonnen wird und damals mit einem Docht bestückte Lampen beim Abbrennen leuchten ließ – elektrisches Licht gab es ja noch nicht.) Diese dünne Schicht aus in Petroleum gelöstem Asphalt veränderte sich in ihrem Aussehen und in ihrer Festigkeit, sobald Licht darauf fiel. Die Stellen, die kein Licht abbekommen hatten, konnten später weggewaschen werden. Es entstand eine Art Stempel, den er zum Drucken nutzen konnte. Davor hat er seine Kamera 8 Stunden (!) lang auf sein Fensterbrett im Arbeitszimmer gestellt und den Blick in den Hof festgehalten. Er nannte dieses Verfahren die *Heliografie*. Auf dem Foto rechts oben siehst du eine Überarbeitung des Originalbildes. Im Original sind die Konturen, also die Umrisse, nur ganz schwach zu sehen.

↑ Das erste Foto zeigt den Blick aus dem Arbeitszimmer von Joseph Nicéphore Niépce und wurde ca. 1826 aufgenommen. Das hier ist eine Überarbeitung von ca. 1952 von Helmut Gernsheim.

Aufgabe

»Fotografieren« durchs Schlüsselloch

Halte mal ein weißes Blatt Papier in einem dunklen Flur in die Nähe eines Schlüssellochs. Der Raum hinter der Tür sollte aber hell sein, damit auf dein Papier Licht gelangt. Auf dem Papier siehst du schemenhaft, wie es auf der anderen Seite der Tür aussieht. Das Bild steht dabei auf dem Kopf.

2.2 Aus einem flüchtigen Moment wird ein dauerhaftes Bild

Stell dir vor, man bräuchte immer noch Stunden, um ein Foto zu machen, unsere Bilderwelt sähe anders aus. Zum Glück wurden schon bald aus Stunden nur noch Minuten. Niépce erfuhr von einem ihm bekannten Optiker, dass der Maler Louis Jaques Mandé Daguerre (1787–1851) an einem ähnlichen Verfahren arbeitete. Nach einigen Briefen trafen sich beide 1827 das erste Mal und arbeiteten vier Jahre, bis zu Niépces Tod 1833, gemeinsam daran, Bilder dauerhaft festzuhalten. Danach wurden die Ideen von Daguerre und Niépces Sohn weiterentwickelt. Was wäre nur passiert, wenn Niépce nicht mit dem Optiker gesprochen hätte? Im Jahr 1837 gelang es Daguerre schließlich, die *Belichtungszeit* von Stunden auf ca. 20 Minuten zu reduzieren. Was für ein Erfolg!

Wissen

Belichtungszeit

Belichtungszeit oder Verschlusszeit nennt man die Zeitspanne, in der das Material (eine beschichtete Platte, ein Film oder heutzutage der Sensor) dem Licht ausgesetzt ist.

Um diese vergleichsweise kurze Zeit zu erreichen, erzeugte er auf einer Kupferplatte mit Dampf eine hauchdünne, lichtempfindliche Schicht aus Jod und Silber. Auf so eine Idee muss man erst mal kommen, und ganz ungefährlich ist so was auch nicht.

Daguerre wollte eigentlich ein Bild in der Natur aufnehmen, aber leider musste er das Experiment verschieben, weil das Wetter nicht mitspielte. Er legte die Platte also für später in einen Schrank, in dem er auch Chemikalien lagerte, und als er die Platte wieder herausholte, war plötzlich ein Bild erkennbar. Was für eine zufällige Entdeckung! Aber wie kam das Bild zustande? Er konnte es sich nicht erklären und suchte systematisch nach dem Grund.

Daguerre wiederholte das Experiment immer und immer wieder und entfernte dabei eine Chemikalie nach der anderen aus dem Schrank, um herauszufinden, was die Platte verändert hatte. Zum Schluss blieben nur noch ein paar Tropfen verschütteten (hochgiftigen) Quecksilbers übrig, das auch bei Zimmertemperatur schon ein ganz kleines bisschen verdampft. Das war die Erklärung!

Merke dir

Lichtempfindliches Material

Lichtempfindliche Materialien verändern sich in ihrer Farbe, Festigkeit oder Zusammensetzung, wenn Licht darauf fällt. In unserem Alltag gibt es davon einige Beispiele, etwa Kunststoffe, die über die Jahre gelb werden, oder Medikamente, die sich durch Sonne verändern und deswegen in einem dunklen Raum stehen sollen.

Wenn eine mit Jod und Silber vorbereitete Platte belichtet wurde, kam das Bild erst dann zum Vorschein, wenn die Platte in Quecksilberdampf gehalten wurde und sich das belichtete Silber mit dem Dampf zu weißen Silbersalzen umwandelte (Silberamalgam). Die noch verbliebenen lichtempfindlichen Silbersalze wurden dann in einer Kochsalzlösung gespült, damit sich das Bild nicht weiter veränderte und immer dunkler wurde. Die unbelichteten Flächen ließen die rot polierte Kupferplatte durchscheinen. Somit waren helle Bereiche im Motiv auch hell auf der Platte.

1839 hat Daguerre dieses Verfahren, das als *Daguerreotypie* bekannt wurde, der Öffentlichkeit vorgestellt. Du kannst dir sicher vorstellen, was das für Folgen hatte. Es gab einen Hype ähnlich wie heute, wenn ein neues Smartphone auf den Markt kommt. Damals haben diese silberglänzenden Platten die Menschen fasziniert. Die Aufnahmen haben tatsächlich die Zeit »eingefroren« und waren sehr detailgetreu. Und jedes Foto war ein Einzelstück! Noch im selben Jahr, also 1839, entstanden in Amerika und Europa Hunderte professionelle Fotoateliers, in denen die Menschen minutenlang in der gleichen Position verharrten, um sich fotografieren zu lassen.

Pariser Straßenansicht von 1838 (Boulevard du Temple), eines der ersten Fotos von Louis Jaques Mandé Daguerre (Bild: akg-images/Science Source)

Daguerre hatte es geschafft, das erste fotografische Verfahren so weit zu perfektionieren, dass er damit Geld verdienen konnte. Dazu gehörte auch die Konstruktion der allerersten Kamera – die *Giroux Daguerreotype*. Es war im Wesentlichen eine Lochkamera mit einer lichtempfindlichen Platte an der Rückwand. Die Kamera hatte auch statt des Lochs ein Objektiv aus mehreren Linsen, das weit entfernte Motive ganz nah heranholte und viel Licht in die Kamera ließ. Sein Schwager Alphonse Giroux (1776–1848) hatte beruflich viel Erfahrung mit Holzverarbeitung und baute ab 1839 die Daguerreotypie-Kamera, um sie in Serie verkaufen zu können.

Möchtest du auch mal ausprobieren, wie Niépce und Daguerre damals die Welt sahen? Dafür brauchst du nur eine einfache Lochkamera. Ich erklär dir ab Seite 50, wie du deine eigene baust. Das ist gar nicht schwer.

2.3 Von der Platte zum Film

Weiter geht es, denn noch sind wir ja nicht in unserer Zeit angekommen. Zwischen den allerersten Filmplatten und den heutigen Sensoren gab ja noch einige andere spannende Erfindungen, die oft aus ganz persönlichen Gründen zustande kamen.

Zur gleichen Zeit, als Daguerre in Frankreich seine Daguerreotypie entwickelte (ab 1835), nutzte ein gewisser William Henry Fox Talbot (1800–1877) in Großbritannien die Abdunkelung von Papier bei Lichteinwirkung für die Abbildung von Pflanzenblättern aus der Natur. Motivation für seine Neugier waren seine schlechten Malkünste, die ihn unzufrieden stimmten. Im Scherz sagt man ja auch heute noch, dass manch einer nur fotografiert, weil er nicht malen kann. Sein umfangreiches Wissen über Chemie und Physik half Talbot, seine Idee zu verwirklichen, Abbildungen auf Papier »einzufrieren«.

Mit Geduld und Ausdauer experimentierte er immer und immer wieder, um die Wirkung von lichtempfindlichen Silbersalzen zu perfektionieren. Dafür legte er das Papier in Salzwasser und danach in eine Silberlösung. Das erinnert dich an was? Ja, auch Daguerre nutzte eine Salzlösung und Silber, aber in umgekehrter Reihenfolge: Eine mit Silber beschichtete Platte wurde nach der Belichtung in Salzwasser getaucht, um das Bild zu fixieren. Auch das Ergebnis unterschied sich. Handelte es sich bei der Daguerreotypie um ein *Direkt-Positiv-Verfahren*, war Talbots Ansatz ein *Negativ-Positiv-Verfahren*. Verwirrend, ich weiß.

Merke dir

Positiv, Negativ … was?

Direkt-Positiv-Verfahren (von Daguerre entwickelt): Helle Motivbereiche sind auf dem fertigen Bild hell.

Negativ-Positiv-Verfahren (von Talbot entwickelt): Helle Motivbereiche sind auf dem fertigen Bild dunkel.

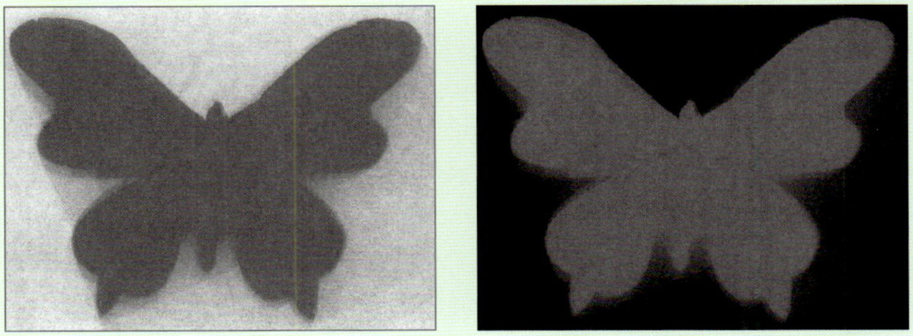

↑ Links: Direkt-Positiv-Verfahren – das belichtete Papier ist hell (hier lag ein Holzschmetterling auf dem Papier). Rechts: Negativ-Positiv-Verfahren – das belichtete Papier ist dunkel.

Niépce, Daguerre und Talbot entwickelten alle drei ein Verfahren, bei dem die nicht belichtete Fläche chemisch nicht verändert wurde. Somit entstand bei allen ein Negativ des Motivs. Talbot hatte nur nicht seine geniale Entdeckung erkannt. Was machte seinen Ansatz so besonders? Er nutzte keine giftigen Gase wie Niépce und Daguerre, um die Bilder sichtbar zu machen. Und seine Bilder blieben auch keine Einzelstücke, denn er tränkte die Papiernegative mit heißem Bienenwachs und machte sie so durchsichtig (das hast du vielleicht schon mal mit Laternen gemacht). Diese wurden dann zum Belichten von Papier genutzt, was durch diese Art »Schablone« mehrfach möglich war. Aus dem Negativ wurde so ein Positiv. Alles Helle war nun wieder dunkel und umgekehrt. So bekam Talbot eine Kopie vom Bild, bei dem die Grautöne im Gegensatz zu seinem Silbernegativ wieder richtig herum waren. Bis zur Erfindung der digitalen Kamera blieb Talbots *Negativ-Positiv-Verfahren* die Grundlage für Negativfilme, auch später die farbigen, wie sie sicher deine Eltern noch benutzt haben.

Mithilfe von Talbots Erfindung konnte jedes Bild massenweise kopiert werden. Von einem Negativ konnten immer wieder neue Positive oder Abzüge hergestellt werden. Du merkst, wir nähern uns schon deutlich unserer Zeit. Doch einige Erfindungsschritte brauchte es dazu noch.

Aufgabe

Fotogramme machen

Wenn du auch mal solche Experimente machen möchtest, frag deine Eltern, ob sie dir Fotopapier kaufen. Auf dieses Papier legst du dir ein schönes Blatt eines Baumes oder auch einen Scherenschnitt, umwickelst es mit Küchenfolie, damit deine Schablone ganz dicht am Papier aufliegt, und legst es dann ca. 10 Minuten in die pralle Sonne. Das Papier wird seine Farbe verändern. Nach dem Belichten transportierst du es in einem dunklen Umschlag ins Haus und legst es für ein paar Minuten in ganz normales Wasser, um die weitere Belichtung zu stoppen. Nach einer Weile, in der das Papier trocknet, erscheint dann deine Schablone auf dem Papier. Solche Bilder nennt man *Fotogramme*.

↑ **Ein Experiment mit Fotopapier. Von links nach rechts: vor der Belichtung (Karte als Maske), nach der Belichtung (Positivbild) und nach dem Fixieren in Wasser (Negativbild)**

Jahr	Personen	Material	Kameras
1826	Niépce	Metallplatte	
1839	Daguerre		»Daguerreotype« (2 Kästen ineinander)
1840	Talbot	Papier	

↑ Zeitstrahl der ersten Erfindungen in der Fotografie

Zum Beispiel den, bei dem aus Minuten für eine Aufnahme endlich Sekunden wurden. Ab dem Jahr 1850 entwickelten Frederick Scott Archer (1813–1857) und Gustave Le Gray (1820–1884) ebenfalls in Großbritannien ein neues Verfahren, das eine Belichtungszeit von wenigen Sekunden möglich machte. Endlich nicht mehr ewig lange still sitzen! Trotzdem haben die Menschen auf den Fotos immer noch nicht gelächelt – war wohl eine ernste Sache, das Fotografieren. Für ihr Verfahren beschichteten die Fotografen eine Glasplatte mit einer feuchten, gelartigen Schicht, die aus Kollodiumwolle, Salzen und Alkohol bestand.

Wie die anderen Erfinder hatten auch sie mit einigen giftigen Chemikalien zu tun. Statt beim Fotografieren verbrachten sie auch viel mehr Zeit in der Dunkelkammer, die sie immer dabeihaben mussten, da die beschichteten Platten direkt nach dem Fotografieren, nämlich solange sie noch nass waren, in der Dunkelkammer entwickelt werden mussten. Dafür brauchten sie mehrere Chemikalien, Schalen, Gläser, die Platten und Platz zum Trocknen.

Erst nachdem die Platte im Dunkeln für einige Minuten in eine Lösung mit Silber getaucht worden war, war sie gleichmäßig lichtempfindlich. Ab diesem Zeitpunkt tickte die Uhr, und der Fotograf musste schnell sein Foto machen, da das Trocknen (je nach Temperatur) nur wenige Minuten dauerte.

Wissen

Dunkelkammer

Die Dunkelkammer war ein – ja, klar – dunkler Raum, in den während der Vorbereitung der Glasplatte und danach während der Entwicklung des Bildes kein Licht fallen durfte (Licht hätte das noch nicht fertige Bild kaputt gemacht). Unterwegs wurde in der Regel ein Zelt als Dunkelkammer benutzt.

Die fertigen Glasplatten zeigten nun ein Negativbild, das vor einem dunklen Hintergrund ein Positiv darstellte. Auf dem Bild unten, das Häuptling Rote Wolke und weitere Sioux-Indianer zeigt, kannst du den schwarzen Hintergrund gut erkennen.

→ »Red Cloud and Indians«, entstanden wahrscheinlich 1877. Hier siehst du Sioux-Indianer, unter anderen den Lakota-Häuptling Red Cloud, also Rote Wolke (sitzend, 2. von links). Die Details in diesem Bild sind unglaublich! Erkennst du die einzelnen Federn? Die Datei wurde 2013 erzeugt, da war das Negativ bereits über 130 Jahre alt! (Bild: Brady-Handy Photograph Collection, Library of Congress)

Dank der kurzen Belichtungszeit war endlich kein Stativ mehr nötig. Die Personen auf den Fotos lächelten aber auch mit diesem Verfahren eher selten. Du kannst ja mal versuchen, 10 Sekunden lang zu lächeln. Das wirkt bestimmt etwas unnatürlich.

Wissen

Red Cloud und der Kampf um das Überleben der Indianer

Wenn du mehr über die Hintergründe des Fotos mit Red Cloud und den blutigen Konflikt zwischen dem »weißen« Amerika, also den Siedlern, Goldsuchern und Soldaten, und den indianischen Ureinwohnern wissen willst, empfehle ich dir das Buch »Begrabt mein Herz an der Biegung des Flusses« von Dee Brown. Es ist allerdings keine schöne Geschichte, denn es beschreibt das Ende der indianischen Welt durch »den weißen Mann«. Es ist also eher etwas für die Älteren unter euch. Viele alte Fotos damals wichtiger Indianer gibt es auch in dem Buch.

Die Plattengröße bestimmte immer die Bildgröße. Große Kunstwerke, wie die Maler sie schufen, waren somit nur mit großen Platten möglich. So gab es zwischen 1850 und 1900 Kameras mit Plattengrößen von 46 × 56 cm oder sogar 1,4 × 2,5 m! Die Herstellung dieser Glasplatten und ihre Beschichtung war eine große Herausforderung. Kopien konnten von diesen Bildern nicht gemacht werden, da jede Platte nach dem Entwickeln das Foto war.

Auch die Kameras wurden weiterentwickelt. Zahlreiche Kameramodelle kamen auf den Markt, die nun auch kleiner waren. Manche Modelle sahen Pistolen und Gewehren sehr ähnlich, was durchaus Aufregung unter den Porträtierten hervorrufen konnte und vielleicht zu dem Ausdruck »ein Foto schießen« geführt hat.

Weitere 30 Jahre später (1880) – du merkst, es war ein langer Weg – gelang der Durchbruch. Endlich wurden die nassen von trockenen Platten abgelöst. Mit Einführung der trockenen Platten brauchte man keine mobile Dunkelkammer mehr, denn man musste die Platten nicht mehr sofort entwickeln. Der Fotograf Richard Leach Maddox (1816–1902) fand 1871 heraus, dass eine Gelatineemulsion (wie in Gummibärchen) die Silbersalze auch gut trägt. Diese Gelatineemulsion war fest und nicht mehr giftig. Essen, wie Gummibärchen, wäre trotzdem nicht empfehlenswert gewesen!

↑ Eine Glunz 11 mit einer Plattengröße von 9 × 12 cm und einem ausziehbaren Balgen aus Stoff, zusammengefaltet quasi ein »analoges Smartphone« (ein genaues Herstellerjahr ist nicht mehr herauszufinden, aber es sollte ca. 1930 sein)

Verglichen mit älteren Verfahren konnten mit den trockenen Platten nun endlich auch Momentaufnahmen gemacht werden. Das Beispiel einer sogenannten *Balgenkamera* mit solchen Platten siehst du im Bild links. Zur damaligen Zeit war sie eine Art »Kompaktkamera«, da sie sehr klein zusammenklappbar war – wie ein »analoges Smartphone«, das Fotografen immer dabeihaben konnten.

Neben Fotos von Menschen wurde die Fotografie nun auch für die Sternenkunde, den Fotojournalismus, in der Medizin, bei der Polizei und für Aufnahmen aus der Luft genutzt. Damals wie auch heute waren professionelle Porträts dagegen eine Form von Luxus. Der Unterschied bestand jedoch darin, dass die Familien selbst keine Fotos gemacht haben, nur richtige Fotografen hatten Kameras. Studioaufnahmen waren somit die einzigen Erinnerungsstücke für die späteren Generationen.

Die Frau auf dem Beispielbild rechts oben musste mehrere Sekunden lang ruhig dastehen, bis die Belichtung abgeschlossen war. Deshalb siehst du auf solchen alten Fotos häufig, dass sich die Menschen irgendwo abstützen, anlehnen oder einfach sitzen. Oft gab es auch Drahtgestelle hinter den Menschen oder Holzstöcke im Rücken, die du auf dem Foto dann nicht sehen kannst, damit sie nicht wackeln.

Umso beeindruckender ist das Kinderfoto aus dem Jahr 1890 (!). Das Kind muss ganz schön ruhig gewesen sein. Schaust du allerdings genau hin, erkennst du die Unschärfe im Gesicht und die verwackelten Hände und Füße.

Links ein Porträt aus dem Jahr 1880, das Kinderfoto rechts ist von 1890!

Bei *einer* Person ist vielleicht noch vorstellbar, dass sie sich nicht bewegt, aber bei mehreren? Auf diesem Familienbild haben es meine Vorfahren richtig gut gemacht:

Die Vorfahren meiner Oma, ein Foto aus dem Jahr 1904

Die Entwicklung der Fotografie ging rasant weiter. Als Nächstes wurde das Glas der Platten ersetzt: Der Film wurde nun endlich erfunden. Ein amerikanischer Erfinder namens George Eastman (1854–1932) hatte sich als Ziel gesetzt, die Fotografie für jedermann erschwinglich zu machen. Er führte 1884 einen Rollenhalter für mit Gelatine beschichtete Papierstreifen ein. Das Material konnte nun aufgerollt werden, was dem Ganzen den Namen *Rollfilm* gab – so ähnlich wie eine Rolle Toilettenpapier.

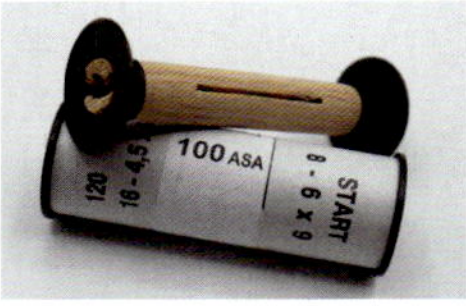

Rollfilmhalter auf einem Rollfilm

Als Gründer der Eastman Kodak Company brachte er 1888 die erste, einfach zu bedienende Kamera auf den Markt. Es war die Kodak Nr. 1, die den Rollfilm nutzte. Zur damaligen Zeit war diese Kamera mit einem Preis von 25 US$ noch ein Luxusartikel, der sich aber sehr gut verkaufte. Umgerechnet würde diese Kamera heute ungefähr 610 € kosten. Für 10 US$ (entspricht heute ungefähr 244 €) wurde die Kamera zurück ins Werk geschickt, der Film mit 100 Fotos entwickelt und ein neuer Film eingelegt. So hatten die Leute nichts damit zu tun und konnten sich auf das Fotografieren konzentrieren.

Ein aktueller Negativfilm in einer Filmpatrone

Fast zur gleichen Zeit, 1887, erfand der Amerikaner Hannibal Goodwin (1822–1900) ein Filmmaterial, das aus Kunststoff (Zelluloid) bestand. Eine weitere Erfindung ermöglichte dann 1892 das Einlegen des Films bei Tageslicht. Es war die *Filmpatrone*, die den Namen aufgrund der Ähnlichkeit mit einer Gewehrpatrone bekam. Jetzt konnte der Filmstreifen in einer dunklen Kamera aufgewickelt und ohne Kamera zur Entwicklung geschickt werden. Somit konnte der Fotograf mit einem neuen Film gleich wieder fotografieren. Auch heutige Analogfilme nutzen noch dieses Prinzip.

Frank Brownell (1874–1948) konstruierte dann eine Kamera, die sich jeder leisten konnte, und gab ihr den Namen »Brownie«, die von Eastman Kodak gebaut und verkauft wurde. Diese Kamera bestand aus billigstem Holz, funktionierte aber einwandfrei und kostete nur 1 US$, was heute ungefähr 28 € entspricht. Im ersten Jahr (also 1900) wurden 100 000 Exemplare verkauft. Endlich eroberte die Schnappschuss-Fotografie die Bevölkerung – jedermann und jederfrau konnte nun einfach fotografieren und die Filme zum Entwickeln abgeben.

Man nannte diese Kamera im Kastenformat auch *Boxkamera*. Die Bedienung war kinderleicht. Es gab keinerlei Einstellmöglichkeiten und auch keinen Sucher mit dessen Hilfe man das Motiv ausrichten konnte. Man hielt die Kamera einfach in Hüfthöhe und drückte auf den Hebel. So konnten auch Kinder Schnappschüsse machen. In der Box befand sich der Rollfilm, der nach jedem Auslösen durch den Hebel gleich weitertransportiert wurde.

No. 2 Brownie Junior, ca. 1930, 120 Rollfilm (5,6 × 7 cm)

Jetzt war es nicht mehr das eine »Luxusfoto« im Album, auf dem alle verbissen in die Kamera schauten. Die Alben wurden gefüllt mit Babyfotos, Urlaubsschnappschüssen und Familienbildern, auf denen alle – wenn möglich – zufrieden lächelten. Daran hat sich bis heute wenig geändert. Gibt es in deiner Familie auch diese Familienbilder?

Jahr	Personen	Material	Kameras
1850	Archer und Gray	Glasplatte (nass)	Faltbare Balgen zum Scharfstellen. Plattenkamera
1880	Maddox	Glasplatte (trocken)	
1884	Eastman und Walker	Papierstreifen »Rollfilm«	
1887	Goodwin	Kunststoff-filmmaterial	Rollfilmkamera »Kodak Nr. 1«
1892	Turner	Filmpatrone	
1900	Brownell	Rollfilm	»Brownie« (Boxkamera)

Zeitstrahl der Entwicklung der Fotografie von 1850 bis 1900

Generell waren die Kameras jener Zeit relativ klein im Vergleich zu den Nachfolgemodellen, aber dennoch unhandlich wegen ihrer Kastenform. So kam bald der Wunsch auf, eine kleine, handlichere Kamera zu bauen. Das gelang dem deutschen Feinmechaniker Oskar Barnack (1879–1936). Er war damals Entwicklungschef für Filmkameras bei der Firma Leitz in Wetzlar. In seiner Freizeit fotografierte er sehr viel, konnte aber die großen, schweren

Platten der Großformatkameras wegen seines Asthmas nicht mehr tragen. So tüftelte er in seiner Freizeit in der Werkstatt seines Arbeitgebers intensiv an seinem Traum, eine kleine handliche Kamera zu bauen, damit er wieder fotografische Streifzüge unternehmen konnte. Bereits 1914 machte er mit seiner ersten selbst gebauten Kamera, der Ur-Leica, die ersten Fotos. Ernst Leitz (1843–1920), sein damaliger Chef, unterstützte ihn in seiner Kreativität, da er bereits den Wert der Arbeit erkannte.

Die Ur-Leica von Oskar Barnack aus dem Jahr 1914; die Kamera ist 6,5 × 13,3 cm groß (Bild: Leica)

Mit den verwendeten 35-mm-Rollen war die Grundlage für Kleinbildkameras (Aufnahmeformat 24 × 36 mm) geschaffen. Er wählte das Format, weil er das Verhältnis der Seitenlängen der Bilder (2 : 3) einfach am ansprechendsten fand. Und noch heute benutzen viele Kameras dieses Seitenverhältnis. Nach dem Ersten Weltkrieg wurde 1924 die erste **Lei**tz **Ca**mera (Leica) in Serie gefertigt; den Namen Leica hast du vielleicht schon mal gehört.

Für junge Fotografen, wie du es heute bist, war die Leica das Smartphone von damals – leider noch zu teuer für jeden. Mit dieser Kamera fotografierten nicht nur wohlhabende Hobbyfotografen, sondern auch Profis, da sie nicht zuletzt aufgrund des kleineren Films handlich war und mit der qualitativ hochwertigen Optik auch sehr gute Bilder ermöglichte. Mit einem Preis von damals 290 RM (Reichsmark), umgerechnet ca. 1 200 €, war die Kamera teuer, und dennoch wurden zwischen 1925 und 1933 bereits 100 000 Kameras verkauft! Ab 1935 wurde das Filmmaterial dann massenweise produziert – es hatte sich durchgesetzt.

Ein 35-mm-Diapositivfilm, der mit ganz hellem Licht belichtet und dann entwickelt wurde. Ein unbelichteter Film ist durchgehend braun.

In den 1950er Jahren wurde dann mehr und mehr mit Film im Kleinbildformat fotografiert. Die Kameras waren inzwischen kleiner und besser, der Film kleiner und

Links: Meine Uroma ca. 1940. Rechts: Das Hochzeitsfoto meiner Eltern aus dem Jahr 1978.

Eine Exakta 1a (Version 4) meiner Oma, eines der ersten Exa-Modelle

lagerfähig, aber zu erfinden gab es immer noch viel. Denk mal an das Licht! Das reichte oft immer noch nicht aus, um Bilder machen zu können. Die Kameras funktionierten noch ohne Strom, woher sollte also das (Blitz-)Licht kommen?

Für jeden Blitz verbrauchte man damals eine Blitzbirne, da das helle Licht durch das Verbrennen der Drähte zustande kam. Da hat man sich bei jedem Bild zweimal überlegt, ob man blitzt.

In den 1940er Jahren entstand das Foto meiner Uroma oben. Schau dir mal die Schatten des Stuhls an. Hier wurde schon seitlich geblitzt, um das Licht schöner zu modellieren. Wie verrät mir das Foto leider nicht! Im Jahr 1978 entstand das Hochzeitsbild meiner Eltern, bei dem der Fotograf auch bewusst seitlich geblitzt hat, was zu dieser Zeit bereits Standard war.

Von der Ur-Leica war es nicht mehr weit zu den typischen Spiegelreflexkameras, die immer noch mit Film funktionierten, aber den digitalen Kameras von heute schon sehr ähnlich sahen. Zum Beispiel die Kine Exakta 1, die erste Spiegelreflexkamera mit Kleinbildfilm, die ab 1936 als Serienmodell in Deutschland verkauft wurde. Sie gilt heute noch als Vorbild für Spiegelreflexkameras. Du siehst sie auf der vorherigen Seite.

↑ **So sahen die farbigen Kartoffelstärkekörner auf den sogenannten Autochromplatten aus (Bild: *https://en.wikipedia.org/wiki/File:Microphoto_of_Autochrome_plate.jpg#filelinks*)**

Noch waren die Bilder schwarzweiß bzw. es war sehr aufwendig, Farbbilder zu machen. Zu Beginn des 20. Jahrhunderts entwickelten die Brüder Auguste und Louis Lumière in Frankreich ein Verfahren, bei dem sie mit einer einzigen Belichtung, ohne Filter, ein Farbfoto entstehen ließen, das sogenannte *Kornrasterverfahren*. Die Brüder hatten damals eine Produktion mit 300 Angestellten, in der bereits 1913 rund 6000 Fotoplatten täglich (!) produziert wurden. Hierfür nutzten sie eine mit Klebstoff eingepinselte Glasplatte, auf der ganz viele eingefärbte Kartoffelstärkekörner hafteten. Die Körner waren orangerot, grün und violett eingefärbt und lagen nur nebeneinander, nicht aufeinander. Die Körner waren oval geformt und so winzig klein, dass zwei Körner so »dick« waren wie Küchenfolie. Die Zwischenräume wurden mit Holzkohle in Pulverform aufgefüllt, damit ja kein Licht hindurchkommt. Eine Art Kunststoffschicht hat die Körner haltbar gemacht, bevor noch eine lichtempfindliche Schicht obenauf kam.

Als die Platten von der Glasseite aus belichtet wurden, kam auf der lichtempfindlichen Schicht nur dann Licht an, wenn das Motiv an der Stelle die gleiche Farbe hatte wie die einzelnen Körner. Bei den violetten Körnern kam also nur violettes Licht durch, das sich dann bei der Entwicklung dunkel färbte. Das Ganze basierte auf der sogenannten *additiven Farbmischung*, die James Clerk Maxwell erfunden hat. Der Fotograf bekam nach der Entwicklung ein Farbnegativbild, das er dann für eine Belichtung einer zweiten Platte nutzte (schau mal auf die rechte Seite). So passten die Farben, wenn man die Glasplatte gegen das Licht hielt. Leider gab es einen Rückschlag bei der Belichtungszeit, da durch das Wegfiltern von Lichtanteilen viel länger belichtet werden musste. Aber auch diese Erfindung hat einen Einfluss auf die heutigen Fotos, denn der Sensor in deiner Digitalkamera funktioniert ähnlich, nur dass die eingefärbte Kartoffelstärke heutzutage vom Pixel mit Farbfilter abgelöst wurde.

Dieses Verfahren hielt sich fast 25 Jahre auf dem Markt, da zu der Zeit die Trockenplatten aus Glas weit verbreitet waren und das Verfahren relativ einfach war. Das passte sehr gut zu dem Gedanken, auch einfache Kameras zu verkaufen. Die Firma Agfa hat dann 1916 Farbplatten auf den Markt gebracht, die auf diesem Prinzip basierten, hat aber die Kartoffelstärke durch farbige Tropfen ersetzte. Diese waren viel kleiner und lückenlos, sodass eine dünnere Schicht, ohne zusätzliche »Lückenfüller« möglich war. Die Bilder wirkten damit heller und brillanter.

Dass die Belichtung bei diesem Verfahren im Vergleich zur Trockenplattentechnik das 60- bis 80-Fache an Zeit kostete, war allerdings ein ziemlicher Nachteil. So verlängerte sich bei sonnigem Wetter beispielsweise eine Belichtung von 1/700 Sekunde bei Schwarzweiß auf 1/10 Sekunde bei Farbe. Somit konnte bei Schwarzweißaufnahmen noch ein rennendes Kind scharf abgebildet werden, während in Farbe ein Stativ benötigt wurde und Bewegungen verwackelten. Kodak verbesserte das Filmmaterial so weit, dass nur noch die 30-fache Belichtungszeit einer Schwarzweißaufnahme benötigt wurde, aber auch das war noch sehr lang. Fotografen versuchten, Momente einzufangen, die wie »Schnappschüsse« aussehen sollten, dabei mussten die Personen aber eine gefühlte Ewigkeit still halten. Stell dir vor, du willst gerade einen Ball wegschießen und deine Mutter oder dein Vater

↑ **Farbnegativfilm**

↑ **Das farbrichtige Foto**

↑ **Farbfoto von Geschwistern aus dem Jahr 1970**

lässt dich minutenlang in dieser Position verharren fürs Foto. An Lächeln wäre da nicht mehr zu denken.

Es dauerte noch weitere 30 Jahre bis 1942, ehe die großen Hersteller von Filmmaterial (Eastman Kodak und Agfa) es schafften, die sehr dünnen Schichten nicht nur auf die Platten, sondern auch auf das flexible Filmmaterial aufzubringen. Erst jetzt konnten die Glasplatten abgelöst werden. Sie entwickelten den *Dreischichtfarbfilm*, der zwischen 1950 und 2000 Stand der Technik war. Er besteht aus drei lichtempfindlichen Schichten, bei denen sich die eingelagerten farbigen Kristalle nur dann verändern, wenn das Licht der Farbe der Schicht (Blau, Grün und Rot) entspricht.

Die entstandenen Farben auf dem Film entsprechen aber nicht der Farbe, für die sie empfindlich gemacht wurden, sondern der Komplementärfarbe, da es ja ein Negativfilm ist. Das kennst du sicher zur Genüge aus dem Kunstunterricht: Aus Rot wird auf dem Negativ also Blaugrün, aus Blau wird Gelb und aus Grün wird Pink. Für das endgültige Foto muss vom Negativ dann wieder ein Positiv gemacht werden, beispielsweise auf Fotopapier.

→ **Professionelles Bild von meiner Schwester und mir aus dem Jahr 1984**

Jahr	Personen	Material	Kameras
1903	Lumière	Glasplatte (Farbe)	
1914	Barnack	Kleinbildfilm (35 mm)	Erste Kleinbildkamera von Leitz
1925	Vierkötter	Blitzlicht mit Aluminiumfolie	»Vacublitz I« von Osram
1936			1. Spiegelreflexkamera »Kine Exakta 1«
1950	Eastman Kodak und die Firma Agfa	Blitzlicht mit Aluminiumfolie	

← Die Erfindungen der Fotografie zwischen 1903 und 1950 im Überblick – Kameras und Filme wurden kleiner

2.4 Der Start in die digitale Welt

Digital zu fotografieren ist heutzutage das Normale. Wenn heute ein Foto gemacht wird, fragt fast jeder: »Kann ich das Bild mal sehen?« Das ist ein großer Vorteil im Vergleich zum Film früher.

Bereits 1943 wünschte sich die Tochter des Physikers Edwin Herbert Land (1909–1991), das Bild sofort sehen zu können. In den folgenden drei Jahren arbeitete er deshalb an einem Filmmaterial, das sich nach wenigen Minuten entwickelte. 20 Jahre später gab es die Filme auch in Farbe. Die dazugehörige Kamera war die Polaroid-Sofortbildkamera. Die Fotos waren 83 × 108 mm groß und unterschieden sich von den herkömmlichen Formaten. Jedes Bild war (wieder) ein Unikat, das sich ganz ohne das Zutun des Fotografen durch die bereits im Film eingelagerte Chemie entwickelt.

Es hat rund 150 Jahre gedauert, bis die Fotografie mit der Computertechnik vereint wurde. Computer »sprechen« ihre eigene Sprache, den Maschinencode. Wenn wir Befehlssätze in einer Programmiersprache schreiben,

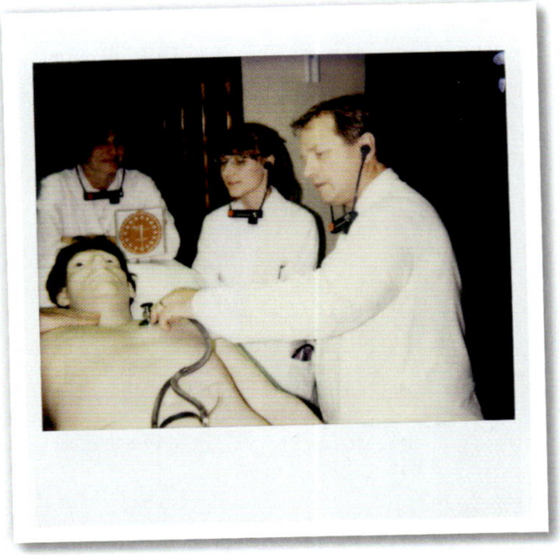

Links: Polaroidfoto, eine Kopie war nicht möglich. Rechts: Sofortbildkamera aus dem Jahr 1989

die für uns leichter lesbar ist, muss ein Übersetzungssystem, ein Assembler, das Ganze für die Maschinen, etwa den Prozessor, lesbar in Maschinencode übertragen. Das ist meist ein Binärcode, der auf Nullen und Einsen basiert – für eine Rechenmaschine kein Problem und sofort erfassbar, uns dagegen fordert schon eine noch gut lesbare Programmiersprache ganz schön heraus. Ein Beispiel gefällig? Eine einzelne Ziffer wie die 7 ist für den Computer 00000111. Damit ist noch kein Befehl formuliert und noch kein Bild digital dargestellt.

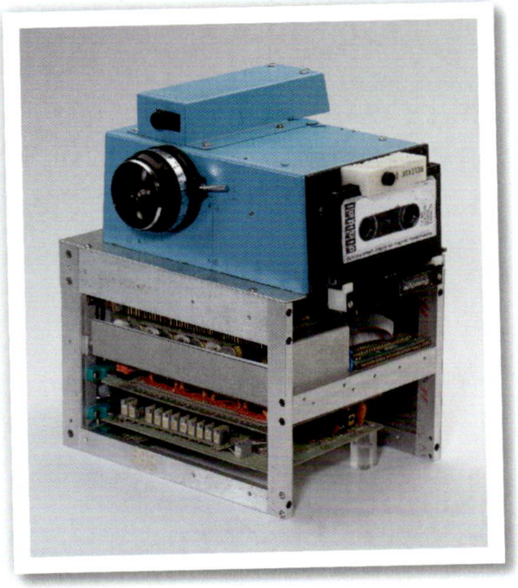

Die erste digitale Kamera mit einer Musikkassette als Speichereinheit, 1973. (Bild: Courtesy of the Eastman Kodak Company and Courtesy of the George Eastman Museum)

Was musste man dem Computer nun an Daten bereitstellen, damit ein Bild gezeigt wird? Zu Beginn wird das Bild in viele kleine Quadrate geteilt. Das Prinzip setzte Russel Kirsch (1929 geboren) bereits 1957 für Schwarzweißbilder um. 1968 wurde das erste Patent auf einen *Bildsensor* veröffentlicht. Der Sensor besteht unter anderem aus ganz vielen *Photodioden*, die wie das Filmmaterial auf Licht reagieren und dieses in elektrischen Strom umwandeln. 1973, knapp 20 Jahre nach dem ersten digitalen Bild, wurde bei Kodak von Steven J. Sasson (1950 geboren) die erste Digitalkamera konstruiert. Er war gerade 25 Jahre alt, als er im Forschungsinstitut von Kodak seine Stelle antrat. Damals gab es weltweit über 100000 Mitarbeiter bei Kodak. Seine Chefs wussten noch nicht so richtig etwas mit ihm anzufangen und gaben ihm die Aufgabe, dieses neue elektronische Bauteil, das Bilddaten erfassen konnte, zu begutachten.

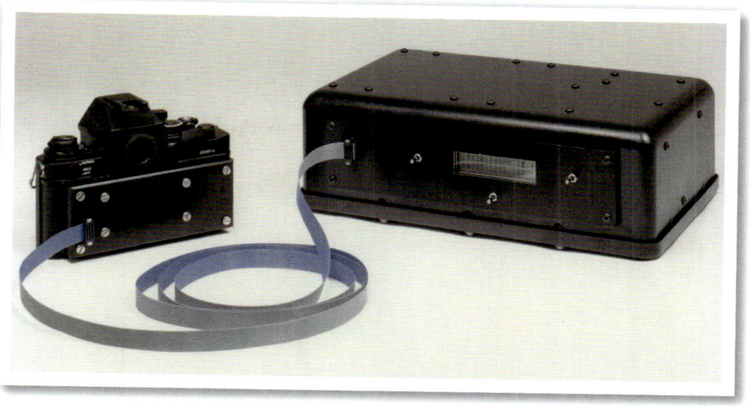

↑ **Die erste Spiegelreflexkamera, eine Kodak DCS-100, aus dem Jahr 1987 (Bild: *http://eocamera.jemcgarvey.com/*)**

Sassons Leidenschaft waren alte Radios, an denen er »tüftelte«. So tat er es auch bei seiner neuen Arbeit. Zusammen mit Kollegen erfand er so die erste Digitalkamera. Das Bild wurde auf einem *Magnetband* gespeichert, so was kennst du vielleicht von alten Musik- oder Videokassetten. Das Speichern dauerte 23 Sekunden pro Bild! Aus heutiger Sicht ist das vergleichbar mit dem Beginn der Fotografie, als jede Aufnahme noch Minuten dauerte, bis sie im Kasten war. Die Kamera wog 3,6 kg, war so groß wie ein Toaster und besaß einen 0,01-Megapixel-Sensor (ein Tausendstel einer heutigen Digitalkamera). Was das bedeutet, erkläre ich dir später. Die Smartphones haben heute gut 15–20 Megapixel (kurz MP), um Welten mehr!

Zu der Zeit waren die Sensoren noch klein und unzuverlässig. Was beim Film mit der Farbe bereits erforscht war, musste für die digitale Welt noch entdeckt werden. Die allererste digitale Spiegelreflexkamera wurde von Kodak 1987 auf den Markt gebracht. Es war die Kodak DCS-100 mit 1,3 MP. Das Gehäuse der Kamera kam von Nikon. Damals versteckte sich die Elektronik nicht im Gehäuse, sondern in einem größeren, zugehörigen Kasten – nichts, womit man spazieren gehen würde.

Nur etwas mehr als zehn Jahre später (2000) sah die erste ausgereifte digitale Spiegelreflexkamera aus wie eine analoge Kamera mit Film. In der Canon D30 war ein kleiner Sensor (APS-C) mit 3,1 MP verbaut. Den Platz für den Film nahm nun die Speicherkarte ein. Schon im Jahr 2003 wurden mehr Digitalkameras als Analogkameras verkauft. Die Hersteller von Filmmaterial spürten diese Veränderung sehr schnell.

Seitdem die Grundlagen der *digitalen Fotografie* gelegt waren, gab es immer unterschiedlichere Kameras auf dem Markt. Die Auflösung wurde immer besser und die Kameras so stark verkleinert, dass sie bereits im Jahr 2000 in Mobiltelefone integriert werden konnten. Bereits 2003 wurden mehr Kamerahandys bzw. Smartphones verkauft als digitale Kompakt- oder Systemkameras. Auch kleine Bildbearbeitungsprogramme für die Smartphones – du kennst sie als *Apps* – kamen bald auf den Markt.

Seitdem die Sensoren immer besser werden, es sogar Aufsatzlinsen und ähnliche Extras gibt, werden viel mehr Fotos mit Smartphones gemacht als mit Digitalkameras, und soziale Netzwerke wie Instagram heizen die Fotobegeisterung weiter an. In den drei Jahren zwischen 2014 und 2016 verdreifachte sich die Zahl der hochgeladenen Fotos auf 60 Millionen am Tag! Ich vermute, wenn du das Buch hier durch hast, wirst du einer oder eine von denen sein, die Instagram oder eine andere Plattform füttern? Womöglich bist du's schon?

Jede Kamera, die es heute gibt, wäre ein absoluter Traum für jeden der hier erwähnten Erfinder gewesen, klein und unglaublich leistungsfähig. Warum ich am liebsten mit meiner Systemkamera und nicht mit meinem Smartphone Fotos mache, verrate ich dir gleich. Wie sich die Technik weiterentwickeln wird? Wir werden sehen!

→ Eine der ersten guten digitalen Kompaktkameras aus dem Jahr 2003, die Sony DSC-V1 mit 5 MP. Das Display ist nur 3 cm breit!

NUN DU: Vergleiche alte und aktuelle Fotos deiner Familie

Jetzt habe ich dir ganz viele Fotos meiner Familie gezeigt. Nun bist du dran! Mach es wie ich und frag deine Eltern und Großeltern nach alten Fotos. Du wirst merken, dass du in eine spannende Geschichte eintauchst und bei deiner Familie viele Erinnerungen wachrüttelst. Mir konnte die Schwester meines Opas noch erzählen, was sie 1949 auf der Hochzeit meiner Großeltern anhatte und wo sie gefeiert haben. Beeindruckend!

Familienstammbaum

Erzähl eure Familiengeschichte und schau dir die Fotos genau an. Achte auf Papier, Schärfe, Größe der Abzüge und Farbe. Welche Unterschiede kannst du sehen? Erstelle einen Stammbaum auf Papier oder digital. Wie viele Jahre reichen die Fotos zurück?

Alte Fotos. Welche Schätze gibt es in deiner Familie? (Bild: Frank Paschen)

NUN DU: So baust du dir eine Lochkamera

Bevor wir modern werden, sollten wir den alten Erfindern nacheifern. Es gibt viele Möglichkeiten, eine Lochkamera zu bauen. Ich habe drei verschiedene ausprobiert und zeige dir die einfache, die sich ganz leicht nachbauen lässt. Wenn du Freude daran findest und ein größeres Bild erzeugen möchtest, schau einfach ein paar Seiten weiter. Deine Eltern helfen dir sicher gerne beim Besorgen des Materials und beim Basteln.

Das benötigst du für deine Lochkamera:

- einen Bogen schwarzen Zeichenkarton (DIN A4)
- zwei Toilettenpapier-Papprollen (Breite der Öffnung 4,4 cm)
- Transparentpapier (DIN A5)
- eine Linse mit einer Brennweite von ca. 6 cm (zum Beispiel die OM-5 von AstroMedia, *www.forscherladen.de/opti-media-linse-nr.1a-brennweite-65-mm::10-302.OML.html*)
- Klebestreifen, Bastelschere, Nagelschere, Tacker, Nadel, ein Küchengummi, Zirkel, ein Papiertaschentuch

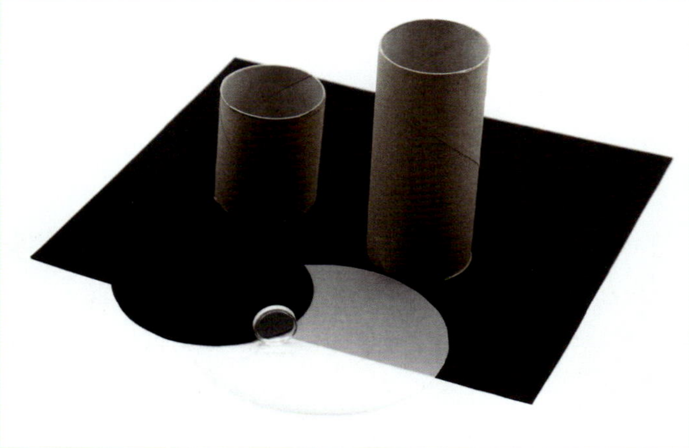

→ **Materialien (eine Papprolle bereits gekürzt)**

Damit du nicht wie Herr Niépce 8 Stunden auf ein Bild warten musst und gleich genügend Licht einfängst, nutzen wir eine Linse und verzichten auf den Film.

Wissen

Schwarz macht den Unterschied

Ein »Geheimtrick« von Daguerre war schwarzer Samt an den Innenwänden des Kastens. Dieser verhinderte, dass ungewollt Licht auf den Film kam. Wenn auch du deine Kamera »aufpeppen« möchtest, kannst du die Innenseiten auch schwarz anmalen oder gleich schwarze Pappe nutzen.

Du baust zuerst die innere Rolle mit der Mattscheibe, dann die äußere Rolle, die du später mit der Linse verschiebst, um das Bild scharf zu stellen, und dann den Linsenaufsatz. Am Ende fügst du alles zusammen.

Innere Rolle mit Mattscheibe

1. Zieh mit dem Zirkel zwei Kreise mit dem gleichen Mittelpunkt auf das Transparentpapier (Radius = Spannweite des Zirkels für Kreis 1: 2,2 cm, für Kreis 2: 5 cm).
2. Zeichne zwischen den zwei Ringen Linien im Abstand von ungefähr 7 mm (am inneren Ring), bis es aussieht wie eine Sonne ❶ (siehe nächste Seite). Die schmalen Streifen werden später zum Spannen des Transparentpapiers benötigt.
3. Schneide den äußeren Kreis aus. Prüfe mit der Papprolle, ob die Kante auf dem Kreis liegt. Wenn die Strahlen zu lang sind, schneide die Linien nicht ganz bis zum inneren Kreis ein.
4. Leg nun die »Sonne« auf die Papprolle und knicke die eingeschnittenen »Sonnenstrahlen« an die Papprolle heran.
5. Passt alles? Dann leg das Transparentpapier noch mal kurz zur Seite und bring Klebstoff auf die Papprolle, wo eben noch die Streifen auflagen.
6. Leg nun erneut vorsichtig das Transparentpapier auf die Rolle (der innere Kreis liegt auf der Kante der Papprolle) und klebe einen Streifen nach dem anderen vorsichtig an der Papprolle fest ❷. Achtung: Der innere Kreis des Transparentpapiers darf nicht gewellt sein, sondern

muss ganz glatt auf dem Papprollenkreis aufliegen, da sonst in einigen Bereichen dieser Fläche später das Bild unscharf »eingefangen« wird! Im Kino wird der Film ja auch nicht auf einem gewellten Vorhang gezeigt!

7. Wenn alles getrocknet ist, klebe zur Sicherheit, damit später nichts hängen bleibt, Klebestreifen über die angeklebten Streifen.

8. Stich mit einer Nadel am Rand des gespannten Transparentpapiers ein Loch, damit dadurch später die Luft entweichen kann, wenn du den Abstand zur Linse verkleinerst, indem du die Rollen ineinanderschiebst. Der Effekt ähnelt sonst einer Luftpumpe, mit der du nicht pumpen kannst, wenn du das Loch zuhältst.

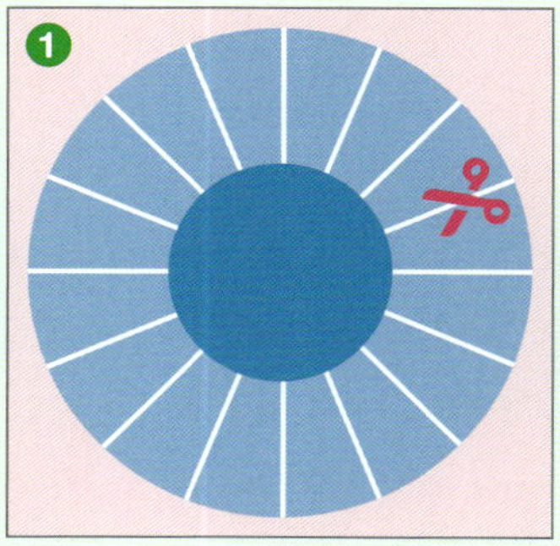

Äußere Rolle

1. Kürze nun die zweite Papprolle auf 5 cm Länge (markiere den Abstand und schneide erst mal Streifen von außen bis zu der Markierung, dann geht es einfacher entlang der Rundung) 3.

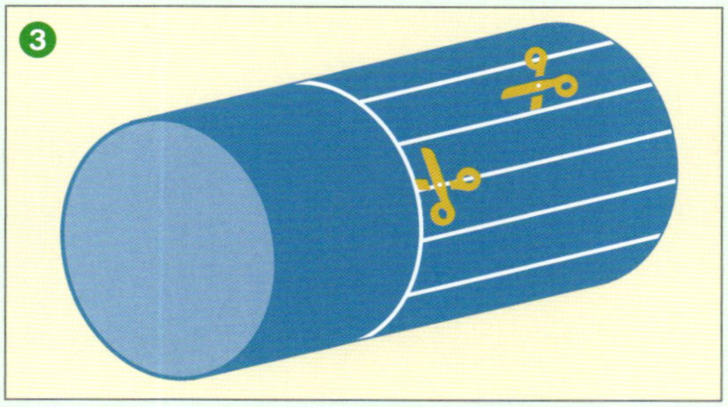

2. Schneide ein Rechteck aus dem schwarzen Karton (10 cm × 19 cm) 4.

Wissen

Warum diese Maße?

Die Maße ergeben sich aus 1,5 mal den Umfang der Papprolle (13 cm) und der maximalen Bildweite plus etwas Puffer, damit die Rolle mit der Mattscheibe nicht herausfällt (7,3 + 2,7 cm). Wenn du Dinge ganz nah betrachten möchtest, vergrößert sich der Abstand zwischen Linse und Mattscheibe. Wähle zur Sicherheit ein Rechteck mit 12 cm × 19 cm.

3. Wickle den Karton um die Papprolle. Fixiere ihn am besten mit Klebestreifen an der Papprolle ⑤. Prüfe vorher, ob deine zweite Rolle in die Rolle des schwarzen Kartons hineinpasst. Tackere an drei Stellen am Rand der Rolle die Pappe fest (Klebstoff allein würde nicht gut halten) ⑥.

4. Klebe entlang der Kante einen Streifen, damit der Karton eine Rolle wird. Nimm drei lange Klebestreifen und umwickle die Rolle ⑦.

Linsenaufsatz

1. Wiederhol nun die Schritte 1 bis 3 des Abschnitts »Innere Rolle mit Mattscheibe« mit schwarzem Karton (8).
2. Leg deine Linse in die Mitte des inneren Kreises. Zeichne mit einem feinen Bleistift den Umriss der Linse nach. Zeichne Linien in den inneren Kreis, die durch den Mittelpunkt gehen (orientiere dich an den äußeren Linien).
3. Schneide vorsichtig mit einer schmalen, dünnen Schere entlang der Linien (vom Mittelpunkt zum Kreis hin) (9).
4. Drücke vorsichtig die Linse durch die Öffnung. Wenn sie dafür zu eng ist, schneide die Öffnung etwas weiter ein. Merke dir, wie weit die Spitzen der kleinen Dreiecke über die Linse ragen. Leg die Linse zur Seite.
5. Kürze die überstehenden Dreiecke.
6. Falte nun die äußeren »Sonnenstrahlen« ebenfalls so, dass sie sich an die Papprolle fügen.
7. Drücke die gekürzten Dreiecke wieder zur Ebene zurück, um eine dünne Schicht Klebstoff aufzubringen.
8. Leg die Linse auf ein Stück Küchenpapier oder ein altes Handtuch, damit sie nicht zerkratzt. Halte den kleinen Kreis der Pappe genau über die Linse und drücke vorsichtig die Pappe auf die Küchenrolle, damit sich die Linse durch die vorgefaltete Öffnung schiebt. Wenn dir das Zielen schwerfällt, nimm die Linse in Hand und drücke sie leicht durch. Warte, bis der Klebstoff getrocknet ist. Das ist wichtig, denn Klebstoff auf der Linse macht dein Bild später unscharf!

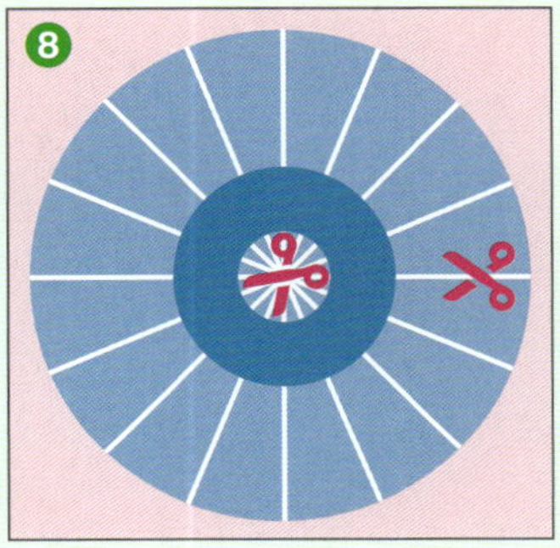

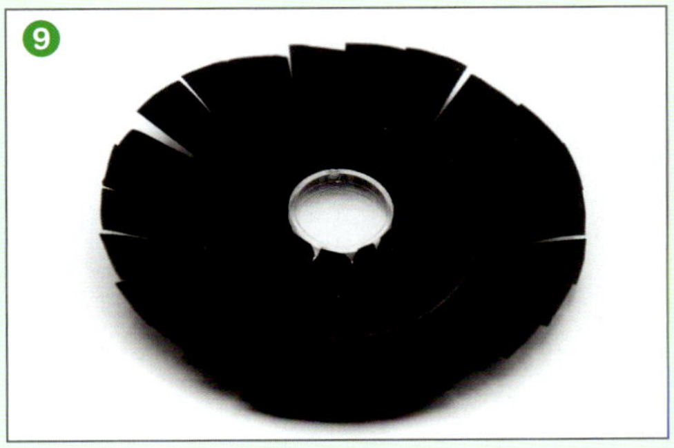

Deine Lochkamera

1. Fast geschafft! Jetzt brauchst du nur noch deinen »Deckel« mit der Linse auf die schwarze Papprolle zu legen und mit einem Gummiband festzuhalten ⑩.
2. Schiebe die zweite Papprolle mit der Mattscheibe zuerst in die schwarze Rolle hinein.
3. Deine Kamera ist nun fertig! Wenn du jetzt die innere Rolle mit der Mattscheibe bewegst, stellst du das Bild scharf. Beginne am besten mit einem Motiv, das mindestens 2 m entfernt ist. Je näher das Motiv ist, desto weiter ziehst du die innere Rolle heraus. Viel Spaß beim Experimentieren!

⑩

Viele dieser Schritte benötigst du, um zwei Pappröhren mit *fast* gleichem Durchmesser zu bekommen, die sich ineinander verschieben lassen. Ist dir das zu aufwendig, kannst du auch Verpackungen von Keksen oder anderen Dingen suchen und für deine Lochkamera nehmen. Wichtig sind immer das Loch oder die Linse vorne, die Mattscheibe innen und ausreichend Platz zwischen beiden.

So, und hier kommt noch eine Alternative, falls dir die Pappröhrenkamera zu klein ist. Mit Schulkindern baue ich in Fotokursen Lochkameras, die im Innern eine leere Taschentücherbox mit viel Platz für das Transparentpapier auf der Rückseite bieten. Für dieses Design benötigst du ein großes Stück Zeichenkarton (ca. 40 × 50 cm). Und wenn es ganz stabil sein soll, kannst du den äußeren Kasten auch aus Holz bauen (lassen). Das wäre auch ein schönes Projekt für die Schule, mit Freunden, Eltern, Großeltern … So sieht meine Kamera aus:

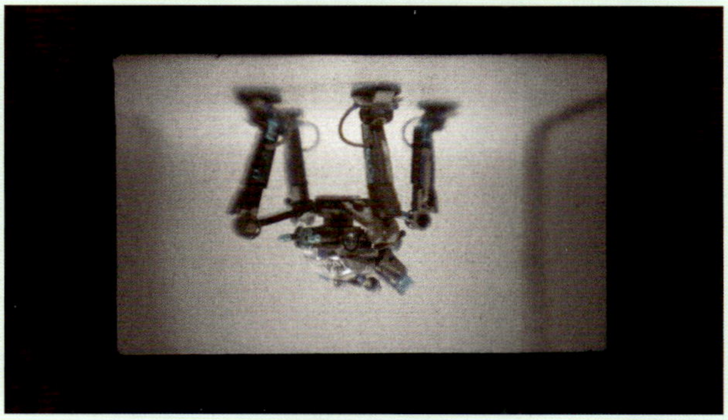

← Links: Lochkamera aus Holz mit Innenteil aus Pappe, rechts: Blick durch die Lochkamera. So sieht das auch bei der runden Lochkamera aus, nur mit einem etwas kleineren runden Bild.

Kapitel 3

Das Licht für ein Foto einfangen

3.1 Nicht zu viel und nicht zu wenig

Das Wort »Fotografieren« stammt aus dem Altgriechischen und bedeutet »Zeichnen mit Licht«. Ein schöner Gedanke, oder? Mit jedem Foto fängst du eine bestimmte Menge Licht ein und machst es dauerhaft sichtbar. Wichtig ist nur, dass die Lichtmenge stimmt, denn sonst wird dein Bild zu hell oder zu dunkel. Wie du das in den Griff bekommst, lernst du in diesem Kapitel.

Auch deine Augen steuern die Lichtmenge – ganz automatisch! Betrachte mal deine Augen in einem Spiegel, wenn du bei Sonnenschein draußen bist, und am Abend, wenn es dunkel ist. Direkt verfolgen kannst du den Effekt, wenn du in einem dunkleren Raum in einen Spiegel siehst und dann ein (weiteres) Licht anschaltest. Deine Pupillen, die dunklen Öffnungen in der Mitte der farbigen Iris, ändern ihre Größe: Sie werden groß, wenn es dunkel ist, um möglichst viel Licht einzufangen. Und sie werden klein, wenn es hell ist, um die Lichtmenge zu reduzieren. Vielleicht hast du auch eine Katze, bei der du die Pupillenveränderung noch viel stärker beobachten kannst, da sich ihre Pupillen dreimal so stark dehnen können wie bei einem Menschen? Früher sollen Fotostudiobetreiber oft Katzen gehabt haben, deren Pupillenveränderung sie als eine Art Belichtungsmesser genutzt haben, um die Belichtung korrekt einstellen zu können.

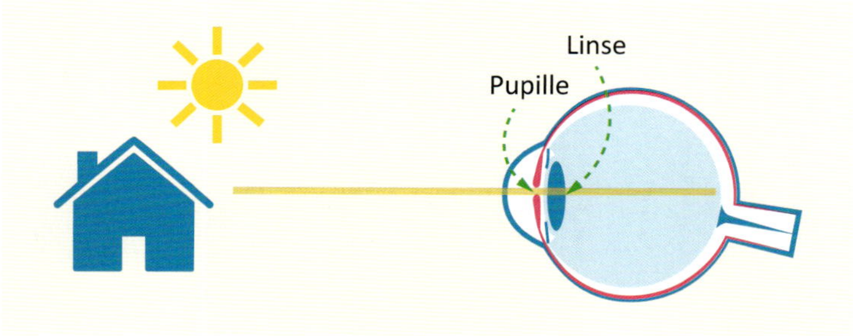

➔ **Bei Tag sind deine Pupillen nur etwas geöffnet, sonst würde zu viel Licht in die Augen gelangen und du könntest nichts mehr erkennen, weil alles zu hell wäre.**

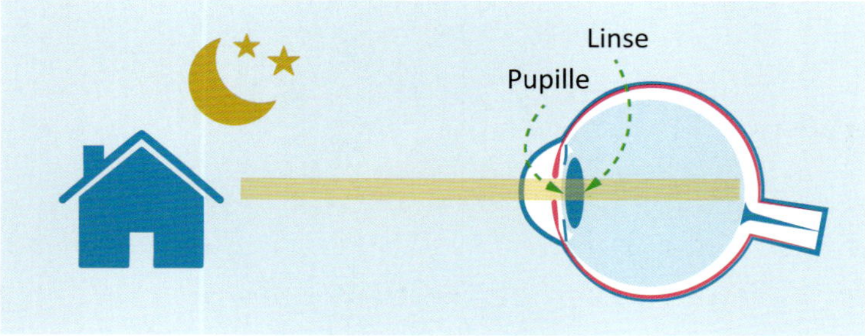

➔ **Bei Nacht gibt es viel weniger Licht, daher sind die Pupillen weit geöffnet, um so viel Licht wie möglich einzufangen.**

3.2 Das Objektiv – das »Auge« der Kamera

Im Physikunterricht lernst du, wie Licht durch Glas umgelenkt, wie es gebrochen wird und auf der anderen Seite an einer anderen Stelle herauskommt. Schaust du durch ein mit Wasser gefülltes Glas, wird das schnell deutlich.

Wissen

Lichtbrechung

Die Lichtstrahlen werden zum Beispiel umgelenkt, wenn sie von Luft in Wasser übergehen. Bei gewölbten Oberflächen aus Glas kann das Licht gezielt gelenkt werden.

↑ **Lichtbrechung in einem mit Wasser gefüllten Glas**

Die Lichtbrechung ist sehr praktisch, denn sie hilft dir beim Fotografieren dabei, große Dinge, wie einen Baum oder ein Haus, auf kleinster Fläche in deiner Kamera wieder darzustellen. In deinem Auge ist das nicht anders, wobei die Linse hier nicht aus Glas ist, sondern elastisch und somit jederzeit anpassbar. Wenn du etwas liest, ist sie stärker gekrümmt, als wenn du in die Ferne schaust.

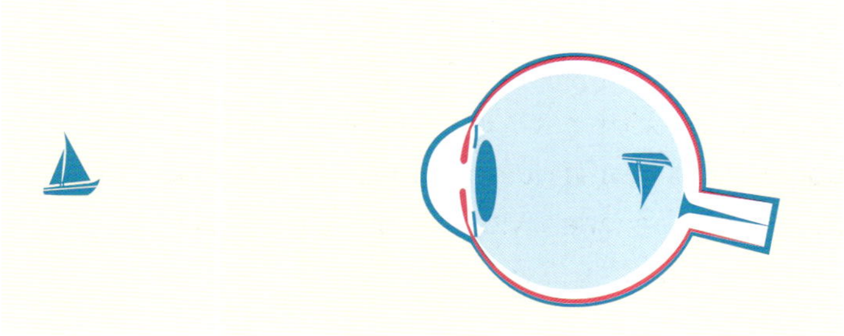

→ Die Linse in deinem Auge ist schmal, wenn du Dinge in der Ferne ansiehst. Diese Dinge sind schon »klein« und die Lichtstrahlen müssen nur wenig gebrochen, also umgelenkt werden.

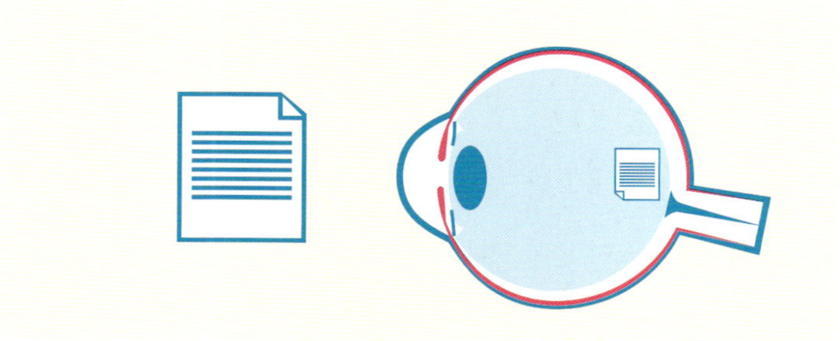

→ Wenn du etwas liest, was recht groß vor deinen Augen ist, wird die Linse in deinem Auge gekrümmt, um es auf der Netzhaut im Auge »klein« abbilden zu können.

Bei deinem Objektiv wird das anders gelöst, denn es hat ja harte Glaslinsen, die sich nicht mehr krümmen lassen. Je nachdem, was du fotografierst, werden die Linsen, von denen es im Objektiv mehr als eine gibt und die auch unterschiedliche Aufgaben erfüllen, daher nach vorne und hinten geschoben und die Lichtstrahlen so gelenkt, dass sie genau auf dem Sensor fokussiert ankommen. Schließlich möchtest du ja – meistens – ein scharfes Bild.

Das Objektiv besteht aus Linsen, die die Lichtstrahlen zusammenführen, also sammeln (*konvexe Linsen* = Sammellinsen), und Linsen, die diese Linien wieder auseinanderfächern (*konkave Linsen* = Streulinsen).

← Schau dir mal die Augen dieser Katze an, ihre Pupillen sind linsenförmig. In der Nacht sind diese ganz groß.

Merke dir

Konvex oder konkav?

Konvexe Linsen sind nach außen gewölbt, wie das Lächeln eines Smileys aus Freude darüber, dass die Lichtstrahlen alle auf dem Sensor ankommen. Bei konkaven Linsen ist die Fläche nach innen gewölbt, sodass sie in der Mitte am dünnsten sind und die Ränder nach außen gebogen. Hier kannst du eher an ein trauriges Gesicht denken mit nach unten gebogenen Mundwinkeln, denn einige Strahlen kommen leider nicht am Sensor an.

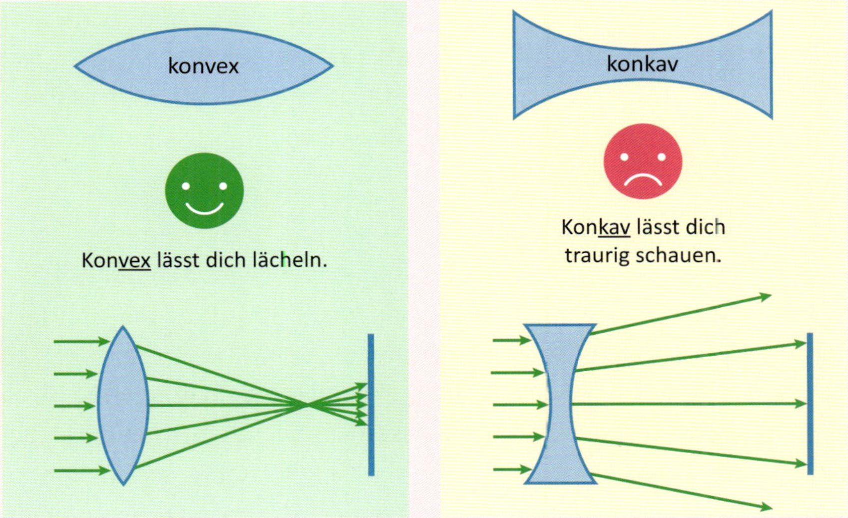

↑ Konvexe und konkave Linsen: So merkst du dir die Begriffe.

Beim *Fokussieren* verändert sich der Abstand zwischen den Linsen. Möchtest du etwas vergrößern (*zoomen*), wird der Abstand der Linsen zueinander ebenfalls verändert. Einige der Strahlen werden dann so abgelenkt, dass sie gar nicht mehr auf den Sensor treffen, und nur die Strahlen aus der Mitte kommen noch auf dem Sensor an.

Es gibt verschiedene Objektive. Wenn du flexibel sein möchtest und nach Belieben den Ausschnitt deines Fotos wählen möchtest, dann eignen sich die Objektive, bei denen sich die sogenannte *Brennweite* verändern lässt. Diese Objektive nennt man *Zoomobjektive*.

Wissen

Brennweite

Dies ist der Abstand zwischen der Linsenmitte und dem Punkt hinter der Linse, in dem sich die Lichtstrahlen, durch die Umlenkung in der Linse, in einem Punkt treffen. Teste das doch mal mit einer Lupe. Der Abstand zwischen dem Objekt und der Lupe, bei dem das Bild scharf ist, ist die Brennweite.

Objektive, bei denen die Brennweite unveränderbar ist, nennt man *Festbrennweite*. Was sich wie eine Einschränkung anhört, kann deine Kreativität fordern, da du nicht einfach durch Drehen am Objektiv dein Motiv näher heranholen kannst, sondern um dein Motiv herumlaufen musst, um deinen Bildausschnitt zu finden. Du zoomst dann sozusagen mit deinen Füßen.

Festbrennweiten sind oft auch lichtstärker, das heißt, dass das Objektiv mehr Licht durchlässt und du zum Beispiel weniger Umgebungslicht für deine Aufnahme brauchst. Und sie bilden das Motiv oft etwas schärfer ab, da die Qualität eines Objektivs mit der Anzahl seiner Linsen abnimmt. Jede zusätzliche Linse »schluckt« etwas Licht und lenkt es in eine andere Linse. Festbrennweiten dagegen sind einfach aufgebaut und dadurch auch kleiner, leichter und oft günstiger.

Die Abbildung unten zeigt dir auf einen Blick noch mal die wichtigsten Begriffe, die dir im Buch immer wieder begegnen werden.

➔ **Grundbegriffe der Optik**

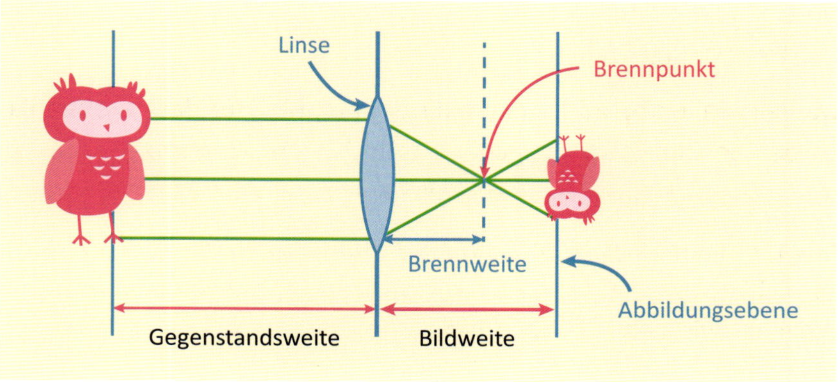

Grundbegriffe der Optik	
Gegenstandsweite	Abstand zwischen deinem Motiv und der Linse
Bildweite	Abstand zwischen der Linse und dem Sensor
Brennweite	Abstand zwischen der Linse und dem Schnittpunkt der Lichtstrahlen (Brennpunkt)
Abbildungsebene	Sensor oder Mattscheibe bei einer Lochkamera
Linse	Der Glaskörper, der durch seine konvexe oder konkave Form die Lichtstrahlen umlenkt.
Brennpunkt	Bei unendlich weit entfernten Objekten treffen die Lichtstrahlen parallel auf die Linse, werden gebündelt und kreuzen sich in diesem Punkt.

Bei weit entfernten Gegenständen trifft das Licht wie ein Bündel auf die Linse, da es den direkten Weg sucht. Trifft es nun auf eine Linse, werden die vielen Lichtstrahlen umgelenkt. Nur der, der genau durch die Mitte der Linse kommt, bleibt seinem Weg treu. Das nennt man *optische Achse*. Je nach Krümmung der Linse treffen sich nun alle Lichtstrahlen in einem bestimmten Punkt, dem *Brennpunkt*. Dort bleiben sie natürlich nicht stehen, sonst wäre unsere Eule ja nur so groß wie ein Punkt. Die Strahlen bleiben weiterhin auf ihrem Weg, bis sie auf den Sensor, also die *Abbildungsebene*, treffen. Fällt dir etwas auf? Die Eule steht nun auf dem Kopf – und dass nur, weil die Strahlen umgelenkt werden. Aber dank dieser Umlenkung der Lichtstrahlen, kannst du eine große Eule auf dem kleinen Sensor deiner Kamera abbilden. Die Kamera dreht das Bild später um.

Man unterscheidet Objektive hauptsächlich nach Brennweiten und den damit verbunden Eigenschaften:

- **Ultraweitwinkelobjektive** zeigen dir alles im Bild, für das du ohne Kamera deinen Kopf von links nach rechts drehen müsstest, denn der *Blickwinkel* umfasst 106,5°.Die Brennweite liegt zwischen 14 und 21 mm.
- **Weitwinkelobjektive** haben einen großen Blickwinkel (63° bis 82°), aber nicht so groß wie bei einem Ultraweitwinkelobjektiv. Die Brennweite liegt zwischen 25 und 35 mm.

- **Normal- oder Standardobjektive** entsprechen in etwa dem natürlichen Bildeindruck, den du mit deinen Augen hast. Der Brennweitenbereich liegt bei 40 bis 50 mm und der Blickwinkel bei 47° bis 57°.
- **Kurze Teleobjektive** werden gern für Porträtbilder genutzt, da sie Gesichter besonders vorteilhaft aussehen lassen (Brennweite 85 bis 130 mm, Blickwinkel 19° bis 29°).
- **Teleobjektive** erlauben es dir, Dinge, die ganz weit weg sind, »heranzuholen« und zu fotografieren, zum Beispiel einen Vogel auf einem Baum (Brennweite 140 bis 250 mm, Blickwinkel 10° bis 17°).

↑ **Florenz, wie du es mit deinen Augen siehst, mit einem Normalobjektiv aufgenommen**

↑ **Florenz, mit einem Weitwinkelobjektiv aufgenommen**

→ **Wieder Florenz, diesmal aufgenommen mit einem kurzem Teleobjektiv. Wir sind näher dran; störende Objekte im Vordergrund deines Motivs kannst du so leicht aus dem Bildausschnitt verschwinden lassen.**

Merke dir

Brennweite

Je größer oder auch länger die Brennweite, desto größer wird dein Motiv abgebildet.

↑ Unterschiede in den Brennweiten

Abhängig von der Brennweite ändert sich auch der *Blickwinkel*, also der Bereich vom Motiv, der auf dem Sensor abgebildet wird. Vielleicht ist dir das bereits bei den Fotos aufgefallen. Bewegst du deinen Kopf etwas von links nach rechts, dann ist das der Bereich, den ein Weitwinkelobjektiv sieht. Blickst du einfach nach vorn, entspricht das dem Normalobjektiv. Teleobjektive hingegen vergrößern das Motiv.

↓ Je kürzer die Brennweite, desto weiter ist der Blickwinkel.

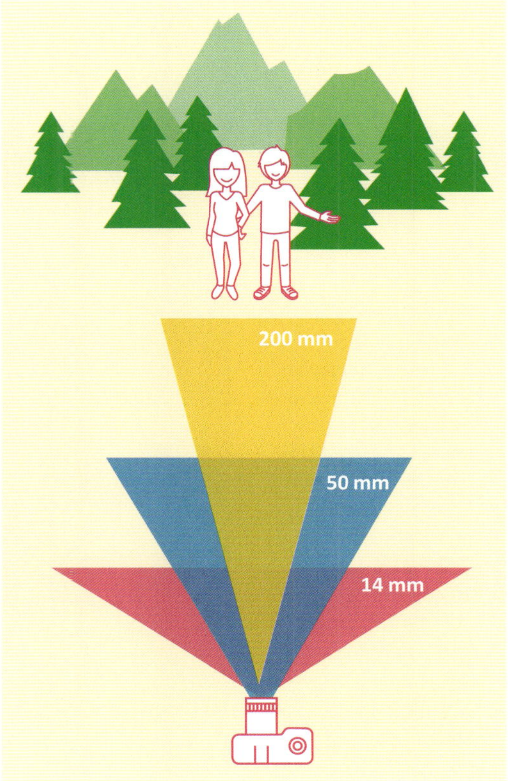

Die Qualität und Größe der Linsen bestimmen über die Bildqualität mit. Der Vergleich einer Smartphone-Kamera mit dem Objektiv einer Spiegelreflexkamera macht deutlich, wie unterschiedlich groß die Linsen beider Objektive sind (siehe nächste Seite). Damit das Smartphone vergleichbar gut scharf stellen kann, benötigt es eine viel feinere Bewegung der Linsen. Der Sensor einer Smartphone-Kamera muss außerdem mit viel weniger Licht auskommen, denn der Durchmesser dieser Linsen ist im Verhältnis zum Durchmesser der Linsen einer Kompaktkamera so klein wie ein Schlüsselloch im Vergleich mit einer offenen Tür.

Bleiben wir bei der Sensorgröße. Wenn du nichts an der Linse änderst, ist es wie im Kunstunterricht, wenn

↑ Das Objektiv eines Smartphones (hintere Kamera eines Samsung Galaxy S8) im Vergleich mit einer 85-mm-Festbrennweite (Canon) für eine Spiegelreflexkamera

du statt einer DIN-A4-Seite eine DIN-A3-Seite nutzt. Auf ein größeres Blatt Papier kannst du um die Eule herum (Seite 62) noch viel mehr zeichnen. So ist das auch bei den Sensorgrößen. Bleibt der Weg der Lichtstrahlen, also die Brennweite, gleich, ändert sich durch verschiedene Sensorgrößen der Ausschnitt vom Motiv. Du denkst, dass du viel näher am Motiv dran bist, aber in Wirklichkeit gehen dem Sensor einfach Lichtstrahlen verloren. Darauf musst du achten, wenn du mit unterschiedlichen Kameras fotografierst.

Eine Brennweite von 64 mm hat nicht bei jeder Kamera die gleiche Wirkung, wenn die Sensorgröße unterschiedlich ist. Manchmal steht bei den Angaben zum Objektiv noch zum Vergleich der Brennweitenbereich des sogenannten *Kleinbildformats,* da der Sensor vieler Kameras kleiner ist. Das Kleinbildformat ist so groß wie ein analoges Negativ oder Dia und entspricht der Sensorgröße einer sogenannten *Vollformatkamera*. In der Abbildung der Ballons ist das der komplette Bildausschnitt.

→ Bildausschnitt für verschiedene Sensorgrößen, aufgenommen mit einem Teleobjektiv und einer Brennweite von 64 mm, von außen nach innen: Vollformat (24 × 36 mm), APS-C (Spiegelreflexkamera, 22,2 × 14,8 mm), Kompaktkamera (6,2 × 4,6 mm), Smartphone-Kamera (als Beispiel kleiner Sensor mit 2 × 1,5 mm).

Wissen

Cropfaktor

Der Cropfaktor (auch Formatfaktor genannt) beschreibt die Brennweitenverlängerung aufgrund eines kleineren Sensors. Hat deine Kompaktkamera einen Cropfaktor von 5,6, multiplizierst du die angegebene Brennweite mit diesem Faktor und erhältst die Brennweite, die ein Objektiv einer Vollformatkamera hätte, um genau den gleichen Bildausschnitt darzustellen.

3.3 Warum ist die Lichtmenge wichtig?

Du weißt jetzt, wie das Licht bis zum Sensor gelangt, aber wie bestimmst du die Lichtmenge, und warum solltest du das tun? Du solltest es tun, weil du mit der Lichtmenge auch die Lichtstimmung kontrollierst. Es kommt natürlich immer auf dein Motiv an, ob du deiner Kamera die Entscheidung überlässt oder selbst die Lichtmenge bestimmst. Deine Kamera ist ja in gewisser Hinsicht »dumm« und versucht daher immer das Gleiche, nämlich so viel Licht hineinzulassen, dass keine Informationen im Schwarz oder Weiß verloren gehen. Das Ergebnis ist also immer rechnerisch ausgewogen, aber manchmal eben auch langweilig. Und manchmal tatsächlich auch falsch.

Wissen

Das verraten dir die Angaben zu deinem Foto

Deine Kamera speichert die Belichtungseinstellungen zu jedem Bild ab. An manchen Fotos im Buch findest du diese Angaben wieder.

105 mm	f5,6	1/800 s	ISO 1250	+ 2 1/3 LW
Brennweite	Blende	Belichtungszeit	Lichtempfindlichkeit	Belichtungskorrektur (LW steht für Lichtwert, manchmal auch EV für englisch *exposure value*)

Der Himmel in der Abbildung links ist so hell, dass der Sensor nur noch Weiß erkennt. Bei dem Foto in der Abbildung rechts bekam der Sensor zu wenig Licht, sodass der Ballon so dunkel ist, dass die kleinen Ballonbilder im blauen Bereich nicht mehr erkennbar sind. Dafür siehst du im Himmel Wolken und Blau. Gleicht die Kamera das richtig aus, wie im Ballonbild ganz unten, erkennst du den Himmel und den Ballon so, wie du ihn mit den Augen siehst.

➔ **Links: Hier kam zu viel Licht auf den Sensor, der Himmel ist komplett weiß, ohne Informationen zu den Wolken. Rechts: Hier kam zu wenig Licht auf den Sensor. Der Himmel hat nun Struktur, aber der Ballon ist viel zu dunkel, sodass das Blau eher ein Schwarz ist.**

Links: 105 mm | f5,6 | 1/800 s | ISO 1250 | + 2 1/3 LW

Rechts: 105 mm | f5,6 | 1/800 s | ISO 1250 | – 1 2/3 LW

➔ **Hier ist die Lichtmenge ausgewogen und der Ballon richtig belichtet. Du erkennst noch die Wolken im Himmel und das dunkle Blau des Ballons.**

105 mm | f5,6 | 1/800 s | ISO 1250 | + 1/3 LW

Vielleicht möchtest du aber, dass eine Aufnahme bei Nacht nicht so stark aufgehellt wird, damit es auch wie Nacht aussieht? Dann muss weniger Licht auf den Sensor fallen, als die Kamera für richtig hält, und du musst gezielt »unterbelichten«. Es kann auch sein, dass Gesichter viel zu dunkel wirken, wenn der Hintergrund sehr hell ist. Wenn die Gesichter heller sein sollen, musst du »überbelichten«. Dann wird allerdings auch der Hintergrund (noch) heller. In beiden Fällen musst du die Kamera »überlisten«, die ja nicht weiß, wie du dir dein Bild vorstellst. Schau mal im Menü deiner Kamera nach, ob du ein Zeichen mit einem Plus und einem Minus findest. Plus heißt mehr Licht, Minus weniger Licht. Wenn du eine dieser Einstellungen wählst, belichtet die Kamera entsprechend dunkler oder heller, als sie es normalerweise täte. Das ist die *Belichtungskorrektur* (siehe auch den Kasten auf Seite 101).

3.4 So funktioniert die Blende

Die Lichtmenge, die die Kamera auf den Sensor lässt, wird von drei Einstellungen bestimmt. Die kann ich am besten an einem Wasserglas erklären. Klingt komisch, ist aber eigentlich ganz leicht. Wenn du ein Glas mit Wasser füllen möchtest, kannst du über den Hahn den Wasserdruck ändern. Kommt nur wenig Wasser aus dem Hahn, dauert es länger, bis das Glas voll ist. Drehst du den Hahn ganz auf, geht es schnell. Mit dem Wasserhahn wird die Öffnung im Rohr über ein Ventil verändert. Wie schnell das Glas voll ist, wird also bestimmt durch:

1. die Öffnung des Ventils
2. die Zeit
3. (die dritte Einstellung ist der ISO-Wert, dazu mehr ab Seite 77)

← Links: Bei gleichbleibender Hahnöffnung benötigst du eine bestimmte Zeit, um das Glas zu füllen. Rechts: Bei einem weiter geöffneten Ventil kommt die Wassermenge schneller ins Glas.

So wie das Ventil im Wasserhahn die Wassermenge regelt, so regelt die *Blende* im Objektiv die Lichtmenge.

↑ Links: So sieht eine Blende aus. Sie besteht aus vielen kleinen Scheiben, die beim Drehen des Blendenreglers am Objektiv oder an der Kamera die Öffnung verändern. Im Bild rechts siehst Du eine Ersatzblende für ein Mikroskop. Das Prinzip ist gleich.

Die Blende funktioniert wie eine Art Pupille, die sich aus mehreren Metallplättchen (Lamellen) zusammensetzt. Diese drehen sich zusammen und bilden eine Öffnung in der Mitte, durch die je nach Größe mehr oder weniger Licht kommt. Weil die Metallplättchen das Licht abblenden, haben sie ihren Namen. Die Größe der Blendenöffnung wird mit f bezeichnet.

Wie groß oder klein die Öffnung ist, signalisiert die Kamera durch *Blendenstufen*, die oft vereinfacht ohne f oder auch ohne Bruchschreibweise angegeben sind. Je größer der Wert der Blende ist, desto mehr wird abgeblendet, desto kleiner wird also das Loch.

Der Wert der Blendenstufe beschreibt eine Fläche an durchkommendem Licht, die mit jedem Schritt entweder halbiert (größerer Blendenwert) oder verdoppelt wird. Die Reihe der *Blendenstufen* ergibt sich aus dem Produkt von 1,4 und der jeweiligen Blendenzahl, also 1 – 1,4 – 2 – 2,8 – 4 – 5,6 – 8 – 11 und so weiter.

Merke dir

Blendenzahl

große Blendenzahl = es kommt wenig Licht in die Kamera

kleine Blendenzahl = es kommt viel Licht in die Kamera

3.5 Kontrolle über die Schärfentiefe

Das Spannende an der Blende ist, dass du damit nicht nur die Lichtmenge, sondern insbesondere auch die Ausdehnung der Schärfe im Bild beeinflussen kannst. Diese Ausdehnung wird *Schärfentiefe* genannt und meint den Bereich, der vor und hinter deinem anvisierten Motiv noch scharf ist. Mit weit geöffneter Blende (kleine Blendenzahl) kannst du Personen, Blumen oder Tiere fokussieren und den Vordergrund und Hintergrund regelrecht verschwimmen lassen. An den Lego-Figuren wird das gut deutlich. Siehst du den Unterschied?

↑ Geringe Schärfentiefe: Ich habe auf die weiße Lego-Figur in der Mitte scharf gestellt, und mit einer recht offenen Blende von f4 verschwimmen die Figuren vor und hinter der weißen Lego-Figur und werden unscharf.
105 mm | f4 | 1/320 s | ISO 100

↑ Große Schärfentiefe: Scharf gestellt ist hier immer noch auf die weiße Lego-Figur, aber mit der geschlossenen Blende f22 werden nun alle Figuren mehr oder weniger scharf dargestellt.
105 mm | f22 | 1/60 s | ISO 640

Der Grund für die unterschiedliche Schärfentiefe bei unterschiedlichen Blenden ist der Weg der Lichtstrahlen durch die Linsen und weiter zum Sensor. Aus jedem scharfen Punkt wird ein kleiner Kreis. Der Sensor kann aber auch nur begrenzt scharf sehen, sodass nur Kreise mit einem bestimmten Durchmesser noch scharf abgebildet werden. Diesen Kreis nennt man »Unschärfekreis«. Bei einer Vollformatkamera und einer Brennweite von 50 mm entspricht dieser Kreisdurchmesser zwei Lagen Küchenfolie (0,03 mm). Der Bereich, in dem die Lichtbündel also noch kleiner als dieser Durchmesser sind, entspricht der Schärfentiefe.

Da die Pupillen in deinen Augen wie Blenden funktionieren, siehst du übrigens bei Tageslicht von ganz nah bis in die Ferne scharf. Ist es bereits recht dunkel, wird der Bereich der Schärfentiefer viel kleiner, da die Pupillen weit geöffnet sind. Forme mal mit deiner Hand ein winziges Loch und schaue einen Gegenstand in der Ferne an. Siehst du ihn schärfer? Das ist der Grund, warum bei einer Lochkamera – mit einem winzigen Loch – ein Großteil vom Bild scharf ist.

Hier siehst du noch ein Beispiel für unterschiedliche Schärfentiefen. Der Zaun ist bei einer sehr kleinen Blende im hinteren Bereich unscharf und nur rund um das Herz scharf. Hingegen kannst du bei sehr großer Blende bis zum Ende des Zauns noch Details erkennen.

↓ Links: Der Zaun ist nur im vorderen Bereich scharf. Rechts: Der Zaun ist komplett scharf.

Links: 41 mm | f4,5 | 1/1000 s | ISO 640

Rechts: 41 mm | f20 | 1/60 s | ISO 640

Auch bei Nahaufnahmen von Tieren, für die du ein Teleobjektiv nutzt, kann das nützlich sein. Achtest du dann noch auf den Bildausschnitt – mithilfe eines Teleobjektivs kannst du den Vordergrund ja leicht verschwinden lassen –, kannst du auch jeden Hinweis auf ein Schmetterlingshaus ausblenden, und das Foto sieht aus, als hättest du den Schmetterling im Garten aufgenommen. Klasse Trick im Zoo!

Manche Smartphones können die Blende auch ändern, aber meist sind sie nicht variabel. Immer mehr Smartphones können allerdings eine künstliche Unschärfe in das Bild hineinrechnen. Das ist beeindruckend und sieht durchaus gut aus, aber wenn du den Effekt selbst bestimmen möchtest, kommst du um eine richtige Kamera nicht herum.

↑ Links: Bei diesem Porträt sind die Augen und Zähne von Lana scharf. Die Ohringe und Streifen auf dem hinteren Teil des T-Shirts sind bereits unscharf dank der offenen Blende. Rechts: Auch bei diesem Hund ist der Effekt der Unschärfe gut am Fell erkennbar. Nase und Augen sind scharf, aber das Fell weiter hinten ist bereits unscharf.

Links: 105 mm | f4,5 | 1/500 s | ISO 640, rechts: 80 mm | f2,8 | 1/400 s | ISO 200

← Du siehst hier nicht, dass das Foto in einem Schmetterlingshaus gemacht wurde, da die Schärfentiefe dank der langen Brennweite des Teleobjektivs sehr gering ist. Achte auch auf den Bildausschnitt, damit keiner sieht, dass es im Schmetterlinghaus gemacht wurde. Nimm lieber Pflanzen mit aufs Foto als eine Betonwand, die du in der Natur nicht findest.

194 mm | f5,6 | 1/25 s | ISO 800

3.6 Auf die Zeit kommt es an

Erinnerst du dich an die Bilder mit dem Wasserhahn? In Abschnitt 3.4 hast du den Einfluss der Blendenöffnung beim Einfangen einer bestimmten Lichtmenge kennengelernt. Die Lichtmenge wird über den *Lichtwert (LW)* beschrieben und nicht nur von der Blende, sondern auch von der Belichtungszeit bestimmt, die du an deiner Kamera einstellen kannst, um die gleiche Menge Licht zu erhalten.

Merke dir

Belichtungszeit

Die *Belichtungszeit* (auch Verschlusszeit genannt) ist die Zeit, in der das Licht auf den Sensor in der Kamera trifft und ihn somit »belichtet«.

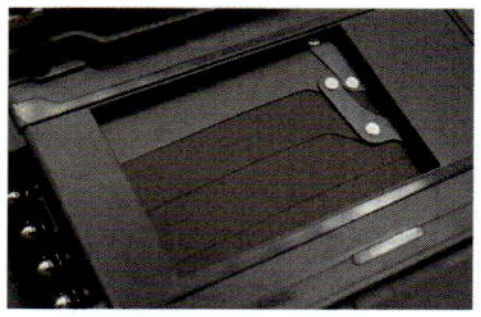

↑ Lamellenverschluss einer analogen Spiegelreflexkamera. Bei den Digitalkameras siehst du das leider nicht mehr so einfach.

In der Kamera befindet sich vor dem Sensor eine Art Vorhang, der *Verschluss*, der sich blitzschnell öffnet, wie der Vorhang im Theater, wenn bei tosendem Applaus der Vorhang noch mal geöffnet wird und sich die Künstler verbeugen. Natürlich besteht der Verschluss in deiner Kamera nicht aus Stoff, sondern aus einer oder mehreren Platten, die von einem Motor blitzschnell bewegt werden.

Es gibt somit für jede Lichtmenge mehrere Kombinationen aus Zeit und Blende, ohne dass dein Bild heller oder dunkler wird. Genauso wie bei der Blende verdoppelst oder halbierst du die Zeit (2 s – 1 s – 0,5 s – 0,25 s). Klingt logisch, oder?

Bei der Belichtungszeit musst du ein paar Dinge beachten. Wenn du den Auslöser deiner Kamera durchdrückst, bewegst du immer leicht die Kamera. Bei einer sehr kurzen Belichtungszeit hat diese Bewegung keinen Einfluss auf das Bild, aber bei einer langen Belichtungszeit (ab ca. 1/60 s) werden deine Bilder unscharf (verwackelt) – wie dein Umfeld, wenn du dich ganz schnell auf einem Karussell drehst.

Wissen

Die »Kehrwertregel«

Ab wann ein Bild verwackelt, errechnest du mit der *Kehrwertregel*. Die Belichtungszeit sollte nicht länger sein als der Bruch »1 über die Brennweite«. Wenn du mit einem Standardobjektiv von 50 mm fotografierst, heißt das 1 durch 50 (mm), also 1/50 s Belichtungszeit (das sind 0,02 s). Aber bei einem Teleobjektiv mit 200 mm sind es bereits 1/200 s (0,005 s). Wenn du blinzelst, ist dein Auge für 0,3 s geschlossen. Deine Kamera muss das also schneller hinbekommen.

Die Belichtungszeit spielt bei einigen Fotos eine wichtige Rolle. Wenn du zum Beispiel beim Fußball die Bewegung einfangen möchtest, dann muss die Zeit sehr kurz sein, da sich die Spieler ja sehr schnell bewegen.

← Dank einer kurzen Belichtungszeit wird der »rasend« schnelle Fußballer hier noch scharf abgebildet.

105 mm | f7,1 | 1/1250 s | ISO 800 | – 1/3 LW

Bei einem Wasserfall (Beispiel auf der nächsten Seite) kannst du dir überlegen, ob du die Tropfen »einfrieren« oder das Wasser fließend wirken lassen möchtest.

→ Links: Durch die lange Belichtungszeit wirkt das Wasser bei diesem Wasserfall verschwommen, und du siehst quasi die Bewegung. Rechts: Die Wassertropfen dieses Wasserfalls sind »eingefroren« dank der kurzen Belichtungszeit.

Links: 21 mm | f10 | 1/50 s | ISO 200 | – 2/3 LW

Rechts: 21 mm | f5 | 1/400 s | ISO 400 | – 2/3 LW

Bei den Fotos oben erkennst du, dass die Helligkeit der Bilder trotz der unterschiedlichen Belichtungszeiten vergleichbar ist, da die Kamera die gleiche Lichtmenge einfangen sollte. Weil ich die Belichtungszeit geändert habe, hat die Kamera also die Blende angepasst, um die gleiche Lichtmenge einfangen zu können. Hier gibt es eine recht einfache Regel: Veränderst du die Blende um eine Blendenstufe (also zum Beispiel von f11 auf f16), verdoppelt sich die Menge an Licht. Um die gleiche Lichtmenge beizubehalten, musst du die Belichtungszeit halbieren (hier auf 1/30 s).

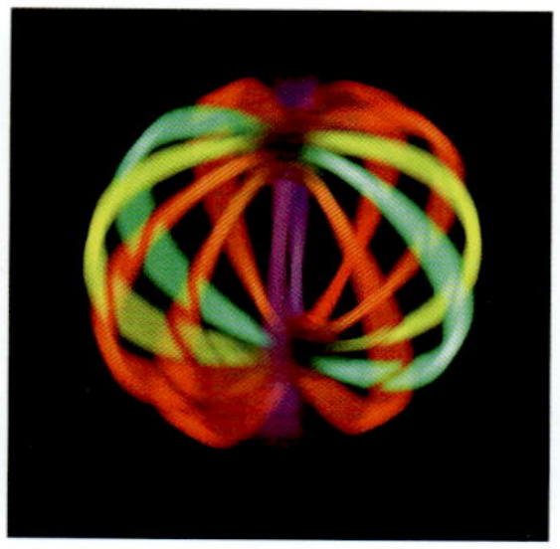

↑ Links: Ein sich drehender Knicklichterball. Bei 1/20 s verschwimmt alles. Mitte: Mit einer Belichtungszeit von 1/40 s werden schon einzelne Stäbe sichtbar. Rechts: Bei einer Aufnahme mit 1/60 s (0,017 s) ist alles scharf, schneller dreht sich der Ball nicht. Bei noch kürzeren Belichtungszeiten sieht das Bild gleich aus.

Links: 24 mm | f4 | 1/20 s | ISO 6400 | – 1/3 LW
Mitte: 24 mm | f4 | 1/40 s | ISO 6400 | – 1/3 LW
Rechts: 24 mm | f4 | 1/60 s | ISO 6400 | – 1/3 LW

Belichtungszeit	Blendenstufe
1/8 s	f32
1/15 s	f22
1/30 s	f16
1/60 s	**f11**
1/125 s	f8
1/250 s	f5,6
1/500 s	f4
1/1000 s	f2,8
1/2000 s	f2
1/4000 s	f1,4

← Zusammenhänge zwischen Belichtungszeit und Blende: Die Paare in der Tabelle – wie 1/60 s und f11 – ergeben immer die gleiche Lichtmenge.

Sowohl bei der Blendenreihe als auch bei der Reihe der Belichtungszeiten gibt es zwischen den Hauptschritten, die ich dir erklärt habe, auch noch Zwischenstufen, um genauere Einstellungen vornehmen zu können.

3.7 Der »Belichtungs-Joker« – der ISO-Wert

↑ Fußballturnier in der Halle, aufgenommen ohne Blitz

105 mm | f5,6 | 1/400 s | ISO 6400 | – 1/3 LW

Erinnerst du dich? Ich habe auf Seite 69 geschrieben, dass die Lichtmenge, die die Kamera auf den Sensor lässt, von drei Einstellungen bestimmt wird. Bislang hast du zwei kennengelernt: Die Blende und die Belichtungszeit. Die dritte Einstellung ist der ISO-Wert.

Die Zusammenhänge zwischen der Blende und der Belichtungszeit geraten manchmal an ihre Grenzen. Gerade, wenn man in dunkleren Räumen etwas fotografieren möchte, wird das Licht schnell knapp. Ich erlebe das oft bei Fußballturnieren in der Sporthalle, wenn ich eine sehr kurze Belichtungszeit (1/500 s) benötige, um die rennenden Kinder mit Teleobjektiv noch scharf fotografieren zu können. Ähnlich ist es auch bei dem Knicklichterball auf Seite 76 unten, bei dem die Umgebung bewusst sehr dunkel sein muss, damit man das Leuchten wahrnimmt.

In solchen Situationen benötigt deine Kamera Unterstützung. Die einzelnen Bildpunkte (*Pixel*) müss(t)en lichtempfindlicher werden, um das wenige Licht als ausreichend wahrzunehmen. Da sie das aber nicht können, wird stattdessen das Signal verstärkt. Stell dir das wie ein Radio vor, das du lauter drehst.

Auch die Lichtempfindlichkeit ist – wie die Blende und die Belichtungszeit – genormt, damit jeder vom Gleichen spricht. Sie wird in ISO angegeben. Findest du die Einstellung bei deiner Kamera? Mit jeder ISO-Stufe wird die Lichtempfindlichkeit verdoppelt, sodass die halbe Menge Licht bei beispielsweise ISO 200 genauso wirkt wie bei ISO 100.

Die Zusammenhänge zwischen dem ISO-Wert und der Belichtungszeit sind ähnlich wie bei der Blende und der Belichtungszeit. Die eine Zahl verdoppelt sich und die andere halbiert sich.

Bei der Blende sieht es etwas anders aus. Mit der Verdopplung des ISO-Wertes verdoppelt sich auch die Blendenzahl, was jedoch eine Halbierung der Lichtmenge bedeutet, weil sich die Öffnung verkleinert.

ISO-Wert	Belichtungszeit
25	1/8 s
50	1/15 s
100	1/30 s
200	1/60 s
400	1/125 s
800	1/250 s
1600	1/500 s
3200	1/1000 s
6400	1/2000 s
12800	1/4000 s

↑ **Zusammenhang zwischen ISO-Wert und Belichtungszeit**

ISO-Wert	Blendenstufe
25	f1,4
50	f2
100	f2,8
200	f4
400	f5,6
800	f8
1600	f11
3200	f16
6400	f22
12800	f32

↑ **Zusammenhang zwischen ISO-Wert und Blendenstufe**

Als es noch keine Digitalkameras gab, bei der man für jedes Foto wieder neu die Lichtempfindlichkeit anpassen konnte, musste man sich vorab entscheiden, welche Lichtempfindlichkeit der Film für die nächsten 24 oder 36 Bilder benötigen wird. Das Filmmaterial setzte sich, genauso wie der Sensor deiner Kamera heute, aus vielen Punkten zusammen. Mit steigenden ISO-Werten wurden die Punkte des Filmmaterials auch größer, so wie bei feinem und grobem Schleifpapier. So konnte jeder Punkt mehr Licht auf einmal aufnehmen.

Bei digitalen Kameras funktioniert das ähnlich, nur dass die Kamera eben hier das elektronische Signal jedes Bildpunktes verstärkt. Wie das technisch funktioniert, wäre zu kompliziert, aber bildlich kannst du es dir recht einfach merken: Wenn du auf der Stelle hüpfst und dein Freund die Höhe aufschreibt, wirst du sehen, dass die Werte immer ziemlich ähnlich sind. Hüpfst du aber auf einem Trampolin, geht das viel höher. Das Trampolin verstärkt dein »Hüpfsignal«.

↑ **Die Verstärkung der Lichtempfindlichkeit des Sensors funktioniert so ähnlich, wie dich ein Trampolin höher hüpfen lässt.**

Die Höhe variiert etwas, weil du bestimmt nicht exakt immer die gleiche Stelle beim Aufkommen triffst. Mal ist es etwas niedriger, mal etwas höher. Genau diesen Effekt siehst du auch auf deinen Fotos. Hier nennt man das *Rauschen*, was besonders bei dunklen Flächen sichtbar wird. Die Fotos sind nicht mehr ganz so scharf, und die Farbtöne weichen von Punkt zu Punkt etwas voneinander ab. Auf den Fotos von den Buntstiften siehst du den Effekt.

Am Computer kann man zwar einiges wieder »geradebiegen«, aber die Unschärfe bleibt. Bevor ich aber auf die dynamischen Fußballfotos von meinem Sohn und seiner Mannschaft verzichte, nehme ich den Qualitätsverlust in Kauf, denn auf dem Smartphone oder auf gedruckten Bildern in Postkartengröße fällt das kaum auf. Die Kameras heutzutage können eben schon richtig viel!

Wenn du nun alle drei Einstellungen von Blende, Belichtungszeit und ISO-Wert kombinierst, bekommst du enorm viele Möglichkeiten, dein Foto zu gestalten. Klar, das alles kann deine Kamera auch automatisch, aber dann wird das Foto so, wie die Kamera es für richtig hält, und nicht unbedingt so, wie du es dir vorstellst.

↑ **Stifte vor dunklem Hintergrund mit langer Belichtungszeit, dafür geringem ISO-Wert**
105 mm | f16 | 1,3 s | ISO 100

↑ **Verkürzung der Belichtungszeit, dafür extremes Rauschen und Detailverlust durch sehr hohen ISO-Wert (Maximum der Canon EOS 6D Mark II)**
105 mm | f16 | 1/320 s | ISO 40 000

NUN DU: Das Belichtungsdreieck nutzen

Der Zusammenhang von Blende, Belichtungszeit und ISO-Wert wird noch mal deutlicher mit einem Belichtungsdreieck. Verändere bei diesem immer nur zwei Größen, und halte die dritte Größe konstant. Wenn du die Belichtungszeit halbierst, wandert der Blendenwert eine Stufe runter (zum Beispiel von f11 auf f8), da die Blende bei größerer Öffnung mehr Licht hineinlässt. Möchtest du bei einem Porträt die Blende gleich halten, weil dir der unscharfe Hintergrund so gefällt, kannst du über die Erhöhung der ISO-Werte die Belichtungszeit reduzieren.

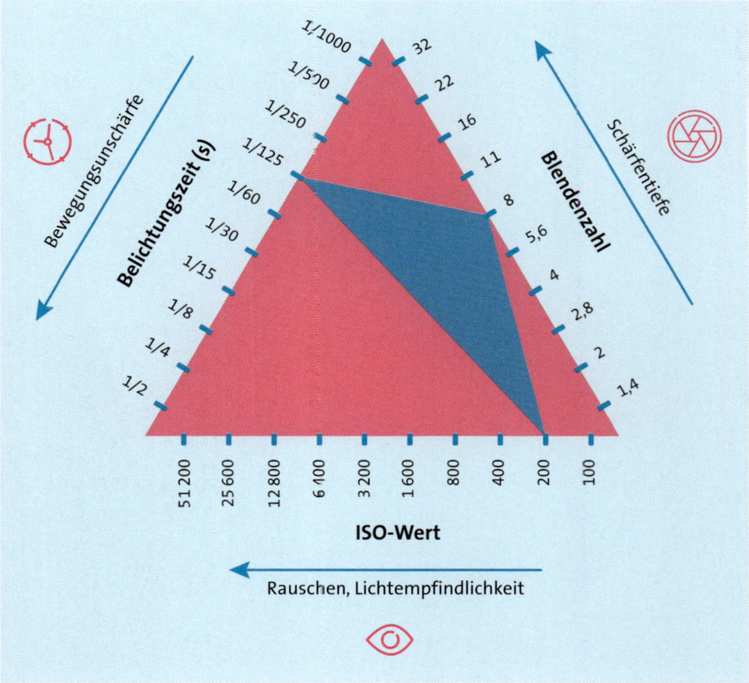

Zusammenhänge zwischen Blende, Belichtungszeit und ISO-Wert im Belichtungsdreieck

Experimentiere einfach ein bisschen, und du bekommst ein Gefühl dafür, wie die Werte zusammen funktionieren. Das Schöne ist, dass du zwei der drei Einstellungsmöglichkeiten verändern kannst und die Kamera den dritten Wert automatisch berechnet. Es kann also nichts schiefgehen!

Das Belichtungsdreieck findest du neben anderen Dingen auch im Downloadangebot zu diesem Buch.

R

Kapitel 4

Was kann (d)eine Kamera?

4.1 Welche Kameratypen kommen für dich infrage?

Bei der Wahl deiner Kamera kommt es unter anderem darauf an, was du gern fotografieren möchtest. Dein Blick auf die Welt und fürs Motiv ist mindestens so wichtig wie die Kamera, aber je mehr deine Kamera dich bei den Einstellungen mitbestimmen lässt, desto kreativer kannst du sein. Nachdem du jetzt weißt, welchen Einfluss die *Blende*, die *Belichtungszeit* und der *ISO-Wert* auf dein Bild haben, möchtest du diese Dinge bestimmt selbst einstellen können. Ich kann dich beruhigen – die meisten Kameras lassen dir diese Möglichkeit.

Aber das allein ist es nicht! Um mit der Kamera Spaß zu haben, sollte sie auch gut in deiner Hand liegen und nicht zu schwer sein. Kompaktkameras sind sehr praktisch für den Einstieg und liefern auch sehr gute Ergebnisse. Ein großer Vorteil ist, dass sie in die Hosentasche, Jacke oder Tasche passen. Du kannst sie immer dabeihaben.

↑ Eine Kompaktkamera kannst du immer dabeihaben, und mit ihr lassen sich auch richtig gute Bilder machen.

Es gibt generell verschiedene Kameratypen, die du gleich genauer kennenlernen wirst:

- Smartphone
- Kompaktkamera
- Bridgekamera
- Systemkamera

Die Tabelle rechts kann dir bei der Wahl des für dich perfekten Kameratyps helfen.

Worauf kommt es bei der Wahl deiner Kamera an?	Smartphone	Kompakt-kamera	Bridgekamera	Systemkamera
Preis	> 150 €	> 150 €	> 300 €	> 500 €
Gewicht	ca. 100 g	ca. 300 g	ca. 1 kg	> 500 g (Gehäuse, ohne Objektiv)
Größe der Kamera	mini	klein	mittel	groß
Sensorgröße	mini	klein	klein	groß
Wie nimmst du sie mit?	Hosentasche/Jackentasche		Rucksack/Kameratasche	
Motivsuche	Display	Sucher/Display		Sucher/Display
Motivprogramme	ja			
Belichtungs-einstellungen (Halbautomatik)	ISO-Wert und Helligkeit	bei manchen	ja	
Video	ja			
Größe der Linsen im Objektiv (entschei-dend für die Licht-menge)	sehr klein	klein	mittel	groß
Wechselobjektive	nein			ja
Unterschiedliche Brennweiten mit einem Objektiv	nein	ja		
Auch gut mit wenig Licht?	nein		ja	
Zusätzlicher Blitz ansteckbar	in der Regel nicht		ja	
Bedienung	einfach (sofort starten)		mittel (Anleitung lesen)	

↑ **Vergleich der verschiedenen Kameratypen und ihrer Besonderheiten**

Smartphone

Smartphones sind wahre Alleskönner: telefonieren, chatten, Filme schauen, spielen … und natürlich fotografieren.

Auf jedem Smartphone ist standardmäßig eine *Kamera-App* installiert. Es gibt darüber hinaus auch zahlreiche andere Kamera-Apps, die mehr Einstellungen erlauben. Selbst die Bearbeitung und das Teilen deiner Fotos kannst du mit dem Smartphone erledigen.

Es gibt aber auch Einschränkungen: Du bedienst die Kamera ausschließlich über das *Display*, was Akkuleistung kostet und bei strahlendem Sonnenschein auch mal schwierig zu erkennen sein kann. Die *Auflösung* der Bilder ist bei modernen Smartphones zwar sehr gut, die *Bildpunkte (Pixel)* sind allerdings sehr klein. Bei wenig Licht stoßen Smartphones an ihre Grenzen, und die Bilder *rauschen*, sie werden körnig und auch etwas unscharf. Spätestens bei großen Ausdrucken fällt das dann auf.

Das Objektiv ist in der Regel ein *Weitwinkelobjektiv*. Gerade bei Selfies wirst du sehen, dass dein Gesicht etwas verzerrt ist. Alles wird gestaucht, damit kleiner und breiter, vor allem an den Bildrändern. Bei den meisten von uns ist das nicht besonders attraktiv. Auch wenn du das Motiv größer dargestellt haben möchtest, geht das nur auf Umwegen. Du kannst nur digital »zoomen«, was im Grunde nur ein »Wegschneiden« von Pixeln bedeutet. Mehr und mehr Smartphones haben allerdings mehrere Objektive – vom Weitwinkel bis zum leichten Tele. Und für die anderen Smartphones gibt es für wenig Geld kleine Vorsatzlinsen, die du vor die Linse deines Smartphones klemmen kannst. Diese erlauben dir etwas mehr Kreativität.

Kurzum, du kannst mit dem Smartphone schöne Fotos machen. Sie sind nicht immer vergleichbar mit richtigen Digitalkameras, aber du kannst sie sofort an Freunde schicken. Eine Kamera hast du nur gelegentlich dabei, dein Smartphone immer – also perfekt für Schnappschüsse und zum Teilen! Bei allem fotografischen Anspruch: Ein Smartphone kann schon was.

Kompaktkamera

Eine Kompaktkamera ist nicht ganz so dünn wie ein Smartphone, aber – wie ihr Name schon sagt – kompakt. Du kannst mit dieser Art Kamera gut in die Fotografie einsteigen, da sie noch nicht ganz so viel kostet wie größere

Kameras, aber im Vergleich zu Smartphones mehr kann. Und es kann auch von Vorteil sein, das Telefon (Smartphone) und die Kamera voneinander zu entkoppeln: Der Akku hält länger, und du wirst beim Fotografieren nicht von tausend anderen Sachen abgelenkt.

Bedient werden diese Kameras über das *Display*, das *Einstellrad* und richtige *Bedienelemente* wie Tasten und Räder. Viele bieten auch einen optischen *Sucher*, das ist ein kleines Fenster links oben, durch den du schauen kannst. Er kann dir bei Sonnenschein sehr hilfreich sein, wenn du das Display nicht gut erkennen kannst. Bei Systemkameras ist die Kamera auch schneller, wenn du den Sucher nutzt, da das Fokussieren über das Display anders funktioniert und länger dauert.

Neben dem deutlich größeren Sensor ist der große Vorteil gegenüber dem Smartphone das *Objektiv*, das aus viel mehr und vor allem größeren *Linsen* besteht. Und oft haben Kompaktkameras auch ein Zoomobjektiv, mit dem du dein Motiv ohne Qualitätseinbußen näher heranholen kannst.

Dank der vielen *Motivprogramme* für beispielsweise Sport oder Porträt benötigst du nicht unbedingt Wissen über Blende und Belichtungszeit, da dir das die Kamera abnimmt. Es gibt jedoch auch Kameras, die die klassischen Programme der *Halbautomatik* haben, sodass du Blende oder Belichtungszeit selbst wählen kannst und die Kamera den Rest berechnet.

Bevor du dich für eine bestimmte Kamera entscheidest, nimm sie vorher in die Hand und prüfe, ob du sie gut greifen kannst. Kommst du mit der Menüführung zurecht, oder ist es dir viel zu kompliziert? Jeder Hersteller gestaltet das Menü anders. Wenn du später eine andere Kamera des gleichen Herstellers kaufst, musst du höchstwahrscheinlich nicht wieder bei Null anfangen.

Bridgekamera

Bridgekameras (engl. *bridge* = Brücke) vereinen die Vorteile von Kompakt- und Systemkameras (dazu mehr im nächsten Abschnitt). Sie bilden sozusagen eine Brücke zwischen beiden. Bei einer Bridgekamera kannst du das Objektiv zwar nicht wechseln, dafür deckt es einen großen Brennweitenbereich ab. Solltest du mal in der Wüste oder am Strand Fotos machen wollen, wird dir deine Kamera dankbar sein, wenn du das Objektiv nicht wechselst, da so der Sensor vor Schmutz und Sand geschützt bleibt. Die Kameras sind vergleichsweise groß, dadurch liegen sie aber auch oft besser in der Hand.

↑ Eine typische Bridgekamera (Canon SX50 HS) – alles in einem Paket, hier auch mit einem eingebauten Blitz. Das Objektiv ist fest verbaut, hat aber einen großen Brennweitenbereich.

Bridgekameras werden in der Preisklasse von hochwertigen Kompaktkameras angeboten und bieten einen guten Kompromiss, wenn du Einstellungen wie an einer Systemkamera vornehmen möchtest, diese dir oder deinen Eltern aber noch zu teuer ist.

Die Bildqualität kommt zwar an die der »großen« Systemkameras noch nicht ganz heran, aber sie ist noch einmal deutlich besser als bei Kompaktkameras. Dennoch musst du wissen, dass der Sensor kleiner als bei Systemkameras ist, was Einfluss auf die Möglichkeiten der *Schärfentiefe* hat. Wenn du also ein Porträt aufnehmen möchtest, kannst du den Hintergrund nicht so stark verschwimmen lassen wie mit einer Systemkamera. Auf der anderen Seite ist es leichter, Bilder mit durchgehender Schärfe zu machen – von ganz vorne bis ganz hinten.

Ein wesentlicher Vorteil von Bridgekameras ist, dass sich Blende und Belichtungszeit und andere wichtige Dinge manuell einstellen lassen, während es gleichzeitig auch Motivprogramme gibt, die dir zumindest zu Beginn helfen können.

In Situationen mit wenig Licht kommen auch Bridgekameras an ihre Grenzen, aber die meisten haben einen eingebauten Blitz und, wie Systemkameras, einen *Blitzschuh*, an dem du einen großen *Zusatzblitz* befestigen kannst. Damit hast du noch mehr kreative Möglichkeiten.

Die Bridgekamera ist eine attraktive Ergänzung zum Smartphone, da sie gut für wichtige Erinnerungen wie Urlaube und Feste geeignet ist.

Systemkamera

Findest du Freude an der Fotografie, werden deine Ansprüche im Laufe der Zeit bestimmt steigen. Vielleicht stößt deine bisherige Kamera bei geringem Licht an ihre Grenzen und das Rauschen stört dich, oder der *Autofokus* schafft es nicht, beim Fußballspielen oder Tanzen deinen Freunden zu folgen. Dann wird es Zeit für eine Systemkamera.

Unter Systemkameras versteht man die Kombination aus einem Kameragehäuse und einem Objektiv, das jederzeit gewechselt werden kann. Beides muss als System zusammenpassen, was nicht zwingend heißt, dass das Objektiv zum Beispiel vom gleichen Hersteller wie die Kamera kommt. Dadurch bist du flexibler.

Systemkameras haben größere Sensoren als Kompakt- oder Bridgekameras, als Smartphones sowieso, und sind daher bei Aufnahmen mit wenig Licht klar im Vorteil. Die Bilder rauschen weniger, sehen nicht so »vermatscht« aus, wie das bei Smartphones passieren kann, und es ist leichter, mit der Schärfentiefe zu spielen, also sie zu variieren.

Bei Systemkameras unterscheidet man zwischen *Spiegelreflexkameras* und *spiegellosen Kameras*. Spiegelreflexkameras besitzen einen Spiegel im Gehäuse, der dir das Bild über weitere kleine Spiegel in den Sucher lenkt. Beim Auslösen klappt der große Spiegel hinter dem Objektiv blitzschnell um, damit die Lichtstrahlen auf den Sensor gelangen.

← Das Schwenkdisplay macht es dir leicht, Motive auch aus schwierigen Positionen zu fotografieren. Schaust du von der Seite schräg auf das Display, ist das Bild allerdings dunkler und nicht so gut erkennbar.

Spiegelreflexkameras gab es, so wie Kompaktkameras auch, bereits mit analogem Film. Wenn du dich für ein System entscheidest, das deine Eltern bereits haben, kannst du deren Objektive auch nutzen. Vieles funktioniert an diesen Kameras mechanisch, sodass sie weniger Strom benötigen. Das Display brauchst du nur zum Einstellen und Anschauen der Bilder. Spiegelreflexkameras sind allerdings ziemlich schwer. Bei einer Einsteigerkamera kannst du mit 500 g für das Gehäuse rechnen. Meine Vollformatkamera wiegt mit Objektiv ungefähr 1,7 kg.

Spiegellose Kameras sind die Zukunft, auch wenn es Spiegelreflexkameras noch für einige Zeit geben wird. Spiegellose sind kleiner und leichter, weil viele Bauelemente ohne den Spiegel nicht gebraucht werden. Anstelle des Spiegels gibt es zur Betrachtung ein Display, so, als würdest du auf einen Fernseher schauen oder mit dem Smartphone fotografieren. Manche Kameras haben zusätzlich noch ein Minidisplay im Sucher. Bei spiegellosen Kameras gelangt das Licht direkt auf den Sensor, der nur während der Belichtungszeit aktiv ist.

→ Eine spiegellose Kamera (Olympus OM-D E-M 1 Mark II, links) sieht nicht so viel anders aus als eine Spiegelreflexkamera (Canon EOS 70D, rechts), oder?

Systemkameras gibt es für Einsteiger, ambitionierte Hobbyfotografen und Profis. Sie unterscheiden sich natürlich stark im Preis, aber auch in der Menüführung und dem Zubehör. Es kommt immer stark auf die Sensorgröße an. Die Sensoren sind bei den Profikameras noch mal größer als bei den Einsteigermodellen. Vollformatkameras besitzen einen Sensor, der die Größe der früheren analogen Kleinbildfilme hat. Es gibt sogar noch größere

Sensoren, die man Mittelformat nennt. Das macht Systemkameras – mit und ohne Spiegel – immer noch einzigartig auf dem Profimarkt.

Egal, für welchen Typ du dich entscheidest: Wenn du die Möglichkeit hast, auch im *Raw-Format* aufzunehmen, kannst du später am Computer noch viele Dinge einstellen, die im JPEG-Format nicht mehr gehen (genauer nachlesen kannst du das im Kasten auf Seite 117). Systemkameras und Bridgekameras beherrschen das Raw-Format. Manche Kompaktkameras und Smartphones können das ebenso, aber eben nicht alle.

4.2 Wir schauen genauer hin – die Teile deiner Kamera

Vorbereitung

Lass uns mal gedanklich den Ablauf des Fotografierens betrachten und überlegen, was eine Kompaktkamera alles zu bieten hat. Bei einer Systemkamera ist das vergleichbar. Als Erstes nimmst du die *Schutzkappe* vom *Objektiv* ab, falls der Objektivschutz nicht automatisch eingefahren wird, und machst die Kamera am *On/Off-Knopf* an, damit du loslegen kannst.

Die nächsten Schritte hängen davon ab, was du wie fotografieren möchtest. Oben auf dem Gehäuse befindet sich ein *Dreh- oder Einstellrad* ⑩, mit dem du die Belichtungs- und eventuell auch Motivprogramme (Szenen) wählen kannst. Hast du dich hier für etwas entschieden, erscheint auf dem *Display* ⑦ einiges zur Auswahl.

Rund um das Display findest du einige *Tasten* ⑧, an denen du Einstellungen vornehmen kannst, wie zum Beispiel die Steuerung des Blitzes (*Blitzlichteinstelltaste*), die Änderung der Belichtung (*Belichtungskorrektur*) und die Möglichkeit, zeitverzögert auszulösen, um eventuell auch mit auf dem Foto zu sein (*Selbstauslöser*). Diese Tasten sind bei jeder Kamera anders. Oft sind es Steuertasten, wie bei Fernbedienungen, damit du, ohne hinzuschauen, nach links, rechts, oben oder unten navigieren kannst. Drückst du vorher zum Beispiel eine Einzeltaste wie *MENU/SET*, kannst du mit den *Steuertasten* in dem Menü hin und her wandern und alles einstellen.

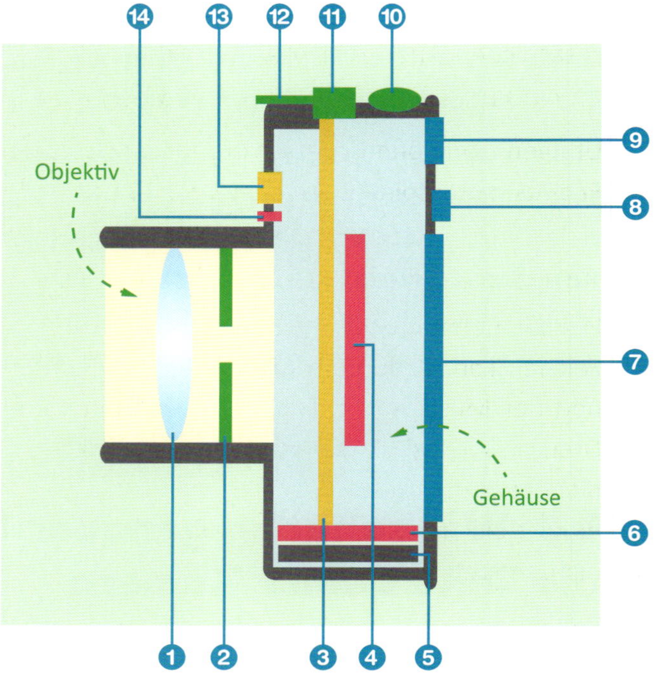

↑→ **Die Bedienelemente einer Kamera**

Fotografieren

Nun schaust du durch den *Sucher* 9 oder siehst das Motiv im *Display* 7. Vielleicht nutzt du den *Zoomhebel* 12, um das Motiv zu vergrößern. Du drückst den *Auslöser* 11 halb herunter, um das Motiv zu fokussieren. Bei wenig Licht benötigt die Kamera ein Hilfslicht zum Fokussieren 14. Wenn du den Bildausschnitt gewählt hast, drückst du ganz durch, um den »Vorhang« (*Verschluss,* 3) zu öffnen, sodass die Lichtstrahlen von dem Objekt durch die *Linsen* 1 im *Objektiv* an der *Blende* 2 vorbei auf den *Sensor* 4 treffen. Dieser besteht aus ganz vielen Pixeln (Bildpunkten), von denen jeder einzelne Punkt ermittelt, welche Farbanteile in welcher Helligkeit enthalten sind. Diese Daten werden als Bilddatei an die herausnehmbare *Speicherkarte* 6 übertragen. Oft findest du diese in der Nähe des *Akkus* 5, der die Kamera mit Strom versorgt und der über ein angeschlossenes Kabel am *Stecker* oder einem Ladegerät aufgeladen wird.

Solltest du feststellen, dass das Bild aufgrund von zu wenig Licht verwackelt, kannst du in das Gewinde am Boden der Kamera ein Stativ schrauben, die es auch im Hosentaschenformat gibt. Hast du eine größere Kamera mit *Blitzschuh* an der Oberseite des Gehäuses, kannst du auch einen zusätzlichen *Blitz* verwenden. Ansonsten nimmst du den eingebauten *Blitz* ⑬, der bei manchen Kameras erst aufklappt, wenn er benötigt wird.

Übrigens, oft können Kameras auch Videos aufnehmen. Drück hierfür die *Rec-Taste* und spiel es ab mit der *Play-Taste*.

Von der Kamera auf den Computer

Für das Betrachten der Fotos auf dem Display gibt es die *Play-Taste*. Das Zeichen kennst du vom CD-Spieler, der Fernbedienung des DVD-Players und der Musik-App auf deinem Smartphone: ein nach rechts zeigendes Dreieck. Um zwischen den Fotos hin und her zu wechseln, nutzt du wieder die *Steuertasten*. Stellst du fest, dass dir ein Bild nicht gefällt, dann kannst du es gleich mit der *Papierkorb-Taste* löschen. Ansonsten behalt den Platz auf der Speicherkarte im Auge.

Zum Sichern und Weiterverarbeiten der Fotos steckst du das mitgelieferte Kabel in den dafür vorgesehenen Anschluss, oft mit *Digital* bezeichnet. Der befindet sich an der Seite und ist von einer Abdeckung geschützt.

Alternativ kannst du auch die *Speicherkarte* herausnehmen und die Daten über ein Kartenlesegerät am Computer auslesen. Manche Computer haben auch einen eingebauten Steckplatz für Speicherkarten.

← An der Seite deiner Kamera befindet sich eine Klappe zum Öffnen. Hier kannst du ein USB-Kabel einstecken, um die Kamera mit dem Computer zu verbinden. Eine weitere Klappe versteckt den Akku und die Speicherkarte.

Transport

Seitlich am Gehäuse befindet sich eine kleine Öse für eine Handschlaufe. Bei schweren Kameras gibt es sogar an beiden Seiten eine, um einen Gurt anzubringen. Nutze die Schlaufe(n) für einen Riemen, um die Kamera sicher an deinem Handgelenk zu befestigen oder um sie dir um den Hals zu hängen. Wenn du sie gerade nicht brauchst, transportierst du sie in einer kleinen Tasche, die noch Platz für eine weitere Speicherkarte und eventuell sogar einen Akku bietet.

Was dir Sucher oder Display verraten

Mit etwas Übung erkennst du viele Einstellungen der Kamera auf dem Display. Sie werden als kleine Symbole oder Buchstaben und Zahlen angezeigt. Nutzt du das Display statt des Suchers zum Fotografieren, siehst du rund um dein Motiv alle Informationen angezeigt.

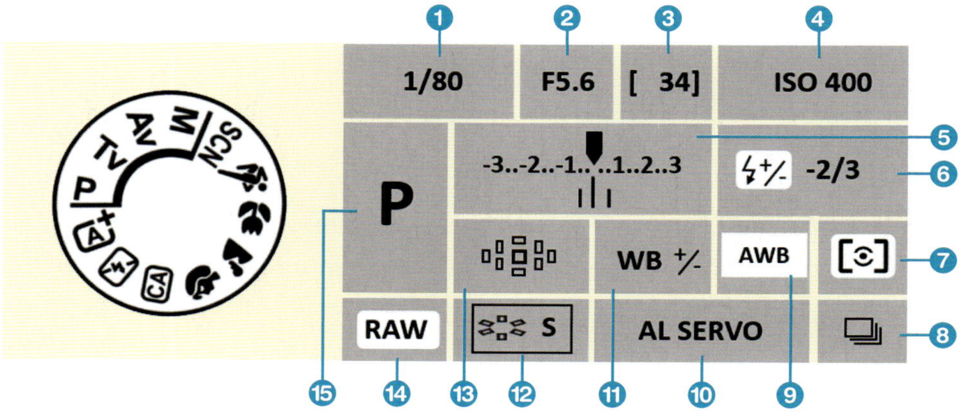

→ **Menübeispiel einer Canon-Spiegelreflexkamera**

1. Belichtungszeit
2. Blende
3. Bildnummer
4. ISO-Wert
5. Belichtungskorrektur und »Bracketing« → Belichtungsreihenfolge
6. Blitzbelichtungskorrektur
7. Belichtungsmessung, hier: Mehrfeldmessung
8. Betriebsart, hier: Serienaufnahme
9. Weißabgleich
10. Autofokusmethode (Einzelbild, Nachführmodus)
11. Korrektur des Weißabgleichs
12. Bildstil
13. Fokusfeld
14. Dateiformat/Qualität
15. Programm

4.3 Ein kleiner Vergleich mit dem Smartphone

Wie sieht das Ganze nun am Smartphone aus? Auf jeden Fall gibt es sehr viel weniger Tasten. Dennoch ist vieles vergleichbar. Du entsperrst das Smartphone und startest die *Kamera-App*. Nun hast du verschiedene Menüprogramme. Wählst du den Automatikmodus oder den Profimodus? In der App veränderst du eventuell noch die Belichtung und den Weißabgleich, überlegst dir, ob du blitzt oder nicht und ob das Foto verzögert aufgenommen wird. Dann tippst du auf den Auslöser.

Ein wesentlicher Unterschied zwischen Kamera und Smartphone liegt in der Bedienung: tippen, wischen, tippen ... Hier geht also alles digital und nicht mehr mechanisch über einen Taster. Wobei, auslösen kann man oft auch über den Ein-/Ausschalter oder die Lautstärketasten. Auf diese Weise kannst du das Smartphone wie eine Kompaktkamera halten und verwackelst weniger!

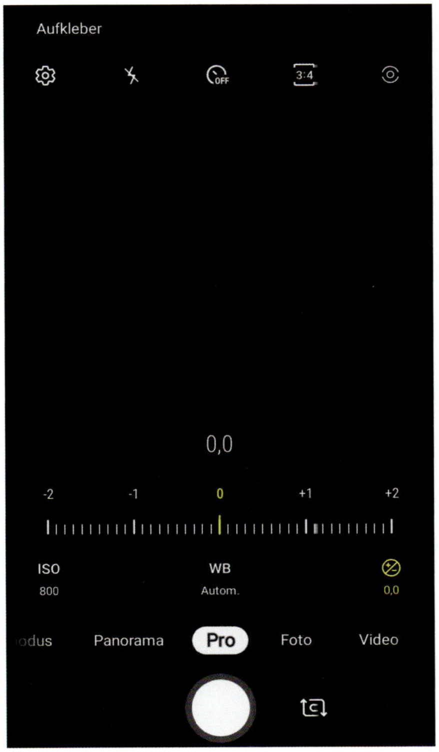

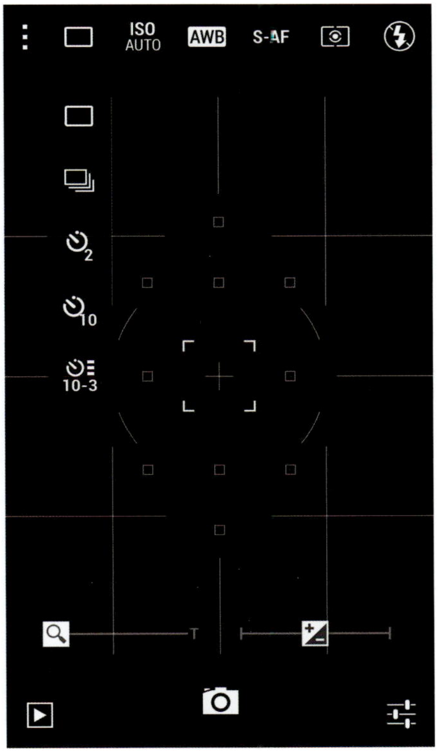

← **Fotografieren mit einem Smartphone (links die Kamera-App von Samsung und rechts die leistungsfähigere App DSLR Camera)**

4.4 Die Automatik

Der einfachste Einstieg mit einer neuen Kamera gelingt mit dem *Automatikmodus*.

← **Ein typisches Moduswahlrad: P steht für Programmautomatik, damit stellt die Kamera alle wichtigen Parameter selbst ein. Die grüne Vollautomatik geht noch weiter, bei der entscheidet die Kamera zum Beispiel auch selbstständig über den Blitz.**

Mit der Vollautomatik überlässt du die gesamte Steuerung deiner Kamera. Sie berechnet Blende und Belichtungszeit, aktiviert den Blitz, wenn notwendig, und variiert die Lichtempfindlichkeit, also den ISO-Wert. Wenn du gerade wenig Zeit zum Experimentieren hast, ist dieser Modus sehr praktisch. Ansonsten hast du mit der Programmautomatik schon ein wenig mehr Kontrolle.

4.5 Motivprogramme

Bei vielen Motiven reicht die Automatik nicht aus. Da die Kamera nicht weiß, was sie wie einfangen soll – nur du weißt das –, hilft es ihr, ein paar Tipps vorab zu bekommen. Dafür gibt es sogenannte *Motivprogramme*.

Bei manchen Kameras, wie den Systemkameras, kannst du die klassischen Motivprogramme (wie Porträt, Landschaft, Makro und Sport) über das Drehrad in der Nähe des Auslösers wählen. Kompaktkameras haben aus Platzgründen öfter nur eine Einstellung für Szenen (*SCN*), die dich dann im Display zu den Optionen weiterleitet. Hier ein paar typische Motivprogramme ...

Porträt

Möchtest du ein Porträt aufnehmen, wirkt ein verschwommener Hintergrund sehr schön. Ist der Hintergrund unscharf und keine weitere Person im Bild, nennt man dies *Freistellen*. Die Kamera wählt im Porträtmodus eine *große Blendenöffnung* (kleine Werte), eine Belichtungszeit, bei der du das Bild nicht verwackeln kannst, und die Farben so, dass die Haut natürlich wirkt. Einen noch unschärferen Hintergrund bekommst du, wenn du dich weiter vom Motiv entfernst und mit einer langen Brennweite (Tele) fotografierst. Die Lichtempfindlichkeit bleibt bei manchen Kameras auf ISO 100 eingestellt, sodass viel Umgebungslicht notwendig ist oder die Kamera sich für den Blitz entscheidet. Achte darauf, dass keine weiteren Personen oder Gegenstände im Bild sind, auf die die Kamera fokussieren kann, denn in diesem Modus sind alle *Fokusfelder* aktiviert.

Makro

Den Makromodus nutzt du für kleine Objekte wie Blumen oder kleine Figuren. Auch hier wird wie beim Porträtmodus eine offene Blende gewählt, um den Hintergrund unscharf darzustellen. Die *Farbsättigung* ist in diesem Modus höher als im Porträtmodus. Die Kamera löst nur aus, wenn das Motiv wirklich scharf ist, jedoch sind hier alle Fokusfelder aktiviert, was eventuell nicht zu dem Ergebnis führt, das du dir wünschst. Beispielsweise könnte bei einer Sonnenblume der Fokus auf die Blätter fallen, obwohl du die Mitte der Blüte fokussieren möchtest.

↑ **Porträtmodus**

↑ **Makromodus**

↑ Sportmodus

Sport und Tiere

Im Sportmodus weiß die Kamera, dass sie schnelle Bewegungen einfangen soll, und belichtet mit einer sehr kurzen Belichtungszeit. Wie viele weitere Sportler im Fokus sind, spielt hier nur eine untergeordnete Rolle. Wenn das Licht nicht ausreicht, wird die Lichtempfindlichkeit erhöht.

Zusätzlich aktiviert die Kamera auch alle Fokusfelder und stellt permanent den Fokus nach. Beobachtest du also einen Fußballer durch den Sucher oder das Display und signalisierst der Kamera mit halbem Herunterdrücken des Auslösers, dass du ein Foto machen möchtest, hält sie den Spieler im Fokus, bis du auslöst. Bei manchen Kameras ist sogar die Serienaufnahme aktiviert, das heißt, die Kamera macht automatisch viele Bilder hintereinander, solange du den Auslöser drückst. Da bei manchen Bewegungen die Unschärfe gewollt ist, löst die Kamera in diesem Modus auch aus, wenn das Motiv mal nicht scharf ist.

Tiere verhalten sich ein wenig wie kleine Kinder oder Sportler. Sie warten meist nicht, bis du sie richtig im Bild hast. Du und deine Kamera, ihr müsst schnell sein, damit ihr sie in einem Foto einfangt. Manche Kameras haben für Tieraufnahmen einen eigenen Modus, aber der Sportmodus ist auch eine gute Wahl.

Landschaft

Das Motivprogramm Landschaft erzeugt durch eine *kleine Blendenöffnung* (große Werte) überall Schärfe. Du möchtest ja schließlich den Baum im Vordergrund wie auch die Berge im Hintergrund scharf dargestellt bekommen. Die daraus resultierende längere Belichtungszeit kann bei fließendem Wasser schöne Effekte geben, aber bei starkem Wind stören. Durch eine höhere Sättigung (sattere Farben) und stärkeren Kontrast wirken die Konturen klarer. Da der eingebaute Blitz nur wenige Meter weit reichen würde, ist dieser im Landschaftsmodus deaktiviert.

Landschaftsmodus

Weitere Motivprogramme

Es gibt noch viele weitere Programme – für Babys, für Feuerwerk, für ganz weite Landschaften (Panoramamodus) und für sehr kontrastreiche Motive (HDR, High Dynamic Range). Bei Panoramen und bei HDR ist das nützlich, bei den anderen macht die Kamera nichts, was du mit ein bisschen nachdenken nicht auch schneller und viel besser hinbekommen kannst.

4.6 Von halb bis voll manuell – du bist der Boss

Fotografieren heißt, kreativ zu sein und zu experimentieren, und das ist gar nicht kompliziert! Was machen die Motivprogramme schon? Die entscheiden für dich vor allem, was scharf und was unscharf ist, wie groß die Schärfentiefe ist und welche Farbtemperatur (der Farbeindruck von Licht) und welche Sättigung (Knallfarben oder blasser) die Bilder haben.

Schärfe und Schärfentiefe sind wichtig, das willst du vielleicht lieber selbst bestimmen. Dazu gleich mehr. Die Einstellung der Farbtemperatur kannst du der Kamera überlassen, oder auch selbst einstellen. Die Sättigung ist locker nachträglich am Computer einzustellen.

Sollte deine Kamera *Halbautomatikprogramme* bieten, findest du sie am Einstellrad oder im Menü, dort, wo du auch die *Motivprogramme* oder den *Szenemodus* einstellst. Bei der Halbautomatik bestimmst du einiges selbst und überlässt anderes, das dir weniger wichtig ist, der Kamera.

Wähle die Belichtungszeit mit Tv oder S

Für die Motive, bei denen die Belichtungszeit wichtig ist, wählst du das Programm der *Blendenautomatik* (auch *Zeitvorwahl* genannt), denn es bestimmt automatisch die Blendenzahl passend zu der von dir ausgewählten Zeit.

Merke dir

Blendenautomatik

Du wählst die Belichtungszeit, die Kamera berechnet die Blende.

Die Bezeichnungen sind Abkürzungen der englischen Begriffe und können – je nach Hersteller – unterschiedlich sein. *Tv* steht für *Time Value* (dt. Zeit wird gewählt) und *S* steht für *Shutter Speed* (dt. Verschlusszeit oder Belichtungszeit).

Auch wenn es hier um die Belichtungszeit geht, solltest du die Blende nicht aus den Augen verlieren. Denn wenn das Licht nicht reicht, wählt die Kamera die größte Blendenöffnung, und die Schärfentiefe wird sehr gering. Möchtest du mehr Schärfentiefe, kannst du die Lichtempfindlichkeit erhöhen. Teste mal aus, bis zu welcher Lichtempfindlichkeit du das Rauschen des Sensors noch okay findest. In manchen Situationen, wie bei Sport in der Turnhalle, ist das Rauschen der Kompromiss, um keinen Blitz zu verwenden.

Warum keinen Blitz? Weil der das Motiv gar nicht erst erreichen würde, entweder reicht er nicht weit genug oder blitzt an die Stelle, an der der Sportler schon gar nicht mehr ist. Außerdem könnte der Blitz die Sportler stören. Dann also lieber etwas mehr Rauschen durch einen höheren ISO-Wert. Am Ende gilt immer: Besser ein schlechtes Bild, als gar kein Bild.

Szene	Typische Belichtungszeit
schnelle Bewegung (Auto)	1/500 bis 1/1000 s
Sport (Fußball, rennende Kinder)	1/250 bis 1/500 s
Straßencafé	1/60 bis 1/100 s

← Richtwerte für die Belichtungszeit in ausgewählten Situationen

Wissen

Belichtungskorrektur

Manchmal kann sich die Kamera mit ihrer Messung auch irren. Dann kannst du die Belichtung auch korrigieren, indem du die Blenden- oder Belichtungszeitstufe erhöhst, oder reduzierst. Auch dies geht entweder über das Display, kombiniert mit dem Einstellrad, oder über ein separates Einstellrad für die *Belichtungskorrektur*, auf dem du die Anzeige »+1, +2, +3« oder »–1, –2, –3« findest. Wählst du die Einstellungen komplett manuell, siehst du, ob das Bild zu hell oder zu dunkel wird.

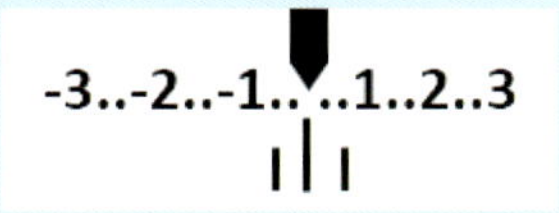

← Belichtungskorrektur in Stufen (Belichtungswaage)

Wähle die Blendenöffnung mit Av oder A

In dem Halbautomatikmodus *Av* oder *A* bestimmst du die Schärfentiefe über die Wahl der Blende, während die Kamera automatisch die Zeit berechnet. Daher heißt dieses Belichtungsprogramm auch *Zeitautomatik* oder *Blendenvorwahl* und ist vor allem bei Porträts oder Makroaufnahmen wichtig. Die Zeit sollte so kurz sein, dass du das Bild nicht verwackelst. *Av* steht hier für *Aperture Value* und heißt übersetzt Blendenöffnung.

Auch hier kannst du natürlich eine Belichtungskorrektur vornehmen, damit die Lichtmenge reduziert oder vergrößert wird. Falls die Belichtungszeit zu lang ist (Achtung, Verwacklungsgefahr!), kannst du sie verkürzen, indem du die Lichtempfindlichkeit erhöhst.

Merke dir

Zeitautomatik

Du wählst die Blende, die Kamera berechnet die Belichtungszeit.

→ **Richtwerte für die Blende in ausgewählten Situationen**

Szene	Typische Blende
Porträt (Achte auf den Fokus!)	f2,8 bis f5,6
Gruppenfoto	f6,3 bis f8
Landschaft	f8 bis f16

Kontrolliere alles manuell mit M

Der vollmanuelle Modus *M* war früher das Normale, als es die Automatiken noch nicht gab. Hier muss oder darf der Fotograf alles selbst einstellen, vor allem Blende und Belichtungszeit, und die Kamera mischt sich nicht ein. Die *Belichtungswaage* zeigt dir an, ob die von dir eingestellte Kombination passt oder zu einem unter- oder überbelichteten Bild führt. Belichtung, Schärfe und Schärfentiefe – hier hast du alles in deiner Hand.

4.7 Belichtungsmessung

Du hast bereits gelernt, dass die Kamera immer versucht, eine bestimmte Menge Licht für den Sensor bereitzustellen. Nicht bei jeder Situation ist das eine einfache Aufgabe für die Kamera. Wenn eine weiße Katze vor einem dunklen Haus entlangschleicht, ist dir das Haus doch eher egal, oder? Fotografierst du einen Freund gegen das Sonnenlicht, ist entweder dein Freund eher ein dunkler Schatten, oder das Gesicht ist richtig belichtet und der Hintergrund sehr hell. In solchen Situationen kannst du deiner Kamera helfen, indem du ihr »sagst«, auf was es dir ankommt.

Sicher fragst du dich, wie die Kamera eigentlich erkennt, was denn eine »richtige« Belichtung ist. Sie ist entsprechend programmiert: Die Kamera wandelt das Bild von dir unbemerkt in ein Schwarzweißbild um, mischt alle Grautöne und vergleicht diese mit einem Grau, das die programmierte »richtige« Helligkeit hat. Dieses Grau ist ein 18-%-Grau wie es ungefähr Straßenasphalt hat. Merkt die Kamera, dass das entstandene Grau dunkler als 18 % ist, bekommt der Sensor mehr Licht und umgekehrt. Das funktioniert in der Regel sehr gut, aber bei extremen Werten wie einer schwarzen Katze oder einer weißen Schneelandschaft nicht mehr. Sowohl die Katze als auch die Schneelandschaft werden dann eher grau. Du musst der Kamera dann helfen und eine schwarze Katze extra unterbelichten und die weiße Schneelandschaft extra überbelichten, damit sie schwarz oder weiß sind.

Generell gibt es vier verschiedene Einstellungen, wie die Kamera die Belichtung in deinem Bild misst. Ich stell sie dir hier vor.

↑ **Eiskristalle im Schnee wie sie die Kamera ohne Korrektur aufgenommen hat (oben) und mit angepasster Belichtung (unten)**

Mehrfeldmessung

Die übliche Einstellung ist die *Mehrfeldmessung*, bei der die Kamera das ganze Bild »ansieht« und eine ausgewogene Belichtung erzielen möchte. Die Kamera arbeitet bei dieser Messung am meisten, denn alle Sensoren senden Informationen über Helligkeit, Farben und das ausgewählte Fokusfeld. Sobald die Fokusfelder bestimmt haben, wo scharf gestellt wird, berechnet die Kamera auch an dieser Stelle die richtige Belichtung passend zum Hintergrund, der mit bewertet wird. Gerade bei bewegten Motiven spielt das eine wichtige Rolle, da die Auswahl der Fokusfelder für die Belichtung über den Sensor wandert. Echt clever! Das sollte deine Standardeinstellung für die Kamera sein.

↑ **Mehrfeldmessung**

→ **Mehrfeldmessung: Die Kamera hat die Belichtung so eingestellt, dass weder der Zaun zu dunkel, noch die Kanne zu hell ist. Bei extremen Kontrasten, wie in diesem Bild, kann eine andere Methode besser passen. Probier es aus!**

Mittenbetonte Messung

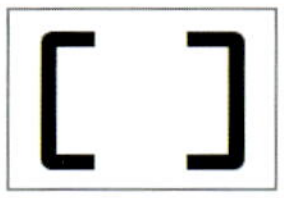

↑ **Mittenbetonte Messung**

Bei der *mittenbetonten Messung* werden die Mitte des Bildes und ihre Umgebung bewertet. Die mittenbetonte Messung arbeitet ähnlich wie die Mehrfeldmessung, geht aber davon aus, dass dein Motiv im mittleren Bereich liegt. Steht dein Freund mittig vor einem dunklen Hintergrund, wird das Gesicht die Belichtung bestimmen, und das ist gut. Die mittenbetone Messung wird dir bei diesem Beispiel eine ähnliche Belichtung liefern wie die Mehrfeldmessung. Dein Freund darf sich nur nicht aus dem mittleren Bereich bewegen. Dann stimmt die Belichtung nicht mehr.

→ **Mittenbetonte Messung: Deine Kamera belichtet die Kanne richtig, aber lässt den Hintergrund noch etwas bei der Berechnung der Helligkeit mit einfließen. Dieses Bild wirkt angemessen belichtet.**

Spotmessung

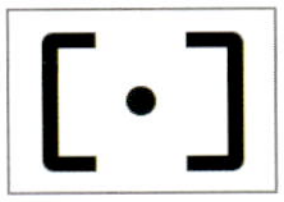

↑ Spotmessung

Ein noch engeres Messfeld nutzt die *Spotmessung*, bei der nur ein sehr kleiner Bereich in der Mitte des Bildes bewertet wird. Wenn es dir beispielsweise bei einem Porträt darauf ankommt, dass die Belichtung für die Haut passt und der Hintergrund egal ist, dann eignet sich diese Methode sehr gut. Der wichtige Bereich sollte jedoch die gleiche Helligkeit haben wie der kleine Messbereich. Ein dunkelroter Lippenstift kann die Messung also stören. Dunkle Haare außerhalb des Bereichs können die Messung nicht täuschen. Sehr praktisch! Teilst du das Bild in 100 gleiche Teile, entspricht der Messbereich der Spotmessung lediglich drei dieser 100 Teile! Deine Kamera zeigt dir bei diesem Messverfahren einen kleinen Kreis in der Mitte des Bildes. In manchen Fällen kann das gut funktionieren, aber du musst dir sicher sein, dass genau dieser Punkt in der Mitte ausreicht, um die Belichtung zu berechnen.

← **Spotmessung: Hier »schaut« die Kamera nur auf einen kleinen Teil in der Mitte, der die mittlere Helligkeit haben soll. Damit ist die helle Kanne auf dem Foto zu dunkel.**

Selektivmessung

↑ Selektivmessung

Die *Selektivmessung* bietet dir die Vorteile der Spotmessung, dass die Umgebung die Messung nicht beeinflusst, aber mit einem etwas größeren Messkreis, der ungefähr 10 % der Fläche (also zehn der 100 gleichen Teile) entspricht. Wie bei der Spotmessung interessiert hier nur dieser Kreis in der Mitte, egal, wo scharf gestellt ist.

→ Selektivmessung: Die Belichtung basiert auf einem größeren Teil der Kanne. Diese Methode ist sicherer als die Spotmessung. Der helle Bereich der Kanne wird abgedunkelt, um auf den beschriebenen Grauwert zu kommen. Daher wirkt das Bild zu dunkel.

4.8 Mehrfachbelichtung

Wenn du schon etwas geübt bist und deine Kamera diese Funktion bietet, kannst du mit einer Mehrfachbelichtung für Erstaunen sorgen.

Auf dem Foto links unten wurde ein Papagei zuerst vor einem dunklen Hintergrund fotografiert und danach ein Bild von einem Baum gemacht. Die Kamera zeigt den Papagei schwach im Display an. Würdest du zwei Fotos auf Folie drucken und gegen das Fenster halten, wäre das Ergebnis vergleichbar. Die Effekte, die du erreichst, beeindrucken mit Sicherheit! So kann zum Beispiel eine Spielfigur wie im Foto rechts unten viel größer wirken.

← Links: Doppelbelichtung eines Holzpapageis und eines Ahorns, rechts: Was macht die riesige Lego-Figur da auf der Straße?

4.9 Wie stellt deine Kamera den Fokus ein?

Es gibt verschiedene Wege, das Bild scharf einzustellen. Am häufigsten kommen der Kontrast-AF und der Phasen-AF zum Einsatz.

Kontrast-AF

Beim Kontrast-AF wird über die Helligkeitsunterschiede benachbarter Bildpunkte, also über den Kontrast, scharf gestellt. Die Kamera kann auf der gesamten Sensorfläche nach den Kontrastunterschieden suchen.

Am Beispiel des Bildes mit dem Haus unten lässt sich der Kontrast-AF sehr gut erklären. Schaltest du die Kamera ein, sind für den Sensor die Kanten des Hauses unscharf. Zwischen zwei benachbarten Bildpunkten ist nur ein geringer Kontrast zu erkennen, da die Farben fließend ineinander übergehen. Jetzt bewegen sich die Linsen in eine Richtung, bis das Haus immer schärfer wird. An dem Fenster des Hauses beispielsweise ist der Kontrast zwischen der weißen Farbe und dem Holz sehr hoch. Es kann sein, dass die Richtung, in die sich die Linsen bewegen, zu Beginn die falsche ist. Dann bewegen sich die Linsen in die andere Richtung. Sobald der Kontrast der Kanten gegeben ist, stoppt die Bewegung aber nicht, denn es könnte ja noch schärfer werden. Die Linsen bewegen sich weiter, bis das Motiv wieder »spürbar« unschärfer wird. Somit »weiß« der Sensor nun, wo es am schärfsten war, und kehrt dahin zurück.

← Prinzip des Kontrast-AFs. Bild links: Die Übergänge zwischen dem Holz und der weißen Farbe sind verschwommen mit geringem Kontrast. Bild rechts: Dieses Haus ist fokussiert. Die farblichen Übergänge, wie zum Beispiel am Fenster, zeigen von einem Bildpunkt zum nächsten einen hohen Kontrast.

Da diese Art der Messung zwischen den Bildpunkten (also Pixeln) stattfindet, kann die Kamera den kompletten Sensor zum Scharfstellen nutzen. Im Vergleich zum Phasen-AF ist dies ein großer Vorteil, denn du brauchst das Motiv nicht in einen bestimmten Bereich zu rücken, damit das Scharfstellen funktioniert. Im Sucher oder auch auf dem Display siehst du ein Rechteck, auf das die Kamera fokussiert. Das muss nicht immer die Mitte des Bildes sein. Auch hier kommt es darauf an, was du fotografieren möchtest und welchen Szenemodus (Porträt, Sport, Makro, Landschaft) du eingestellt hast. Übrigens, das Smartphone nutzt auch den Kontrast-AF.

Phasen-AF

Bei einer Spiegelreflexkamera kann der Sensor, auf dem das Bild abgebildet wird, nicht zur Scharfstellung genutzt werden, denn vor dem Auslösen ist der Spiegel im Weg, der erst beim Auslösen hochklappt. Deswegen haben diese Kameras einen zusätzlichen Sensor unterhalb des Bildsensors (im Kameraboden), der speziell für die Fokusmessung da ist.

Sicher fragst du dich, wie denn das Licht auf diesen Sensor kommt, wenn es doch mit dem schrägen Spiegel hoch zum Sucher gelenkt wird? Tatsächlich kommt nur etwas mehr als die Hälfte des Lichts im Sucher an. Der andere Teil »schummelt« sich durch den Spiegel durch und wird mithilfe eines zweiten Spiegels zum Fokussensor gelenkt.

Dieser Sensor für die Schärfe hat zwei »Minikameras« eingebaut, die wie bei 3D-Bildern das gleiche Motiv nebeneinander aufnehmen. Wie bei zwei nebeneinanderstehenden Personen betrachten sie das Motiv aus einem leicht anderen Winkel. Mithilfe dieser zwei Bilder, die also einen etwas anderen Betrachtungswinkel haben, kann die Kamera den Abstand und den Winkel zum Motiv berechnen. Wenn du und dein Freund nebeneinanderstehend jeweils durch eine Papprolle einen Baum betrachten, müsst ihr euch etwas zueinander drehen, damit sich die Verlängerungen der Papprollen beim Baum treffen. Dieser Winkel ist gemeint.

Das komplette Bild wird also in zwei Hälften geteilt, sodass die eine Hälfte in der linken Minikamera und die andere Hälfte in der rechten Kamera erscheint. Jetzt werden die Daten der zwei Minikameras verglichen. Wenn der Fokus nicht stimmt, passen diese beiden Hälften nicht zusammen und sind sozusagen gegeneinander verschoben. Die Blüte einer Sonnenblume wäre halbiert und verschoben.

↑ Links: Darstellung einer geteilten Sonnenblume, die nicht im Fokus ist. Die Sonnenblume ist auf dem Sensor scharf dargestellt, aber das Bild wird geteilt, solange es noch nicht im Fokus ist. Rechts: So passt der Fokus!

Von der Kamera erhält der Motor im Objektiv nun die Informationen, was passieren muss, damit beide Bilder gleich aussehen, und bewegt die Linsen, bis es passt.

So würde ich deinem Freund zum Beispiel sagen, gehe zwei Schritte nach rechts und drehe du dich ein kleines bisschen in die Richtung deines Freundes, dann schaut beide zu dem Baum vor euch. Mit ein paar Formeln aus der Mathematik könnte ich euch nun genau sagen, wie weit es zu dem Baum ist. Du würdest sicher staunen und nachmessen wollen, oder?

Bei der Spiegelreflexkamera gibt es sehr viele Messfelder, aber dennoch nicht so viele wie bei spiegellosen Kameras, und oft sind sie eher in der Bildmitte konzentriert.

Die Autofokusfelder auswählen

Du kannst die Wahl der Fokusfelder komplett der Kamera überlassen oder sie auch manuell wählen. Darüber hinaus kannst du auch einstellen, ob die Kamera einmal scharf stellt und dann nichts mehr macht (Einzel-AF) oder immer weiter scharf stellt (kontinuierlicher AF). Letzteres ist hilfreich, wenn sich dein Motiv während der Aufnahme bewegt, etwa ein Sportler oder ein Vogel.

Du hast folgende Möglichkeiten für den Autofokus:

- Spotmessung (kleines Feld, standardmäßig in der Mitte, aber auch verschiebbar)
- alle Messfelder (fast flächendeckend zum Bildsensor, Kamera wählt das Feld, das den geringsten Abstand zum Motiv hat)
- Verfolgung (alle Felder sind aktiviert und messen permanent)
- Gesichtserkennung (manchmal auch mit Augen- und Lächelerkennung)

Schau mal nach, ob deine Kamera eine Gesichtserkennung hat und vielleicht sogar nur dann auslöst, wenn die Person lächelt. Das kleine Rechteck liegt dann automatisch auf dem Gesicht.

Mit dem leichten Herunterdrücken des Auslösers forderst du die Kamera auf, aktiv zu werden. Wenn deine Motivwahl nicht zu schwer ist, wie es zum Beispiel ein kleiner Vogel vor blauem Himmel wäre, geht das Ganze blitzschnell und endet mit einem Signal im Sucher oder Display und einem kurzen Ton (wenn du das eingestellt hast). Danach kannst du den Auslöser durchdrücken, um das Foto zu machen.

Ob Kontrast- oder Phasen-AF: In der Regel kannst du wählen, wie viele und welche Autofokusfelder aktiv sein sollen. Warum kannst du da aber nicht einfach die Automatik entscheiden lassen? Ganz einfach, sie kann deine Gedanken nicht lesen! Ein Gruppenbild ist hier das perfekte Beispiel: Hast du nur den mittleren Fokuspunkt aktiviert und steht gerade da keiner, fokussiert die Kamera auf irgendetwas im Hintergrund.

↓ Links: Nur der mittlere Fokuspunkt ist aktiviert und trifft auf das Fenster. Rechts: Alle Fokuspunkte sind aktiviert, so das auch welche auf den Figuren liegen. Sie erkennen, dass die Figuren weiter vorne stehen als das Haus. Deshalb wird auf sie fokussiert.

Um die Personen scharf zu stellen, kannst du zum Beispiel alle Fokusfelder aktivieren oder die Gruppe in die Mitte rücken, leicht den Auslöser drücken und vor dem Auslösen den Bildausschnitt wählen. Eine dritte Methode wäre die Wahl eines Fokusfeldes, das du auf ein Gesicht richtest, auf das du fokussierst, dann bestimmst du den Ausschnitt und löst aus.

4.10 Manuell scharf stellen – wann und wie?

Auch beim Scharfstellen gibt es ein paar Situationen, in denen es für die Kamera schwierig ist, zu wissen, auf was es dir ankommt. Manchmal interessiert dich nicht das, was ganz vorne ist, sondern eine Stelle weiter hinten. Ein schönes Beispiel sind Papageien im Zoo, die in einem großen Käfig untergebracht sind, denn hier möchte deine Kamera auf den Käfig fokussieren, der näher dran ist. In so einem Fall ist es gut, wenn du manuell scharf stellen kannst. Das erlauben dir auch manche Kompaktkameras, bei denen du das dann im Menü einstellen kannst. Bei Systemkameras musst du einen Schalter an der Kamera oder am Objektiv von *AF* (Autofokus) auf *MF* (manueller Fokus) umstellen, damit du durch Drehen am Objektiv manuell fokussieren kannst.

← Bei diesem Bild eines Papageis siehst du das Gitter kaum, weil ich die Kamera mit dem manuellen Scharfstellen überlistet habe.

Merke dir

Ein paar Beispiele, bei denen du manuelle Einstellungen gut nutzen kannst

- Du nutzt ein Stativ und möchtest eine Nachtaufnahme von beleuchteten Häusern machen. Mit ISO 100 sind die Bilder nicht so stark verrauscht. Der manuelle Weißabgleich verbessert die warmen Farben der Lichter.
- Du fotografierst eine dunkle Katze auf einem weißen Kissen. Hier hilft die mittenbetonte Belichtungsmessung.
- Beim Strandurlaub fotografierst du das Meer. Die eingeblendeten Hilfslinien helfen dir, den Horizont gerade auszurichten und einen spannenden Bildaufbau nach Drittelregel einzuhalten.
- Bei einem Gruppenbild nutzt du die Serienaufnahme, falls mal jemand die Augen zu hat, oder die Auslöseverzögerung von 10 Sekunden, damit du auch mit auf dem Bild bist. Vergiss dein Stativ nicht!

→ **Fotografierst du durch eine Glaskugel, ist die Kamera eventuell irritiert. Du möchtest ja nicht die Kugel fokussiert haben, sondern das, was hinter der Kugel ist. Dann solltest du die Kamera manuell einstellen.**

NUN DU: Lern deine Kamera kennen

Bevor du alle Motivprogramme erkundest, lern erst einmal deine Kamera kennen. Frag Familienmitglieder oder Freunde, ob sie mit dir auf Entdeckungstour der eigenen Kamera gehen. Am besten wäre, wenn jeder von euch eine andere Kamera nutzt, sodass ihr ein Smartphone, eine Kompakt- und eine Systemkamera habt. Eine Person hat keine Kamera und liest die Aufgaben und Fragen einzeln vor. Jeder antwortet, so schnell er kann. Du kannst für jede Frage zwei Punkte bekommen: einen für die richtige Antwort und einen, wenn du die Frage als Erster beantwortet hast.

Aufgabe

Aufgaben und Fragen

1. Wie fokussierst du?
2. Was sollte deine Kamera bei Sportfotos nutzen: Einzel-AF oder kontinuierlichen AF?
3. Wie stellst du den Fokus ein, wenn du einen Vogel in einem Käfig fotografierst?
4. Hast du die Möglichkeit einer Belichtungskorrektur?
5. Nenne die vier Belichtungsmethoden!
6. Wählst du bei einem Porträt die Blenden- oder die Belichtungszeitautomatik?
7. Wählst du bei einer Sportaufnahme die Blenden- oder die Belichtungszeitautomatik?
8. Hat deine Kamera eine feste Brennweite?
9. Welche Blitzoptionen gibt es bei deiner Kamera?
10. Wie viele Megapixel hat der Sensor?
11. Wo befindet sich die Speicherkarte?
12. Wie viele Motivprogramme hat deine Kamera?
13. Nenne den höchsten ISO-Wert deiner Kamera!
14. Wie kannst du dir das gemachte Foto noch mal an der Kamera anschauen?
15. Kannst du über das Menü Hilfslinien der Drittelregel einblenden lassen?

Kapitel 5

Der Sensor, das Herz deiner Kamera

5.1 Wie kommt das Bild auf die Speicherkarte?

Du machst also ein Bild. Aber wie funktioniert das eigentlich genau, dass das, was du durch die Kamera siehst, auf einer Speicherkarte landet und von dir später wieder angeschaut werden kann?

Fotografierst du beispielsweise einen Pfau, dann gelangen die Lichtstrahlen, die von diesem Pfau reflektiert werden, durch das Objektiv in das Innere der Kamera. Dort treffen sie auf den Sensor, der das Bild in viele kleine Bildpunkte zerlegt, wie bei einem Mosaik. Diese Bildpunkte nennt man *Pixel*.

→ Ein Pfau, der ein farbenprächtiges Rad schlägt. Im Ausschnitt siehst du die Vergrößerung eines Pfauenauges, damit du die einzelnen Pixel erkennst, aus denen sich das digitale Bild zusammensetzt.

Jedes einzelne Pixel hat die Aufgabe, »seine« Informationen zu Farbe und Helligkeit (also Lichtmenge) aufzunehmen und dem kleinen Computer in der Kamera zu senden, der dann die Daten aller Pixel zusammenpuzzelt und das Bild berechnet, das du auf dem Display siehst. Die Kamera speichert also nicht einfach das, was du siehst/fotografierst, sondern macht entweder etwas Unumkehrbares mit den Daten (JPEG) oder nicht (Raw).

Wissen

Das JPEG- und das Raw-Format

JPEG wurde für die Komprimierung der Daten von Fotos entwickelt. Stell dir das wie eine Vorlage für das Malen nach Zahlen vor, bei der oft gleiche Farben nebeneinanderliegen. So ist es auch bei Fotos, wenn du beispielsweise viel Himmel auf deinem Foto hast. Im Raw-Format speichert deine Kamera für jedes Pixel die gleiche Information ab und erzeugt somit viele Daten. Speicherst du das Bild im JPEG-Format, fasst der Sensor die Fläche mit der gleichen Farbe zusammen und speichert die Informationen einmal für eine Fläche von sagen wir 20 Pixeln. Man nennt das *Komprimieren*. Manchmal kannst du wählen, wie stark benachbarte Pixel zusammengefasst werden sollen. Bei einer starken Komprimierung gehen dadurch Details verloren, weil leichte Farbabweichungen ignoriert werden.

Alle Änderungen, die du später am Computer an einer JPEG-Datei vornimmst, verändern die bereits verarbeiteten Daten. Dinge wie der Weißabgleich lassen sich kaum noch ohne Qualitätsverlust ändern. Und bei jedem Speichern leidet die Qualität. Passt alles, weil du es gut fotografiert hast, ist das JPEG-Format kein Problem. Du kannst es direkt teilen und da es kleiner ist, passen viel mehr Fotos auf deine Speicherkarte.

Bei Aufnahmen im *Raw-Format* werden die Daten der einzelnen Pixel nicht in der Kamera fertig verarbeitet, sondern als »rohe« (engl. *raw*) Daten gespeichert. Du kannst und musst sie auf dem Computer bearbeiten, bevor du sie beispielsweise an Freunde schicken oder im Internet zeigen kannst. Das klingt umständlicher, gibt dir aber die Möglichkeit, viele Einstellungen erst nachträglich vorzunehmen und somit mehr aus deinen Fotos herausholen. Es ist dann zum Beispiel egal, welcher Weißabgleich bei der Aufnahme eingestellt war. Du kannst ihn nachträglich einfach nach Belieben anpassen. Dein Foto enthält also sehr viele Informationen und braucht daher auch mehr Speicherplatz. Eine JPEG-Datei aus meiner Kamera hat zum Beispiel eine Größe von 5 MB, das gleiche Bild als Raw-Datei ist 32 MB groß.

Überlege dir also vorher, ob du den Platz hast und auch die Lust und Zeit, am Computer noch etwas an dem Foto zu machen, bevor du es benutzen kannst. Wichtig ist auch die Frage, was du mit dem Bild machen willst: Was für das Internet ausreichend ist, reicht vielleicht nicht, wenn du einen großen Fotoabzug an die Wand hängen möchtest.

5.2 Für die, die es genau wissen wollen – Pixel und Sensoren

Wir vergleichen moderne Kameras und Smartphones anhand ihrer Pixelzahl und meinen, die reine Anzahl wäre hier ausschlaggebend – je mehr Pixel, desto besser. Das ist nicht grundsätzlich falsch, aber dennoch fotografieren Profis immer noch mit großen, schweren Kameras und nicht mit Smartphones. Das liegt vielleicht daran, dass Pixel nicht gleich Pixel ist und auch die Objektive grundverschiedene Möglichkeiten bieten.

Wissen

Was bedeutet ein Megapixel?

Die Anzahl der Pixel auf dem Sensor deiner Kamera wird in Megapixeln (abgekürzt MP) angegeben und ist ein wichtiges Maß deiner Kamera. 1 MP bedeutet, dass der Sensor in 1 Million Pixel eingeteilt ist. Kompaktkameras haben üblicherweise zwischen 12 und 18 MP, also bis zu 18 000 000 Pixel. Kaum vorstellbar! Mit unseren Augen können wir da keine einzelnen Bildpunkte mehr erkennen.

→ **Die rötliche Fläche in dem silbernen Kreis (dem sogenannten *Bajonett*, an dem das Objektiv befestigt wird), ist der *Sensor*.**

Was passiert nun, wenn Licht auf einen Bildpunkt, also einen Pixel auf dem Sensor trifft? Es werden kleine Elektronen (wie beim Strom in der Steckdose) in diesem winzig kleinen, elektronischen Bauteil gelöst und in einem Speicher gesammelt. Es wäre jetzt zu kompliziert, dir zu erklären, was Elektronen sind, deswegen erkläre ich es dir etwas bildlicher.

Wenn du eine rechteckige Schüssel mithilfe einer Gießkanne mit Wasser füllst, kannst du die Menge mit einer Waage messen. Dieses Maß wäre beim Pixel ein Maß für die Helligkeit. Stell dir nun vor, die Schüssel läuft über. Dann kannst du nur das messen, was in die Schüssel passt. Bei dem Pixel wird das mit einem Zahlenwert zwischen 0 (Eimer leer) und 255 (Eimer »voll« mit Licht) angegeben. Bei strahlendem Weiß ist es 255 und bei Schwarz 0.

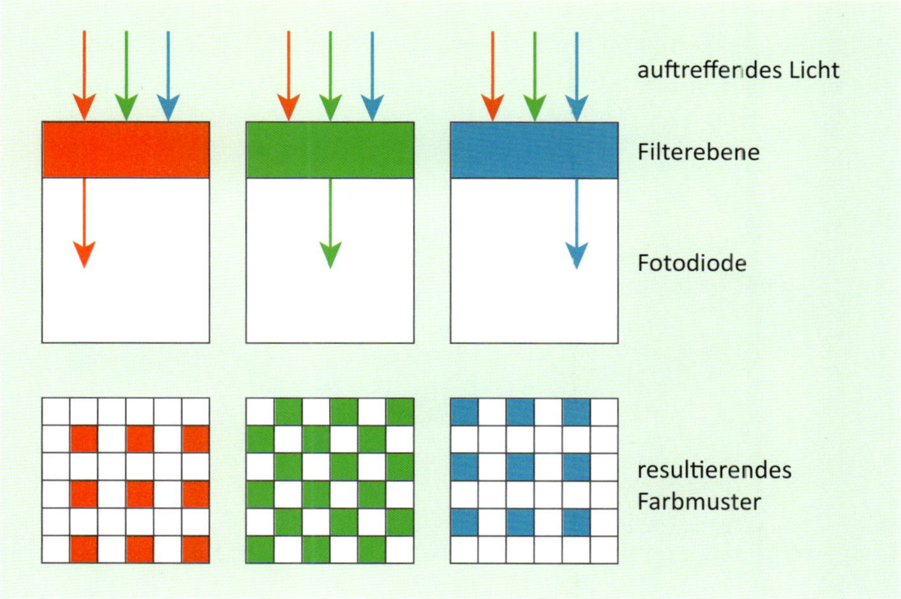

Jedes Pixel lässt nur eine der drei Grundfarben (Rot, Grün und Blau) durch.

Der Sensor ist leider farbenblind und nimmt nur Helligkeitswerte auf. Wie entsteht nun aber ein Farbfoto? Die Pixel wissen nicht, ob das Licht von einem roten Apfel oder dem blauen Himmel zurückgestrahlt, also reflektiert wird. Wie in einer Fußballmannschaft hat nun jedes Pixel eine Aufgabe. Das Licht sagt dem Pixel natürlich nicht: »Hey, ich bin helles Grün!« Woher weiß der Sensor also, welche Farbe das Pixel hat? Hier hilft er sich mit Filtern, die nur eine der drei Farben durchlassen und von diesem durchgelassenen Anteil die Helligkeit bestimmen. Wie bei geheimen Bildern, die rote und blaue Schrift enthalten und nur mit einer roten oder blauen Folie erkennbar sind, weiß der Sensor nun, dass diese Helligkeit Teil der bestimmten Farbe ist.

Zur gleichen Zeit bekommen die Nachbarpixel jeweils die Aufgabe, die Helligkeit von einer dieser drei Farben aufzunehmen, denn nur mit der Information der Nachbarn kann die Kamera die Farbe berechnen.

Auf dem Sensor sieht das dann aus wie ein Schachbrett, nur mit drei Farben statt zwei. Fällt dir an dem Schema etwas auf? Die Hälfte der Quadrate ist grün, die andere Hälfte setzt sich aus Rot und Blau zusammen. Man hätte die drei Farben sicherlich auch in gleichen Teilen systematisch anordnen können, aber die Idee eines Herrn Bayer war es, dem Sehvermögen unserer Augen so nah wie möglich zu kommen, da wir mit der Fotografie unsere Eindrücke festhalten möchten. Bereits 1975 hat er sich überlegt, wie ein Sensor am besten funktionieren sollte, und entwickelte die sogenannte *Bayermatrix*.

➔ Schema einer Bayermatrix. Die Hälfte der Quadrate ist grün, um die Eigenschaft des menschlichen Auges nachzubilden.

Unsere Augen haben sogenannte *Stäbchen* und *Zapfen*. Die Stäbchen sind dafür da, die Lichtmenge aufzunehmen, wie die Pixel. Aber nur mit den Zapfen kannst du scharf sehen und die drei Grundfarben (Rot, Grün und Blau) wahrnehmen. Ist nicht genügend Licht vorhanden (wie in der Dämmerung), siehst du schwarzweiß und leider auch unscharf. Die Zapfen entsprechen also den drei verschiedenen Filtern über den Pixeln. Interessanterweise ist beim Auge der Anteil der »grünen« Stäbchen besonders wichtig für die Helligkeits- und Kontrastwahrnehmung, da es aus dieser Wellenlänge vom Licht die meisten Informationen bekommt. Deswegen besteht die Bayermatrix über dem Sensor zur Hälfte aus grünen Flächen, denn der

Sensor soll die Farben, die Helligkeiten und den Kontrast vergleichbar dem menschlichen Auge aufnehmen.

Aus den Daten wird als Erstes ein Schwarzweißbild mit den Helligkeitswerten berechnet. Danach rechnet die Kamera jeden Grauwert in den zugeordneten Rot-, Blau- oder Grünwert um. Jetzt siehst du ein Bild mit sehr vielen grünen Bereichen, da jedes Pixel, das etwas Grün erkannt hat, sich hier zu erkennen gibt. Hast du ein Bild, bei dem nur wenig Grün den Farben beigemischt ist, bleiben diese Pixel eher grau, was eventuell die Hälfte der Pixel bedeutet, wie du gelernt hast. Im nächsten Schritt mischt jedes Pixel seinen Farbwert mit den zwei anderen Grundfarben der linken und rechten Nachbarpixel. Dies ist ein sehr komplizierter Schritt, der am Ende die Qualität des Bildes bestimmt. Hier steckt viel Wissen eines jeden Kameraherstellers drin. Wie das genau funktioniert, bleibt deren Geheimnis, damit es nicht jeder nachmachen kann.

5.3 Ist Pixel gleich Pixel?

Die Frage »Wie viele Pixel hat meine (neue) Kamera?« ist sicher wichtig, aber nicht allein entscheidend. Denn wichtig ist nicht nur die Menge.

Pixelgröße und -dichte

Neben der Menge der Pixel ist auch deren Größe wichtig. Und das geht auch mit der Größe der Sensoren (und natürlich der Linsen) einher. Sicher kannst du dir vorstellen, dass ein großes Quadrat viel mehr Informationen aufnehmen kann als ein winzig kleines.

Ist so ein Pixel nun sehr klein, muss es sich enorm anstrengen, um bei wenig Licht noch Farben und Kontraste zu erkennen. Deswegen benötigt es Verstärkung, was mit der Erhöhung der Lichtempfindlichkeit über den ISO-Wert ermöglicht wird. Wie du über die Grundlagen der Belichtung im Kapitel über Licht lesen konntest, hat diese Signalverstärkung aber einen entscheidenden Nachteil: Die Bilder werden verrauscht und unschärfer. Reicht das immer noch nicht aus, wird die Belichtungszeit noch verlängert, sodass das Bild unter Umständen verwackelt.

Sensorgröße

Das kann zu einem Problem werden, beispielsweise bei einem Smartphone, bei dem mit vielen Pixeln geworben wird, bei dem aber der Sensor so klein ist, dass die Bilder nur bei ausreichend viel Licht gut werden. Auch bei Kompaktkameras ist es sinnvoller, wenn die Pixelgröße realistisch zur Sensorgröße gewählt wird und dafür auch in schwierigen Situationen das Licht gut einfängt. Von daher muss eine Kompaktkamera nicht zwingend riesige Pixelwerte haben. Denn im Grunde benötigst du nur dann viele Pixel, wenn du Fotos sehr groß ausdrucken möchtest.

Die übliche Sensorgröße von Kompaktkameras ist mit ungefähr 4 × 6 mm um einiges kleiner als bei einer Systemkamera (APS-C), auf der die Pixel eine Fläche von ca. 15 × 22 mm zur Verfügung haben. Vollformatkameras haben eine Sensorgröße, die der Größe des Kleinbildfilms (24 × 36 mm) entspricht.

Wissen

Auflösung

Die Auflösung gibt dir die Anzahl der Pixel auf der Sensorfläche an. Für die Vergleichbarkeit bei unterschiedlichen Pixelgrößen gibt es die Pixeldichte, die dir sagt, wie viele Pixel auf einer Länge von 1 Inch (= 25,4 mm) Platz haben. Inch ist eine US-amerikanische Längeneinheit.

Hat der Sensor beispielsweise 12 MP, bedeutet dies, dass die Fläche in 4000 × 3000 Pixel geteilt wird. Ein Pixel hat somit bei einem Sensor von 6,2 × 4,6 mm Größe (typisch für Kompaktkameras) eine Breite von 0,0016 mm. Deine Haare auf dem Kopf sind so dick, wie 75 solcher Pixel nebeneinander (0,12 mm)!

Cropfaktor

In Kapitel 3 hast du bereits einiges über Objektive und Sensorgrößen lesen können. Erinnerst du dich daran, was mit den Lichtstrahlen passiert, wenn der Sensor kleiner wird? Hier kommt der sogenannte *Cropfaktor* ins Spiel.

Du denkst dann, das Motiv wäre näher an der Kamera, aber in Wirklichkeit wurde von dem Foto wie mit einer Schere rundherum etwas abgeschnitten. Die Bildausschnitte sind bei gleicher Brennweite, aber unterschiedlichen Sensorgrößen verschieden, wie du in dem folgenden Bild noch mal sehen kannst.

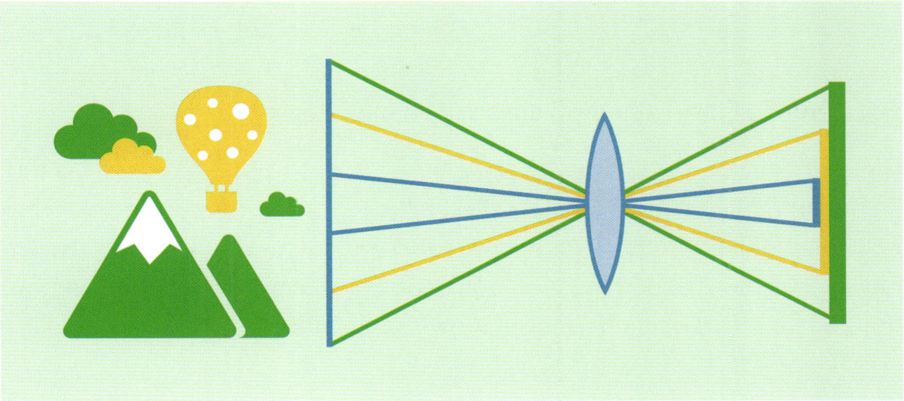

↑ Der Bildwinkel ist abhängig von der Sensorgröße. Bei gleicher Brennweite und somit gleichem Abstand der Linse zum Sensor verkleinert sich der Bildwinkel. Mit einer Kompaktkamera (blau) füllt die Wolke das Bild, bei einer Systemkamera mit APS-C-Sensor (orange) fängst du den Ballon ein, und mit einer Vollformatkamera (grün) siehst du sogar noch die Berge dazu. Dadurch erscheint das Bild bei kleinerem Sensor vergrößert.

Wie viele Pixel brauchst du wirklich?

Die Frage ist immer, was du mit den Fotos machen möchtest. Stell dir vor, dass die Pixel keine einzelnen Quadrate sind, sondern kleine Kugeln in einem Netz. Je nachdem, auf welche Größe du das Bild nun vergrößern möchtest (Postkartengröße oder Poster), wird dieses Netz aufgespannt und werden die Kugeln größer. Die Kugeln liegen dann nicht mehr so dicht, da die Dichte über die Anzahl der Kugeln auf der Fläche beschrieben wird, wobei sich ihre Anzahl nicht verändert.

In der Fachsprache nennt man das dann *Punktdichte* (da es ja Bildpunkte sind). Diese gibt an, wie viele Punkte bezogen auf eine Längeneinheit benötigt werden. Da die Bezeichnung der Punktdichte aus der englischen Sprache kommt, nennt man dies *dpi* (*dots per inch*). In der digitalen Welt, in der die Pixel quadratisch sind, spricht man eher von *ppi* (*pixel per inch*), was im Grunde aber das Gleiche ist.

➔ Die Schokolinsen sind die Punkte auf einer definierten Fläche (Länge des Quadrats = 1 Inch). Links siehst du 36 dpi (6 × 6), rechts nur 16 dpi (4 × 4). Die Größe der Punkte ist unterschiedlich. Mit höherer dpi-Zahl hat das Bild bei gleicher Größe mehr Informationen.

Reichen die Bildpunkte nicht aus, wird das Bild unscharf, da Informationen fehlen. Für die Lücken zwischen den Schokolinsen berechnet der Computer dann, welche Farbe dort wohl wäre. Das ist aber letztlich »geraten«.

↑ Die Bildpunkte reichen nicht für die Fläche (zum Beispiel ein Poster, das du drucken möchtest).

↑ Zu wenige Bildpunkte über die Fläche gespannt. Dazwischen fehlen Informationen. Dein Poster erscheint unscharf, obwohl es auf dem Display richtig gut aussah.

Möchtest du deine Bilder an einem Monitor ansehen, wird das Netz der Pixel nur 72 dpi schaffen. Hat der Monitor eine Breite von 53 cm (umgerechnet 21,26 Inch), passen 72 Pixel auf jedes Inch, also 1531 (21,26 Inch × 72 Pixel) auf die Breite. Dafür reicht eine 2-MP-Kamera (1600 × 1200 Pixel)! Du kannst dir das so vorstellen, dass die Mosaiksteine recht groß sind und du daher weniger Steine im Rahmen zählst.

Links: Geringe ppi-Zahl erklärt an Mosaiksteinen. Die lange Rahmenkante entspricht 1 Inch (2,54 cm). Rechts: Hohe ppi-Zahl. Mit vielen Pixeln hat das Bild viel mehr Details.

Möchtest du aber deine Fotos ausdrucken, sollten die Fotos 300 dpi haben, da Drucker viel feiner arbeiten können. Rechnest du die 1600 Pixel der langen Seite deines Fotos nun um, reicht es nicht einmal für eine Postkarte.

Übrigens entsprechen 300 dpi ungefähr der Fähigkeit deiner Augen, die noch ein feines Haar erkennen. Höhere dpi-Werte sind dann wichtig, wenn kleine Buchstaben dargestellt werden sollen, wie auf Landkarten. Dieser dpi-Wert bestimmt also, was du mit den Pixeln deines Bildes machen kannst. Ausschlaggebend für die Qualität ist die Anzahl der einzelnen Pixel. Nimmst du kleine Mosaiksteine, erhältst du auf der gleichen Fläche viel mehr Informationen, oder?

Merke dir

ppi

Wenn du 250 g Plätzchenteig hast, kannst du viele dünne oder wenige dicke Plätzchen daraus backen. Die Menge an Teig bleibt die gleiche.

Hast du also ein Foto mit 18 MP Auflösung, kannst du dieses in beispielsweise sechs gleich große Bilder teilen und als Postkarten drucken (nett als Puzzle für Freunde), oder du nutzt diese vielen Pixel und druckst dir ein großes Poster, das sechsmal so groß wie eine Postkarte ist.

In der Tabelle findest du ein paar wichtige Vergleiche, wenn du lieber mit der Einheit cm rechnest oder berechnen möchtest, ob die Pixel von deinem Bild ausreichen (dpi = Bildpunkte auf 2,54 cm, ppcm = Bildpunkte auf 1 cm).

→ **Zusammenhang zwischen Auflösung und Pixeldichte**

Darstellung	Auflösung/Pixeldichte	
Monitor	72 dpi	28 ppcm
Drucker	300 dpi	118 ppcm
Fotos auf Fotopapier	300 – 400 dpi	118 – 157 ppcm
Fotobuch (Digitaldruck)	300 dpi	118 ppcm
Landkarten	1 200 dpi	472 ppcm

Kennst du nun die Bildgröße deiner Kamera, kannst du ganz einfach die maximale Druckgröße berechnen, indem du die Anzahl der Pixel von einer Seite des Rechtecks durch die benötigte Anzahl der Pixel für den Druck teilst.

Wissen

So rechnest du Pixel in cm um

Hat das Bild deiner Kamera also 4 243 × 2 828 Pixel Auflösung, rechnest du:

- Druckgröße lange Seite = 4 243 Pixel/118 Pixel pro cm = 36 cm
- Druckgröße kurze Seite = 2 828 Pixel/118 Pixel pro cm = 24 cm

Somit kann das Bild gut auf 20 × 30 cm Papier gedruckt werden.

Jede halbwegs moderne Kamera hat also mehr als genug Pixel. Manchmal kommt es aber gar nicht auf die perfekte Schärfe, sondern auf den eingefangenen Augenblick an. Und übrigens: Wenn du dich direkt vor ein Poster stellst, zum Beispiel ein Werbeplakat, siehst du jeden einzelnen Punkt. Aus größerem Abstand fällt dir das gar nicht mehr auf! Je größer das Bild, aus desto größerem Abstand betrachtet man es.

NUN DU: Was tun, wenn die Pixel fehlen? Errate, was es ist!

Nach diesem Kapitel hast du verstanden, dass du für den Druck deiner Lieblingsfotos ausreichend Pixel benötigst. Im Internet findest du aber Fotos, die du unbedingt ausgedruckt in dein Zimmer hängen möchtest. Du druckst sie aus und siehst alles ganz unscharf, da die Bilder viel zu wenig Pixel hatten. Erkennst du, was auf den Bildern zu sehen ist? Kleiner Tipp – wenn du das Buch aufmerksam gelesen hast, kommen dir manche Bilder vielleicht bekannt vor.

Übrigens, wenn du auch mal solche Bilder erzeugen möchtest, wählst du den Mosaikfilter zur Vergröberung in der Bearbeitungssoftware (sofern dieser zur Auswahl steht).

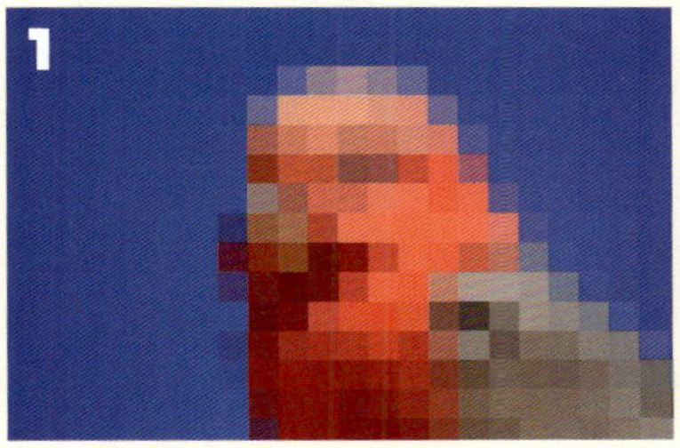

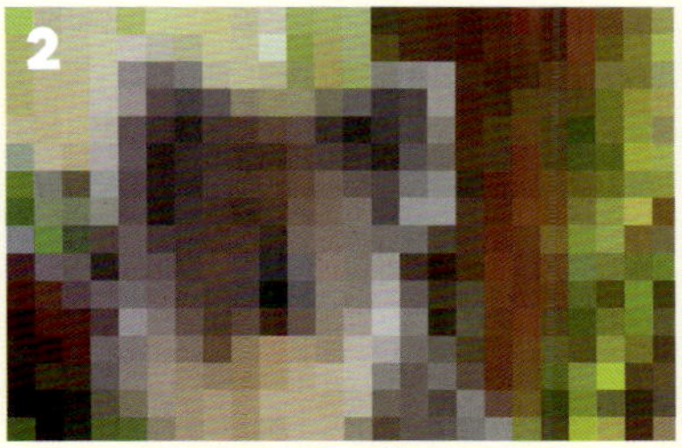

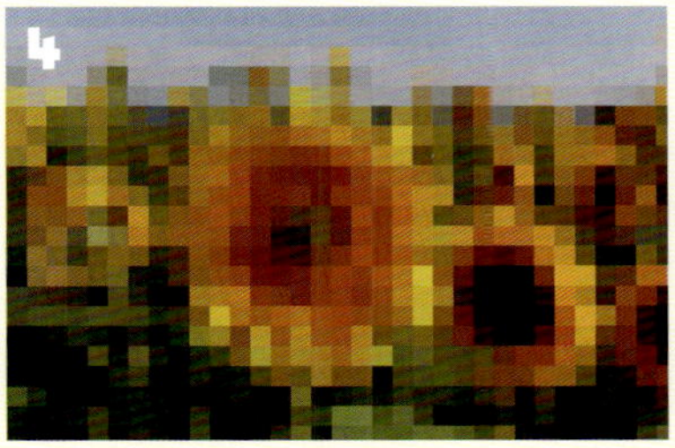

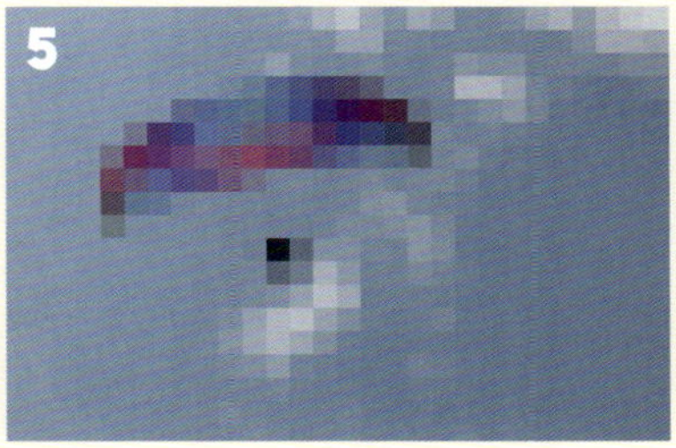

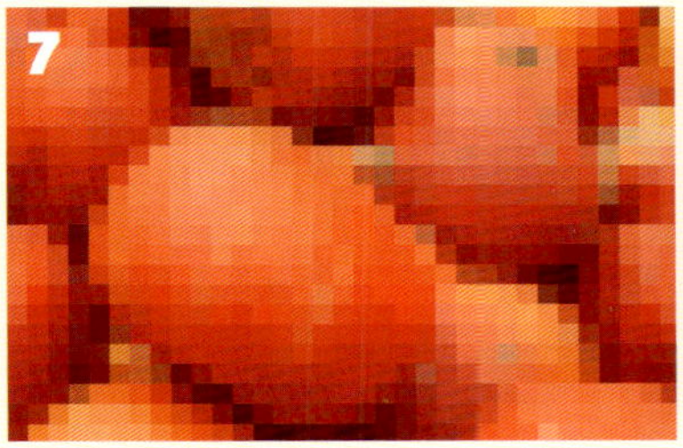

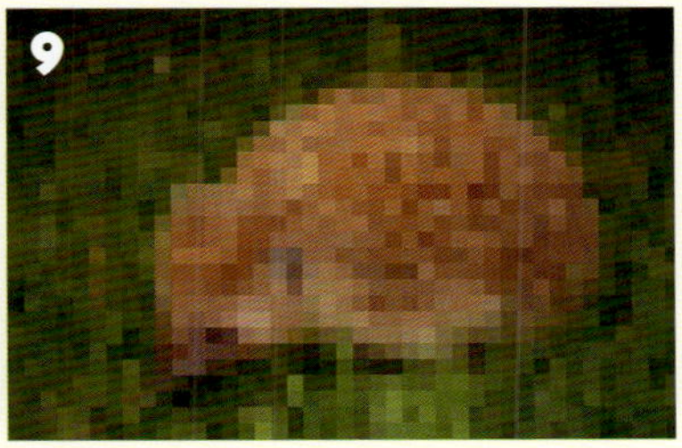

Kapitel 6

Die Welt ist farbig – warum?

6.1 Was ist Licht?

Licht hat ein Geheimnis, das wir nur mit einem Trick sichtbar machen können: Das weiße oder unsichtbare Licht ist eine »Familie« aus farbigem Licht. Jedes »Familienmitglied« ist anders und hat eine andere Energie. Die Farben im Regenbogen zeigen das Geheimnis. Weißt du, welche Farben der Regenbogen hat? Falls du dir unsicher bist, kannst du mit einem Wasserstrahl im Garten einen Regenbogen erzeugen. Die Sonne muss dafür in deinem Rücken sein.

Ein Regenbogen hat von innen nach außen die folgenden Farben: Rot, Orange, Gelb, Grün, Blau und Violett. Diese Farben des Lichts kannst du auch mit einem *Prisma* sichtbar machen. Das ist ein Glaskörper, der wie ein Dreieck geformt ist oder aus zwei dreieckigen Teilen einen Würfel bildet.

↑ Links: Regenbogen an einem Wasserfall, rechts: Dieses Prisma besteht aus mehreren Teilen, die aneinandergeklebt wurden. An den äußeren Kanten teilt sich das weiße Licht in verschiedene Farben auf.

Licht hat noch viele andere Eigenschaften, aber ganz besonders faszinierend finde ich, dass es sich nicht in Schritten, sondern als Welle bewegt. Wirfst du einen Stein in einen See, breiten sich Wellen aus, je nach Größe und Gewicht des Steins mehr oder weniger stark. Bei einer Welle ist das Maß der Bewegung also nicht die Schrittlänge, sondern die sogenannte *Wellenlänge*, die den Weg beschreibt, den zum Beispiel ein Papierschiffchen für einen »Wellenberg« und ein »Wellental« benötigt. Von der Seite sieht das aus wie ein liegendes »S«.

Die Wellenlänge besteht aus Wellenberg und Wellental.

Kommen wir noch mal zurück zu dem Stein und dem See. Stell dir vor, du stehst mit fünf Freunden an einem See – also seid ihr sechs, jeder steht für eine Farbe des Regenbogens. Das Wasser ist ruhig, und jeder von euch hat einen Stein in der Hand. Deiner ist ganz groß. Der letzte Freund hat einen ganz kleinen Stein. Ohne Schwung (das ist wichtig), lasst ihr die Steine nacheinander ins Wasser fallen. Was beobachtest du? Die Wellen auf dem Wasser sind unterschiedlich groß! Wenn ihr jetzt ganz in der Nähe ein kleines Papierschiffchen hättet, würde es – je nach Steingröße – in unterschiedlicher Geschwindigkeit am anderen Ufer ankommen, weil die Länge der Wellen unterschiedlich groß ist. So, wie die unterschiedlichen Steingrößen zu unterschiedlichen Wellen auf dem Wasser führen, haben die Farben des Lichts auch unterschiedliche Energien und Wellenlängen.

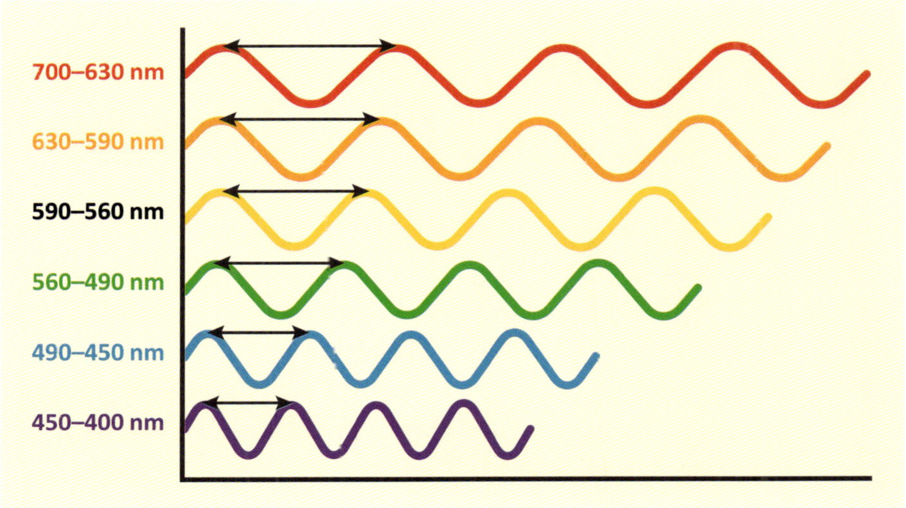

Wellenlängen der einzelnen Bestandteile von Licht. Die Einheit »nm« steht für Nanometer. 1 nm sind 0,000001 mm.

Jede Lichtfarbe hat eine andere Energie. Das violette Licht hat mit der kleinsten Wellenlänge die meiste Energie und das rote die geringste, aber dafür die größte Wellenlänge.

Merke dir

Energie der Wellen

Kinder machen zwar viel kleinere Schritte als Erwachsene, haben dafür aber viel mehr Energie. Ein Kind im Kindergarten hat vielleicht die Energie von violettem Licht, du die des grünen Lichts, und dein Opa läuft mit ruhigen, langen Schritten hinterher, weil er nicht mehr so viel Energie hat, genau wie das rote Licht.

6.2 Wie entsteht ein Regenbogen?

Trifft das Licht mit den unterschiedlichen Wellenlängen seiner Farbanteile nun zum Beispiel auf ein Prisma, kommen die einzelnen Wellen zu unterschiedlichen Zeiten an der »Wand« des Prismas an und ändern beim Übergang an die Luft ihre Richtung. Du weißt inzwischen, dass das *Lichtbrechung* heißt. Da jede Farbe eine andere Richtung einschlägt, fächert sich der ursprünglich weiße Lichtstrahl in seine *Spektralfarben* auf, also in Rot, Orange, Gelb, Grün, Blau und Violett. Die Reihenfolge ist immer die gleiche! Dieses Phänomen wurde bereits 1666 von dem Wissenschaftler Isaac Newton (1643–1727) entdeckt, der ebenfalls beobachtete, dass aus der Mischung aller Spektralfarben wieder Weiß entsteht.

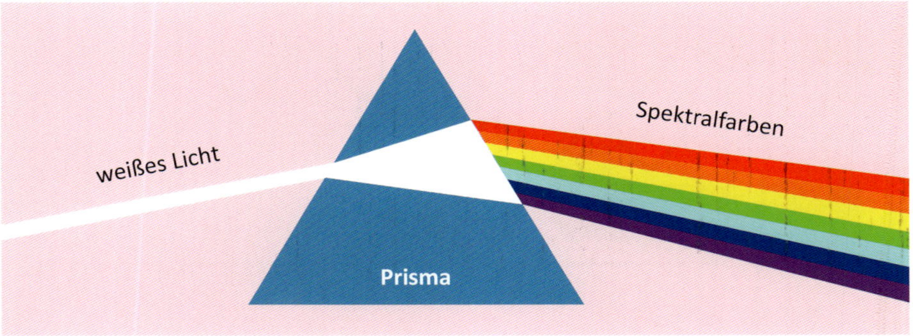

→ **Lichtbrechung an einem Prisma**

Bei einem Regenbogen passiert genau das Gleiche, nur, dass der Lichtstrahl in dem runden Tropfen nicht an der gegenüberliegenden Seite des

Tropfens austritt, sondern an der runden Innenwand reflektiert wird wie bei einem Spiegel. Somit wird er in deine Richtung umgelenkt und fächert sich zu dir auf, sodass du ihn in voller Farbenpracht sehen kannst. Manchmal erscheint sogar ein zweiter Regenbogen, etwas schwächer, bei dem das Licht zweimal im Tropfen reflektiert wird, bevor er als Farbfächer austritt. Die Farben sind bei einem solchen »Nebenregenbogen« oder doppeltem Regenbogen genau umgedreht.

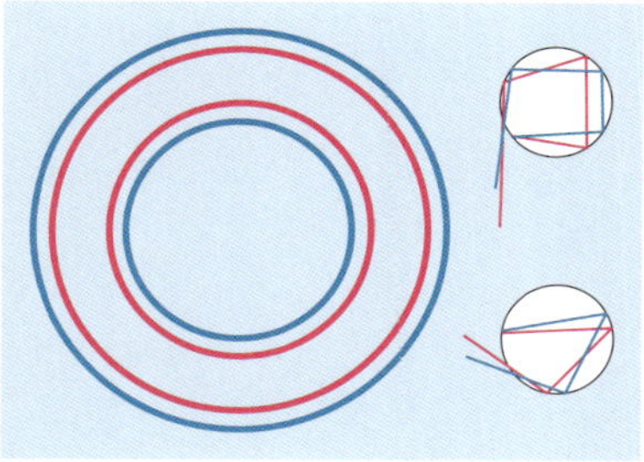

↑ **Strahlengang bei einem doppelten Regenbogen**

Gut 100 Jahre nach dieser Entdeckung durch Newton fand ein Arzt namens Thomas Young heraus, dass man diese Spektralfarben auf die drei Grundfarben Rot, Grün und Blau (*Primärfarben*) reduzieren kann und mit dem Mischen der Farben die anderen Farben erzeugt. Diese so erzeugten Farben nennt man *Sekundärfarben*.

6.3 Additive Farbmischung

Deine Digitalkamera kann 16,7 Millionen (16700000) Farben erkennen! Für jedes Pixel, also jeden Bildpunkt, ermittelt die Kamera die Information über die Anteile der Grundfarben **R**ot, **G**rün und **B**lau (*RGB-Werte*).

Und Farben können über zwei verschiedene Systeme erklärt werden, je nachdem, ob du Licht mischst oder Farbe auf Papier, spricht man von *additiver* oder *subtraktiver Farbmischung*.

Merke dir

Das additive Farbenmischen (Licht)

Beim Mischen der *Primärfarben* Rot, Grün und Blau ergibt sich Weiß. Die Mischfarben Magenta (Pink), Cyan (Hellblau) und Gelb nennt man *Sekundärfarben*, weil sie erst in einem zweiten Schritt entstehen. Ohne Farbe ist alles schwarz. Da du einzelne Farben übereinanderlagerst, also addierst, nennt man dieses Mischen »additiv«.

Ein helles Blau (Cyan) entsteht so durch das Mischen von Grün und Blau. Gelb setzt sich zusammen aus Anteilen von Rot und Grün. Mit Rot und Blau erhältst du Magenta.

- Rot + Grün = Gelb
- Rot + Blau = Magenta
- Grün + Blau = Cyan (Blaugrün)
- Rot + Grün + Blau = Weiß

Mischen sich alle drei Lichtfarben mit voller Intensität zu gleichen Teilen zusammen, siehst du sie als Weiß.

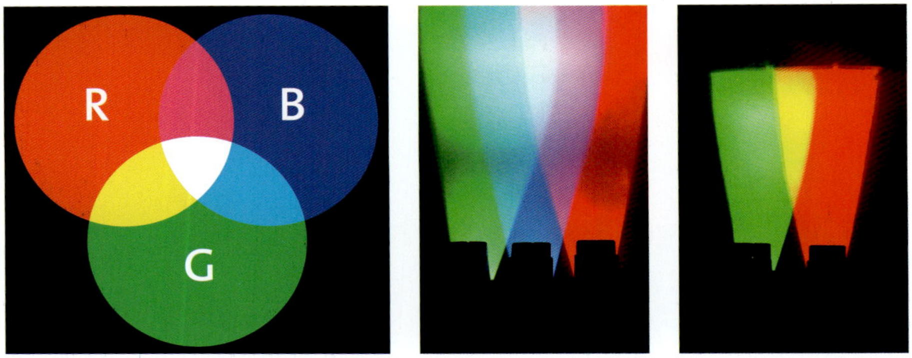

→ **Links: Additive Farbmischung, Mitte: Additive Farbmischung mit farbigen Taschenlampen. Erkennst du die Farben wieder? Rechts: Additive Farbmischung mit grünem und rotem Licht. Gemischt ergeben sie Gelb.**

Du kannst die einzelnen Farben nun in ganz viele Stufen verschiedener Intensität und Helligkeit teilen und somit einen bunten Fächer an Farben erzeugen. Der Sensor deiner Kamera kann die drei Grundfarben in jeweils 256 Helligkeitsstufen (Tonwerten) messen. Beim Mischen dieser Farben gibt es somit über 16 Millionen einzelne Farbabstufungen, die mit 256 × 256 × 256 berechnet werden.

6.4 Subtraktive Farbmischung

Anders als beim Licht ist es, wenn du zum Beispiel mit Wassermalfarben malst oder einen Farbdrucker benutzt. Hier spricht man vom *subtraktiven Mischen* der drei Grundfarben, in diesem Fall Cyan (Hellblau), Magenta (Pink) und Gelb. Theoretisch sollte das Mischen aller Farben ein Schwarz ergeben, aber so ganz funktioniert das nicht. Deswegen haben Drucker noch »echtes« Schwarz als eigene Tinte oder eigenen Toner an Bord.

Beim Buchdruck, wie bei diesem Buch hier, nutzt man ebenfalls die drei Grundfarben **C**yan, **M**agenta, Gelb (**Y**ellow) plus Schwarz (**K**ey), abgekürzt wird dieses System mit *CMYK*. Und so werden hier die Farben gemischt:

- Gelb + Magenta = Rot
- Gelb + Cyan = Grün
- Cyan + Magenta = Blau
- Gelb + Magenta + Cyan = Dunkelbraun/Schwarz

Merke dir

Das subtraktive Farbenmischen (Papier)

Beim Mischen der Grundfarben Cyan, Magenta und Gelb im Drucker oder auf einem gemalten Bild ergibt sich ein Dunkelbraun (theoretisch Schwarz). Die kleinen farbigen Stoffe in der Tinte, im Toner oder den Malfarben werden *Pigmente* genannt. Malst du mit Rot, werden der blaue und der grüne Anteil vom Licht »geschluckt« (absorbiert) und der rote von dem weißen reflektiert wie bei einem Spiegel. Somit wird das Licht immer mehr reduziert, also subtrahiert – daher der Name »subtraktiv«. Damit die Bilder auch ein sauberes Schwarz enthalten, haben die Drucker noch zusätzlich schwarze Tinte/schwarzen Toner.

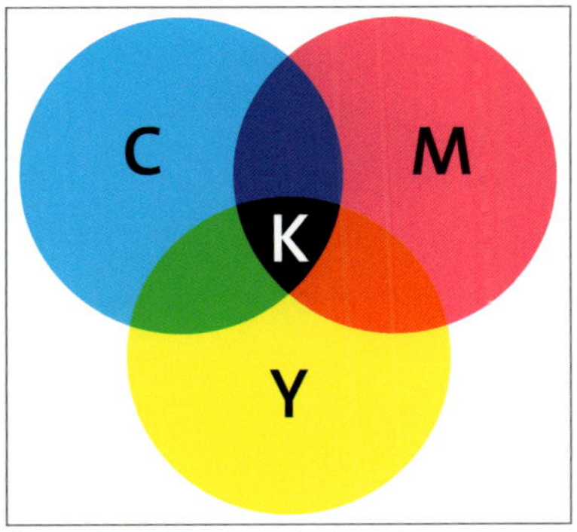

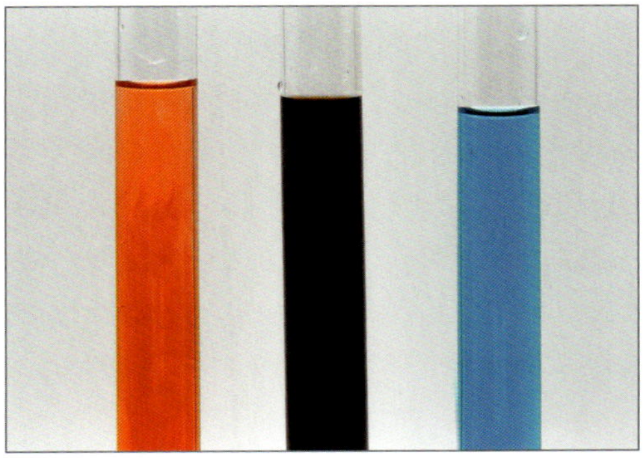

Links: Subtraktive Farbmischung, rechts: Tinte in Wasser. Links Rot, rechts Cyan. Werden Rot, Gelb und Cyan gemischt, wie hier in der Mitte, erhältst du ein dunkles Braun.

6.5 Warum sind Blätter grün?

↑ **Das »grüne Farbmonster« frisst alle Farbanteile des Sonnenlichts, außer den grünen, die du dann siehst.**

Bei der Wahrnehmung von Farben kannst du eher an das subtraktive Farbenmischen denken, denn das Licht, das auf eine Oberfläche trifft, wird nicht vollständig an deine Augen weitergeleitet. Ähnlich wie bei der Druckertinte/dem Druckertoner werden alle Wellenlängen außer die der eigenen Farbe »geschluckt« (absorbiert), also aufgenommen, und nur die Wellenlänge der eigenen Farbe reflektiert. Du fotografierst also immer gefiltertes Licht, das von deinem Motiv reflektiert wird.

Merke dir

Absorbieren

Absorbieren bedeutet das Aufnehmen von bestimmten Wellen. Richtig übersetzt heißt es »aufsaugen«, was du dir vielleicht noch besser merken kannst.

Auch die Mango auf der rechten Seite reflektiert verschiedene Wellenlängen. Das Beispiel der Mango ist spannend, denn die Anteile vom Licht setzen sich bei den Farben nicht ganz so zusammen, wie du es vielleicht erwarten würdest.

Mit einer Bildbearbeitungssoftware kannst du dir die RGB-Werte einzelner Punkte eines Bildes anzeigen lassen. Jeder Anteil kann maximal 255 Punkte haben (R = 255 bedeutet maximaler Rotanteil). Mit dem Farbmodell der additiven Farbmischung setzt sich das Licht, das von der Mango reflektiert wird, aus den Anteilen von Rot (R), Grün (G) und Blau (B) zusammen. Jeder kleine Punkt auf der Frucht ist etwas anders, daher siehst du hier die Werte für einen Punkt. Beim roten Bereich mischt sich das Licht aus viel Rot, aber auch Grün und etwas Blau. Das Gelb reflektiert zu vergleichbar großen Teilen Rot und Grün. Bei Grün bist du sicherlich erstaunt, dass Rot und Grün zu gleichen Teilen mit etwas Blau enthalten sind. Schaust du genau hin, ist das Grün eher Olivgrün. Dieses Beispiel zeigt dir, dass du selten ganz reine Farben findest. Wenn du die Mango malen würdest, müsstest du auch mehrere Farben mischen.

Anteile des Lichts für den roten, gelben und grünen Bereich der Mango

6.6 Warum haben Farben eine Temperatur?

Schau dich mal in deinem Zimmer um. Wie viele Lampen siehst du? Wie wirken sie? Jede Lichtquelle strahlt Licht mit einer ganz bestimmten »Familie« von Wellenlängen aus. Nur das Sonnenlicht erscheint uns weiß oder sagen wir eher farblos, weil es diesen großen Bereich der Wellenlängen abdeckt.

Das Tageslicht verändert sich über den Tag kontinuierlich, weil Wellenlängen herausgefiltert werden. Unser Gehirn gleicht das aus, ohne dass du das merkst, denn du sammelst dein Leben lang Erfahrungen, die dein Gehirn abspeichert. Du würdest zum Beispiel nie den Himmel grün sehen, da du weißt, dass er eher blau ist. Ganz so schlau ist deine Kamera nicht, denn auf den Sensor wirken die Anteile des Lichts ein und werden als Farbe berechnet. Deine Kamera sucht sich in dem Motiv eine große Fläche wie den Himmel und definiert diese als Weiß oder Grau. An diesem sogenannten *Weißabgleich* orientiert sich die Kamera und stellt alle Farben automatisch ein. In der Regel funktioniert das sehr gut, aber manchmal passt es nicht. Es ist dann ärgerlich, wenn eine große, rote Felswand, plötzlich grau erscheint. Du kannst deiner Kamera bei der Berechnung der Farben helfen, wenn du ihr einen kleinen Tipp gibst, welche Art von Lichtquelle im Raum ist (oder was im Bild wirklich weiß ist).

Die Beschreibung der Lichtquellen wurde standardisiert, damit jeder von der gleichen Farbwirkung spricht. Wie bei einem Lineal, das dir die Zentimeter als Maß angibt, wurde für das Licht eine *Farbtemperatur* gewählt, die in Kelvin angegeben ist.

Wissen

Kelvin, die Einheit der (Farb-)Temperatur

Kelvin (K) ist die weltweite Einheit für die Temperatur. In Europa nutzt man eher Grad Celsius (°C). 273 K entsprechen 0°C.

Komische Vorstellung, Licht mit einer Temperatur zu beschreiben. Aber im Grunde hat man sich überlegt, wie ein schwarzer Körper (stell dir eine Eisenstange vor) beim Glühen seine Farbe abhängig von der Temperatur verändert. Erst glüht er rötlich, dann wird er gelb und später sogar blau, je heißer es wird.

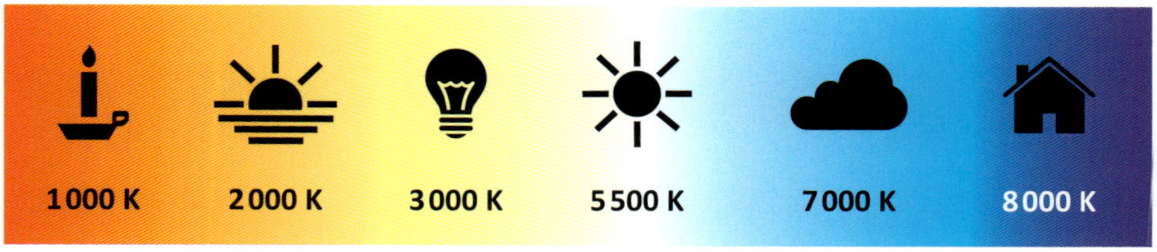

→ Farbwirkung der einzelnen Lichtquellen

Sagst du nun deiner Kamera, dass du in einem Raum bei Kerzenlicht fotografierst, versucht sie nicht, die (vermutlichen weißen) Wände weiß, sondern gelblich wirken zu lassen, und das Foto hat die Farbwirkung, die du mit deinen Augen wahrnimmst. Denn das ist zunächst das Ziel beim Fotografieren: das Motiv so einzufangen, wie du es mit deinen Augen siehst!

Die meisten Kameras haben im Menü ein paar Einstellungen für unterschiedliche Lichtquellen zur Auswahl. Meistens kannst du wählen zwischen

Tageslicht (Sonnensymbol), Wolken (Wolkensymbol), Schatten (Haus mit angedeutetem Schatten), Blitz und Glühlampe (Glühlampensymbol). Mit dieser Einstellung weiß deine Kamera, dass das Foto eigentlich einen Farbstich hätte (Rot bei Kerzenlicht, Blau bei Tageslicht) und wirkt dem entgegen. So wird der Rotstich mit einer Verstärkung der Signale von Blau ausgeglichen. Sagst du der Kamera also, es wäre bei Kerzenschein aufgenommen worden, obwohl deine Lichtquelle Tageslicht war, dann verstärkt deine Kamera das Blau. Etwas irreführend, aber an den folgenden Bildern schön zu erkennen.

Merke dir

Kein Stress mit dem Weißabgleich beim Raw-Format

Solltest du im *Raw-Format* fotografieren, kannst du den *Weißabgleich* auch nachträglich am Computer beliebig ändern. Hast du aber im *JPEG-Format* fotografiert, ist der Weißabgleich fest in das Bild gerechnet und lässt sich nachträglich nur ganz schlecht ändern.

Die Fotos mit dem Prisma zeigen sehr deutlich, wie sich ein anderer Weißabgleich auswirkt. Hier habe ich die Farbtemperatur des im Raw-Formats aufgenommenen Fotos' am Computer eingestellt. Du siehst, man kann Bilder richtig verfremden, wenn die falsche Farbtemperatur eingestellt ist. Und das kann auch Spaß machen! Du solltest immer mit dem »passenden« Weißabgleich anfangen, aber vielleicht wirkt ein Bild mit einem angepassten Weißabgleich noch besser.

Links: 2 000 K, rechts: 3 000 K

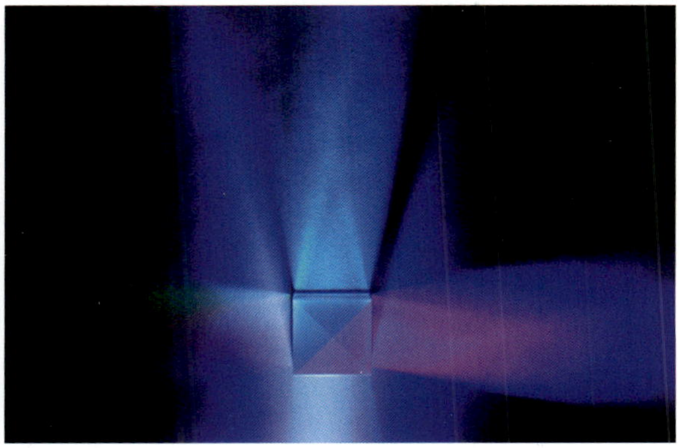

↑ Links: 5 500 K – so ist es richtig, Mitte: 7 000 K – etwas wärmere Wirkung als bei 5 500 K, aber kaum merkbar, rechts: 8 000 K – das Licht wirkt zu gelblich.

6.7 Ohne Farbe – Schwarzweißbilder

Verzichtest du bewusst auf die Farben, kann eine ganz andere Wirkung entstehen. Das, was früher normal war, keine Farbe, kommt heute aber eher bei besonderen Fotos zum Einsatz. Bei Schwarzweißbildern nutzt du den Kontrast unterschiedlicher Graustufen, um dem Bild Wirkung zu geben.

Einem bunten Schmetterling solltest du vielleicht nicht seine beeindruckende Farbenpracht nehmen, aber andere Motive können in Schwarzweiß viel interessanter wirken. Nehmen wir einen Baum im Winter: Kräftige Farben wirst du hier nicht so leicht finden, aber Äste, die vor einem hellen Himmel sehr interessant in Szene gesetzt werden können, wie rund um unser Vogelhäuschen im Garten.

← Unser Vogelhäuschen im Winter. In Schwarzweiß wirkt es richtig kalt. Der Kontrast zwischen den Ästen und dem Hintergrund macht das Bild interessant; Farben würden hier nur ablenken.

Auch Personen wirken in Schwarzweiß oft anders als in Farbe. Manchmal bietet es sich auch an, die Farbe herauszunehmen, wenn dir zum Beispiel die Farbe der Kleidung in den Augen »sticht« oder nicht zum Umfeld passt. Auch Bilder mit einem nicht passenden Weißabgleich können in Schwarzweiß noch »gerettet« werden.

Merke dir

Schwarzweißfotos

Schwarzweißfotos verleihen deinem Bild mehr Struktur und Kontrast. Flächen und Formen werden so betont.

Wie entsteht ein Schwarzweißbild? Jede Farbe hat einen bestimmten Grauton. Auch wenn die Farben ganz unterschiedlich auf dich wirken, können sie dennoch bei ähnlicher Helligkeit im Grauton vergleichbar sein. Es kommt also auf die Kontraste der einzelnen Farben an, die ich dir am einfachsten wieder an dem bekannten Farbkreis oder dem Modell der additiven Farbmischung (vereinfachter Farbkreis) erkläre. Den stärksten Kontrast haben die *Komplementärfarben*, die sich im Farbkreis gegenüberliegen. Du siehst sehr gut an den Bildern unten, dass die Mischfarben (kleine Flächen) viel heller sind als die Grundfarben gegenüber.

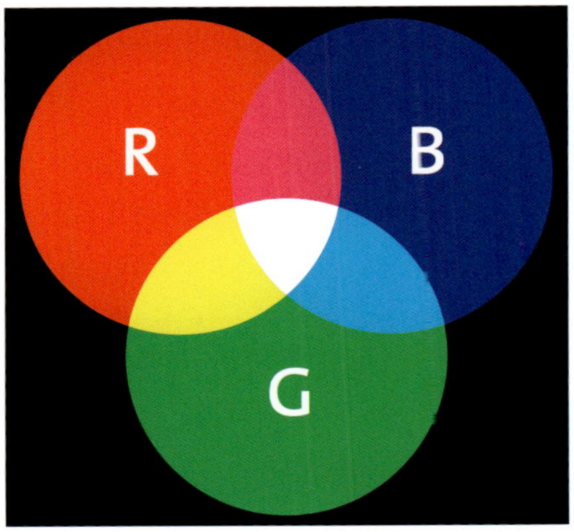

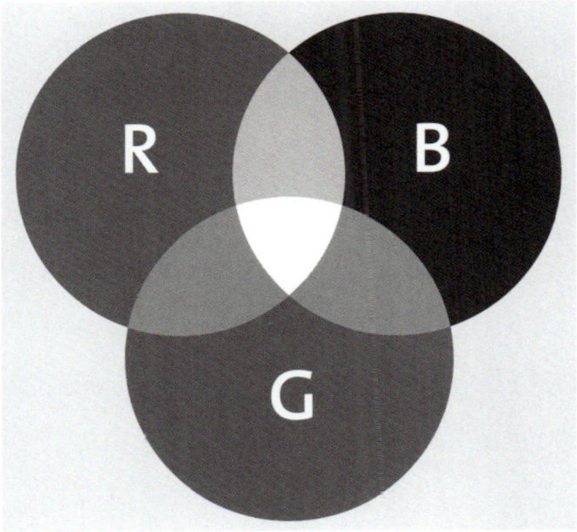

Additives Farbmodell in Farbe und in Schwarzweiß. Siehst du, dass Rot und Grün den gleichen Grauwert haben? Ebenso ist es bei Gelb und Cyan.

Merke dir

Komplementärfarben

Die Komplementärfarbe einer Grundfarbe ist die Mischfarbe zwischen den zwei Grundfarben gegenüber im Farbkreis. Für Rot ist es Cyan (Hellblau), für Blau ist es Gelb und für Grün Magenta (Violett).

↑ Eine Düne in Farbe oder in Schwarzweiß? Die Farben lenken hier von den Linien ab, die die Dünen formen. Ich finde es in Schwarzweiß interessanter, weil die Linien betont werden! Das meint man, wenn man von einer grafischen Wirkung eines Bildes spricht.

Manche Fotos haben in Farbe eine starke Wirkung, sind aber in Schwarzweiß kontrastarm, mit weniger Wirkung in den Grautönen. Hier kannst du etwas tricksen, indem du die einzelnen Farben – Rot, Grün und Blau – in ihrer Helligkeit beeinflusst! Dafür kannst du sogenannte *Farbfilter* in den drei Grundfarben nutzen, die nur die Wellenlänge der eigenen Farbe durchlassen. Vor allem für analoge Kameras gibt es dafür Filter, die man vor das Objektiv schrauben kann. Bei Digitalkameras lässt sich der Sensor entsprechend beeinflussen. Schau mal, ob deine Kamera einen Schwarzweißmodus hat und was du dort einstellen kannst.

Ein Rotfilter, lässt also nur die Farbe Rot durch. Somit wird die eigene Farbe (Rot) heller und die Komplementärfarbe (Grün) dunkler.

↑ Rosakakadu in Farbe

↑ Schwarzweißfoto ohne Farbfilter

↑ Schwarzweißfoto mit einem Rotfilter

↑ Schwarzweißfoto mit einem Blaufilter

Das Schwarzweißfoto hat ohne Filter kaum Kontraste. Mit einem Rotfilter wirkt der Himmel viel dunkler und das Gefieder heller. Und jetzt betrachte das Bild mit einem Blaufilter. Eine komplett andere Wirkung, oder?

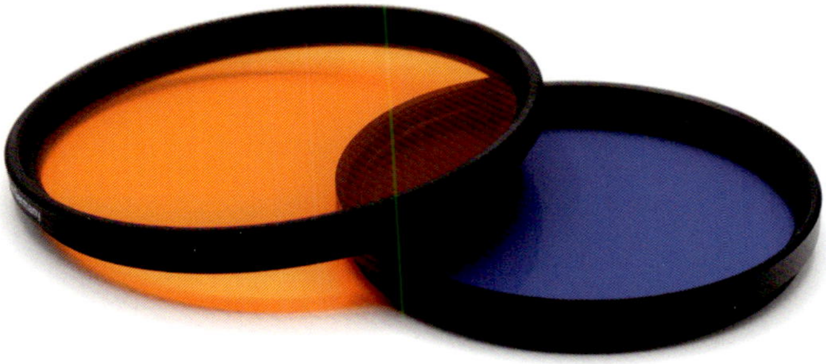

← Orange- und Blaufilter für die Schwarzweißfotografie – diese kann man an das Objektiv schrauben.

NUN DU: Sieh die Welt schwarzweiß

Nicht jedes Motiv eignet sich für Schwarzweißfotos. Mit etwas Übung bekommst du ein Gefühl dafür, welche Farbkombinationen gute Kontraste in den Grautönen haben. Das kannst du direkt beim Fotografieren üben, oder du fotografierst im Raw-Format und experimentierst am Computer. Das gibt dir mehr Gestaltungsmöglichkeiten.

Beginne mit der Suche im Menü deiner Kamera. Such danach, wie du Schwarzweißfotos einstellen kannst. Schau mal in den Motivprogrammen oder im Kreativmodus, wenn deine Kamera so etwas hat. Sollte es mit der Kamera nicht möglich sein, kannst du auch am Computer die Bilder in Schwarzweiß umwandeln.

Am besten fotografierst du deine Motive immer in Farbe und in Schwarzweiß, dann hast du immer alle Möglichkeiten. Motive gibt es ganz viele! Blumen im Garten oder Park, Freunde, die sich als Modell anbieten, Gegenstände bei dir zu Hause oder Urlaubsbilder.

→ **Blüten eignen sich sehr gut zum Ausprobieren. Diese Kirschblüten wirken in Farbe, in Schwarzweiß und in Schwarzweiß mit einem Rotfilter ganz unterschiedlich.**

Die meisten Kompaktkameras bieten nicht die Möglichkeit, Farbfilter zu wählen. Um den Effekt sichtbar zu machen, kannst du aber auch farbige Folie (aus dem Schreibwarenladen) vor das Objektiv halten. Diese sollte aber sehr nahe an der Linse sein, da sonst der Strahlengang und somit die Schärfe des Bildes gestört wird. Aber darauf kommt es hier ja auch gar nicht an.

↑ Versuch dich auch an Porträts in Schwarzweiß. Oft wirken diese Bilder interessanter und künstlerischer. Sieht halt nach mehr aus als nach einem einfachen Schnappschuss.

NUN DU: Ein Foto malerisch ergänzen

Jetzt hast du viel über Farben, Licht und das Mischen der Farben gelernt. Mach dich zum Ausgleich daran, selbst etwas kreativ zu werden und ein Gefühl für das Mischen von Farben zu bekommen, indem du ein Foto mit Wasserfarben oder Buntstiften erweiterst:

1. Such dir ein Motiv, das du leicht nachmalen bzw. mit Malerei ergänzen kannst.
2. Fotografiere es mit verschiedenen Einstellungen für den Weißabgleich und such dir die schönste Version heraus.
3. Druck es in Farbe auf die Größe einer halben DIN-A4-Seite und leg es auf ein weißes Blatt Papier.
4. Nun kannst du das Bild mit Wasserfarben oder Stiften erweitern.
5. Versuch, die Farben ähnlich zu treffen.

Wenn dir die Vorstellung schwerfällt, dann druck das Bild zweimal in DIN A4 (20 × 30 cm) aus, schneide bei einem rundherum etwa 5 cm weg und male es nach. Der zweite Ausdruck hilft dir dabei.

Auf dieser Doppelseite siehst du ein paar Ideen.

Links: Malvorlage Sonnenblume, rechts: Malvorlage Fenster

← **Malvorlage Postbus**

← **Malvorlage Boot**

Kapitel 7

Es kommt auf deinen Blick an

7.1 Wie Bilder wirken

Fotografie zeigt deinen Blick fürs Motiv und deinen Blick auf die Welt. Bilder, die dir gefallen, müssen nicht deinen Freunden gefallen und umgekehrt. Lass dich davon nicht abschrecken. Die Kamera ist ein Werkzeug, aber nicht das, was Fotografie ausmacht. Mit einer teuren Kamera entstehen nicht automatisch bessere Bilder, auch mit einer einfachen Kamera kannst du tolle Bilder machen. Wichtiger als alle Technik ist dein Blick fürs Motiv. Und dieser Blick wird mit der Zeit und auch mit Übung besser!

→ **Ein Heißluftballon, den man so auch nicht alle Tage sieht. Es kommt auf deinen Blick an!**

In diesem Kapitel lernst du ein paar Tricks und Hintergründe abseits der Kameratechnik, die deine Fotos noch besser wirken lassen. Dazu gehören auch die Regeln der Bildgestaltung. Mit Regeln ist das in der Fotografie so eine Sache: Es ist gut, sie zu kennen und zu verstehen. Aber manchmal ist es auch wichtig, sie zu ignorieren und etwas anders zu machen. Mach Bilder ruhig auf die eine und die andere Weise und schau, was funktioniert und dir gefällt.

Eine ganz grundlegende Frage ist die nach dem Format. Es ist eckig, klar, aber du kannst dich entscheiden, ob du im Querformat oder im Hochformat fotografieren möchtest. (Manchmal kannst du an der Kamera auch einstellen, dass das Bild quadratisch sein soll.) Im Zweifelsfall probierst du einfach beides aus. Machst du ein Bild im Hochformat, wird der Blick eher von unten nach oben wandern und nicht von links nach rechts. Viele Porträts sind eher Hochformataufnahmen, während Landschaften gerne im Querformat fotografiert werden.

Schau dir mal die zugewachsene Hausfassade unten an. Links im Bild ist ein großer Ast zu sehen. Im Querformat spielt der Ast eine eher untergeordnete Rolle, da der Blick über das breite Format zu dem grünen Laub auf der rechten Seite wandert. Im Hochformat bleibt unser Blick »gefangen«, und der senkrecht in das Bild ragende Ast wird betont. Wir schauen eher auf den Ast als auf das Fenster, obwohl es das hellste Element im Bild ist.

Das Spannende an der Fotografie ist, dass jeder einen eigenen Blick hat, obwohl man das Gleiche sieht. Mach doch mal ein Experiment mit deinen Freunden, bei dem ihr alle das gleiche Objekt (zum Beispiel einen Baum, ein Haus oder ein Auto) fotografiert. Schaut euch danach die Fotos gemeinsam an. Sehen die alle gleich aus? Wahrscheinlich nicht. Tauscht euch darüber aus, was wem wichtig war und wie die Fotos auf euch wirken.

↓→ Eine wild bewachsene Hausfassade mit Ast und Fenster – Quer- oder Hochformat? Die Wirkung ist jeweils eine ganz andere.

Bei den Beispielfotos des Baumes, die du hier auf der Seite siehst, wird deutlich, dass ein Baum aus zahlreichen *Betrachtungswinkeln* fotografiert werden kann. Das wohl häufigste Foto ist der Baum aus der Ferne, denn das ist schnell gemacht und erfüllt seinen Zweck: Man sieht den Baum.

Nimmst du dir etwas mehr Zeit, kannst du dir überlegen, ob dich der Stamm mit seinen verzweigten Ästen interessiert oder ob dir eher die Blüten ins Auge fallen. In jedem Fall musst du näher heran. Und natürlich kannst du dich auch hier zwischen Quer- und Hochformat entscheiden. Es ist immer der gleiche Baum, aber es können ganz unterschiedliche Fotos entstehen.

↑ Ein blühender Baum, einfach komplett fotografiert.

↑ Näher dran. Jetzt steht die Baumkrone im Mittelpunkt.

↑ Eine Detailaufnahme der Blüten

↑ Wieder die Baumkrone, aber jetzt im Querformat.

Ähnliche Gedanken hatte ich in Berlin, als ich den dortigen Fernsehturm fotografiert habe. Natürlich bietet sich hier das Hochformat an. Aber wie bekomme ich den Eindruck der Höhe ansprechend eingefangen, wenn ich ganz in seiner Nähe stehe? Hätte ich aus größerer Entfernung fotografieren können, vielleicht vom Dach eines anderen Hauses, hätte ich die Größe des Turms durch den Vergleich mit den Häusern im Umfeld zeigen können. Aber nun stand ich eben direkt vor dem Fernsehturm.

Bei meinem ersten Bild links unten habe ich einfach gerade nach oben geschaut und den Fernsehturm so fotografiert. Das Problem ist dabei, dass der Turm durch die Perspektive etwas schräg zur Bildkante verläuft. Mich stört das.

Wenn der Turm schon so ein wenig schräg wirkt, warum dann nicht gleich ganz schräg? In der Diagonale kann der Turm noch etwas länger sein, und das Bild rechts unten wirkt auch gleich dynamischer. Schon beim Anschauen wird einem schwindlig.

↓ Der Berliner Fernsehturm. Links einfach gerade fotografiert. Nicht wirklich überzeugend. Rechts schon deutlich besser, schräg und dynamisch.

7.2 Ein paar grundlegende Tipps

Menschen malen und gestalten seit Urzeiten. In all der Zeit haben sie gelernt, dass Bilder bei einer bestimmten Anordnung der Motive ansprechender wirken. Abgeguckt haben sie sich das auch von der Natur, zum Beispiel von Pflanzen oder Schneckenhäusern. Diese Anordnung ist nicht nur in der Fotografie interessant, sondern zum Beispiel auch in der Malerei, Bildhauerei oder Architektur.

Die Drittelregel

Eine wichtige Gestaltungsregel ist die *Drittelregel.* Das ist eine Bildaufteilung von einem Drittel zu zwei Dritteln, die von uns als angenehm empfunden wird. Hier musst du das Bild nur (gedanklich) der Länge und Breite nach in drei gleiche Abschnitte teilen. Dann hast du neun gleich große Rechtecke, und hier platzierst du dein Motiv auf einem der Schnittpunkte oder einer der Linien (zum Beispiel den Horizont). Dieses Raster können fast alle Kameras einblenden, um es dir noch leichter zu machen.

Merke dir

Raster in Bildbearbeitungsprogrammen einblenden

Auch in Bildbearbeitungsprogrammen kannst du dir verschiedene Raster einblenden lassen, wenn du erst am Computer deine Bilder entsprechend beschneiden möchtest.

↓ Segelboot und Horizont sind hier gemäß der Drittelregel platziert. Das Bild wirkt so spannender, und auch das Boot kommt besser zur Geltung, wenn es nicht einfach in der Mitte platziert ist.

Der Goldene Schnitt

Die Drittelregel ist die Vereinfachung des Goldenen Schnitts, bei dem du die Strecke ebenfalls aufteilst, aber nicht in gleich große Teile wie bei der Drittelregel, sondern im Verhältnis 1:1,6. Das Ganze ist »golden«, weil es in der Regel von fast allen toll gefunden wird.

Für den Goldenen Schnitt schiebst du die Linien der Drittelregel einfach etwas zusammen. Das funktioniert übrigens auch bei quadratischen Bildern. Wichtig ist, dass ein Bild spannender wirkt, wenn das Motiv nicht einfach in der Bildmitte sitzt, sondern idealerweise auf einer der Schnittkanten des Goldenen Schnitts.

Bei vielen Kameras (und auch später in der Bildverarbeitungssoftware) kannst du dir auch dieses Raster einblenden lassen, das dir dann hilft, dein Motiv genau zu platzieren und zurechtzuschneiden.

Der »Knoten« dieser Weinrebe liegt auf den Linien des »Goldenen Schnitts« und wirkt durch den vielen Platz auf der rechten Seite interessant. Hätte ich den Knoten jedoch noch weiter nach links (wie bei der der Drittelregel) verschoben, würde er zu sehr am Rand sitzen.

Dein Standpunkt

Die Wirkung eines Bildes kannst du sehr einfach ändern, indem du deinen Standpunkt veränderst. Lauf einfach mal etwas nach links und rechts und lass das Motiv auf dich wirken. Durch diesen einfachen Trick »wächst« deinem Modell keine Laterne mehr aus dem Kopf, und auch andere störende Objekte im Hinter- oder Vordergrund fallen weniger auf oder verschwinden ganz aus der Sicht.

Wie wirken die drei Mühlenbilder auf der nächsten Seite auf dich? Befindet sich die Mühle im linken Drittel, bringen die Häuser rechts Farbe in das Bild. Ist die Mühle in der Mitte, lenkt das Boot in der linken unteren

↑ **In welchem Bild kommt die Mühle am besten zur Geltung?**

Ecke vom Hauptmotiv ab, während bei Platzierung der Mühle im rechten Bilddrittel das kleine farbige Haus links Aufmerksamkeit auf sich zieht, obwohl die Mühle interessanter ist. Dieses Bild hat zu viele Schwerpunkte (Boote links und rechts, Haus, Mühle), um harmonisch zu sein.

Dein Standpunkt ist sehr wichtig für ein gelungenes Foto. Gute Fotografen erkennst du unter anderem daran, dass sie immer in Bewegung sind und manchmal auch mal auf dem Bauch liegen oder auf einer Leiter stehen, um ihr Motiv einzufangen. Das ist nicht albern, sondern zeigt, dass sie sich mit dem Motiv auseinandersetzen und versuchen, das beste Bild zu machen.

Der Bildausschnitt

Mit dem Bildausschnitt bestimmst du, was im Bild zu sehen ist und was nicht. Und das ist wichtig, wie du an meinem letzten und liebsten Mühlenbild siehst. Hier bin ich nur wenige Meter gelaufen und schon konnte ich die Mühle aus einem ganz anderen Blickwinkel sehen! Änderst du also den Standpunkt, ändert sich natürlich auch dein Bildausschnitt.

Überleg dir das mal so: Wenn du etwas malst, beginnst du mit einem leeren Blatt und malst nach und nach, was du willst. Wenn du etwas fotografierst, ist es umgekehrt. Dein »Blatt« ist schon voll, wahrscheinlich auch mit vielen unwichtigen Dingen. Jetzt ist es dein Job, durch den Standpunkt und den Bildausschnitt wegzunehmen, was nicht wichtig ist.

→ **Ein Bild im Bild. Der Bogen rahmt die Mühle ein, die nun klar im Mittelpunkt steht. Dafür musste ich nur ein paar Meter gehen.**

Bei dem folgenden Beispiel siehst du, dass die Vogelhäuschen an der Wand viel mehr zur Geltung kommen, wenn die Mauer und die Bäume drumherum nicht mit auf dem Bild sind. Ohne das Teleobjektiv waren sie kaum erkennbar. Was machst du aber, wenn du kein Teleobjektiv dabeihast? Dann kannst du das Bild später am Computer entsprechend zuschneiden, was aufgrund der Auflösung moderner Kameras leicht möglich ist. Also auch am Bildschirm lohnt es sich noch, den Bildausschnitt zu verändern. Denn vielleicht fällt dir erst hier bei längerer Betrachtung oder Ausschnittvergrößerung dein Idealbild auf.

↑ **Haus aus der Ferne mit »bunten Flecken« an der Hauswand – was ist hier wichtig, was soll ich hier sehen?**

↓ **Ach, das sind Vogelhäuschen an einer Wand! Der Ausschnitt macht es deutlich.**

Schneide keine Füße oder Köpfe an

So wichtig der Ausschnitt ist, so sehr solltest du auch darauf achten, nichts Bildwichtiges abzuschneiden. Das ist in der Regel nicht gut, oder magst du Bilder von dir, bei denen Hände oder Füße abgeschnitten sind? Das passiert leicht, weil man sich gerne auf das Gesicht oder die Gesichter konzentriert. Instinktiv setzen wir die Köpfe in die Mitte des Bildes und vergessen die Drittelregel, bei der die Köpfe ein Drittel von der Bildkante entfernt sein sollten. Insbesondere bei Gruppenfotos achtet man da schon mal nicht darauf, weil die Personen schnell ungeduldig werden. Dadurch bekommt der Hintergrund, der quasi die Hälfte des Bildes bestimmt, mehr Gewicht und das Bild verliert an Wirkung.

→ Gruppenfoto mit abgeschnittenen Füßen. Die Köpfe sind auf der (langweiligen) Mittellinie platziert.

Bei solchen Aufnahmen ist es gut, wenn du um die Gruppe noch Platz lässt und das Bild erst später zuschneidest. Mehr Platz ist auch gut, wenn du das Bild als Fotoabzug in verschiedenen Formaten nutzen möchtest. Dann kann es sein, dass seitlich oder oben und unten etwas weggeschnitten wird.

Und noch ein Tipp: Stell deine Kamera für Gruppenfotos auf *Serienbildaufnahme*. Denn in der Regel hat immer gerade jemand die Augen geschlossen oder guckt irgendwie komisch. Wenn du mehrere Bilder nacheinander machst, ist die Chance größer, dass eines dabei ist, auf dem alle mit offenen Augen in die Kamera lächeln. Ein paar Fotos mehr schaden also nicht.

→ So sieht das Gruppenbild besser aus! Der großzügige Rand ermöglicht dir, den Ausschnitt später noch anzupassen.

Bei Fotos von anderen Kindern oder Jugendlichen kann es schnell passieren, dass die Köpfe der Eltern abgeschnitten werden, wenn sie mit auf dem Bild sind. Betrachte immer alles in deinem Sucher, und wähle auch hier lieber einen etwas größeren Bildausschnitt, wenn du dir unsicher bist.

7.3 Setz dein Motiv geschickt in Szene

Kombiniere die Regeln, bis du mit deinem Bild zufrieden bist. Beginne mit der einfachen Drittelregel für den Bildaufbau.

Die Drittelregel in Aktion

Die Drittelregel kannst du auch gut an Porträtfotos üben. Klar, bei Passbildern ist der Kopf mittig, weil nicht viel Platz für mehr Details erlaubt ist. Fotografierst du jedoch hochkant, also im *Porträtformat*, wirkt es gut, wenn die Augen auf Höhe der Drittellinie liegen. Im Querformat (auch *Landschaftsformat* genannt) verschiebst du den Kopf entweder nach links oder nach rechts. Die Augen liegen dann auf der oberen Drittellinie der langen Bildkante, und der Hals sitzt auf einer der kurzen Drittellinien, die von oben nach unten durchs Bild verlaufen. Achte auf den Blick der Person: Schaut sie nach links, lasse sie »ins Bild« schauen, indem der Kopf am rechten Bildrand platziert ist, und andersherum. Das machst du auch hier wieder, um nichts abzuschneiden, in diesem Fall den Blick der porträtierten Person.

← **Ein Porträt im Querformat: Eylüls Nase liegt ungefähr auf der Linie des Goldenen Schnitts, also etwas mittiger als die Drittellinie. Sie schaut direkt in die Kamera, aber die Blickrichtung an sich geht in den offenen Raum.**

Das (beste) Autofokusfeld liegt oft in der Bildmitte. Deshalb platziert man das wichtige Motiv ebenfalls gerne in der Bildmitte. Das musst du aber nicht tun. Bei Smartphones kannst du durch einen Fingertipp auch außerhalb der Mitte scharf stellen. Bei einer Systemkamera kannst du erst scharf stellen, den Auslöser halb gedrückt halten und den Bildausschnitt dann verändern. Sobald er dir gefällt, drückst du durch und machst das Bild.

Die Drittelregel funktioniert natürlich auch bei Landschaftsaufnahmen. Fotografierst du das Meer, setzt du den Horizont entweder auf die obere oder auf die untere Linie. In den Bergen oder am Meer wirkt es schön, wenn du im Vordergrund, im unteren Schnittpunkt von einer waagerechten und einer horizontalen Linie, eine Blume, einen Stein oder eine Person platzierst. Das gibt dem Bild mehr Räumlichkeit.

→ Dein Blick startet bei dem großen Stein rechts vorne, dann wandert er nach links zum See und landet schließlich bei der Bergkette im Hintergrund.

Linien, die deinen Blick führen

Nicht immer lässt sich die Drittelregel sinnvoll anwenden. Aber es wäre ja auch langweilig, wenn jedes Bild nach der gleichen Regel fotografiert werden würde. Eine wesentliche Idee bei der Bildgestaltung ist es ja, den Blick des Betrachters zu lenken. Was soll jemand sehen, der sich dein Bild anschaut? Mit Linien, an denen sich der Blick orientiert, kannst du den

Betrachter durch dein Bild führen. Und das Tolle ist, dass diese Linien auf vielerlei Weise entstehen können. Oft denkt man gar nicht, dass es Linien sind, weil sie nur »gedacht« sind.

Fangen wir bei den Linien an, die genau in die Mitte eines Bildes führen. Man spricht dann davon, dass sie den *Fluchtpunkt* in der Mitte haben. Diese Bilder wirken sehr symmetrisch und haben eine starke Tiefenwirkung, wie du an dem Gang im Bild links unten gut erkennen kannst. Dein Blick wandert automatisch auf das dunkle Tor in der Mitte zu.

Merke dir

Fluchtpunkt in der Mitte

Ein Fluchtpunkt in der Bildmitte gibt dem Bild Symmetrie und Tiefe.

Geschwungene Linien wirken sehr harmonisch und vermitteln einem ein Gefühl von Ruhe. Diese Bilder empfinden wir als schön und nehmen uns gern mehr Zeit, sie zu betrachten. Das kann zum Beispiel auch ein Schwanen- oder Pelikanhals sein.

↓ Ein langer und etwas unheimlicher Gang auf einer Burg. Der Fluchtpunkt liegt in der Mitte.

→ Der Körper dieses Pelikans formt ein gespiegeltes »S«.

Merke dir

Geschwungene Linien

Geschwungene Linien geben dir das Gefühl von Ruhe und Schönheit.

Als ich im Wald spazieren ging, habe ich instinktiv nach oben geschaut. Die hohen Bäume wirkten dynamisch und kraftvoll. Das ist die Wirkung von vertikalen Linien, die dir auch bei hohen Zäunen, Strommasten und Hochhäusern oder bei dem Fernsehturm, den du schon kennst, begegnen.

→ Links: Die Baumstämme führen deinen Blick von unten nach oben. Rechts: Die nach oben weisenden Linien betonen die Höhe des Stadions.

Merke dir

Horizontale und vertikale Linien

Während horizontale (waagerechte) Linien Ruhe und Stabilität vermitteln, wirken vertikale (senkrechte) Linien dynamisch und kraftvoll.

Das beeindruckende Gefieder des Pfaus bereichert das Bild um viele Linien, die aus dem Bild herausführen und wie Sonnenstrahlen wirken. Da unser Blick vom Körper des Pfaus diagonal in die Höhe gezogen wird, denken wir an Größe und Eleganz oder etwas in der Art.

← Der Körper des Pfaus ist nach der Drittelregel platziert. Das Gefieder bereichert das Bild aber um zahlreiche Linien, die es komplett ausfüllen und darüber hinausweisen. Das wirkt so, als wäre das Gefieder noch deutlich größer, weil du die Linien im Kopf weiterführst.

Merke dir

Aus dem Bild herausführende Linien

Aus dem Bild herausführende Linien vermitteln den Eindruck von Größe, aber nicht von Tiefe.

↓ Dieser Wald lädt zum Spazieren ein. Die Linien führen in die Bildmitte und lassen dich »im Wald stehen«.

Auch das Foto aus dem Wald entspricht der Drittelregel. Dies allein ist jedoch nicht der Grund für seine Wirkung, denn die Linien entlang des Weges geben dir ein Gefühl von Tiefe, da sie zur Mitte gerichtet sind. Du bekommst schnell einen Zugang zum Motiv, als würdest du auf dem Weg laufen, weil diese Linien ins Bild hineinführen.

Merke dir

In das Bild führende Linien

Führen Linien in ein Bild hinein, vermitteln sie dir das Gefühl, mitten im Geschehen zu sein.

➔ **Hier sitzt du wie auf dem Beifahrersitz des Holzmotorrades, fertig zum Losfahren, denn die Linien zeigen in die Ferne (rechte obere Ecke).**

Rahme dein Motiv ein

Oft findest du in der Nähe deines Motivs Objekte, die einen natürlichen Rahmen bilden können. Diese können den Fokus auf dein Motiv gut verstärken. Die Windmühle von Seite 156 wird von dem Torbogen umrahmt und lässt sie allein im Bild stehen. Diesen Effekt kannst du auch gut in der Stadt erzielen, wenn eine schmale Gasse durch einen Torbogen führt. In der Natur können das Äste von Bäumen sein, die die Land-

← **Die Äste bilden einen Rahmen um die Berge. Dank der Äste darf der Horizont auch gerne mittig sein, da sie deinen Blick auf die Mitte lenken.**

schaft dahinter umrahmen. Hier stört es nicht, wenn der Horizont mittig ist, da der »Rahmen« das Gleichgewicht im Bild wiederherstellt.

Nutze Symmetrien

Es gibt Strukturen, die sich immer wieder wiederholen, wie Heidelbeeren in einer Schüssel oder ein Korb voller Bälle. Symmetrien findest du auch in einzelnen Objekten, die dir täglich begegnen. Achte mal auf die Strukturen von aufgeschnittenen Äpfeln, Orangen, Khakis oder Kiwis. Das können spannende Fotomotive sein, ebenso wie Blumen, Federn und Blätter!

← Eine Blutorange und eine Khaki – wie sieht das bei anderem Obst oder Gemüse aus?

Wir mögen Wiederholungen, also Symmetrien, weil sie so leicht begreifbar sind und so aufgeräumt aussehen. Sie wirken damit harmonisch. Im Alltag begegnen sie uns oft, halte mal nach ihnen Ausschau.

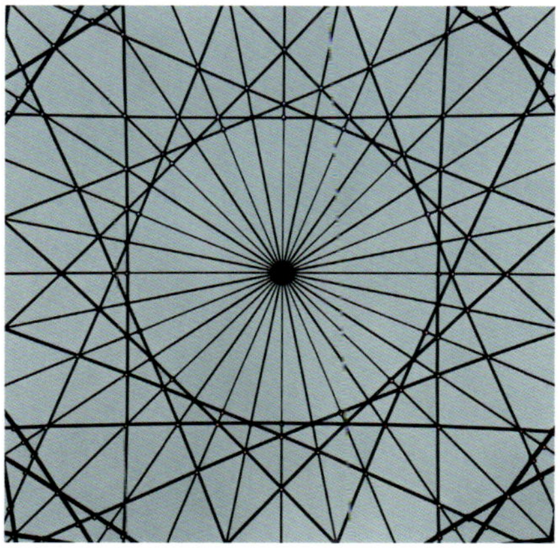

← Links: Die Holzdecke eines Pavillons auf dem Schulhof; rechts: Die Glasdecke eines Museums

Achte auf die Anzahl gleicher Objekte

In der Fotografie ist es wie beim Blumenkauf – eine ungerade Anzahl gleichartiger Objekte wirkt interessanter. Möchtest du ein Foto von Äpfeln machen, nimm lieber eine ungerade Anzahl wie drei oder fünf, denn das wirkt besser als zwei. Auch nebeneinanderstehende Bäume oder Blumen wirken nach diesem Prinzip eindrucksvoller.

Dabei heißt es: ausprobieren! Mal wirkt es besser, mal ist es egal, wie bei den gelben Blumen, bei denen es auf die Symmetrie ankommt. Denn wäre die vierte Blüte nicht so unsymmetrisch rechts oben, sondern auf der gleichen Höhe wie die untere (also wie ein Trapez), würde es nicht wirken.

↑ Die vier Blumen wirken hier nur gut, weil sie nicht symmetrisch angeordnet sind.

↑ Drei Papageien sorgen für Spannung im Bild.

Such nach gleichen Dingen, die doch anders sind

Je besser dein Blick wird, desto öfter wirst du Dinge wahrnehmen, an denen du früher einfach vorbeigegangen bist. Sieh also die Welt mit offenen Augen und finde die kleinen Schätze im Alltag oder auf Reisen.

← Eine große Muschel unter vielen kleinen

Fang deine Welt mit Hilfsmitteln ein

Wie wäre es, wenn du mit Fotos Dinge ganz anders darstellst, als du sie gewöhnlich siehst? Du kannst beim Fotografieren viele Hilfsmittel verwenden, die dein Objekt anders darstellen, als gewohnt.

Du könntest dir zum Beispiel eine Glaskugel besorgen. Nicht, um hellzusehen, sondern um deine Welt ganz anders einzufangen. Du stellst dann auf dein Motiv in der Glaskugel scharf und variierst die Schärfe des Hintergrundes über die Blende oder die Motivprogramme (Landschaft = viel Schärfe, Porträt = wenig Schärfe). So entsteht ein Bild im Bild.

← **Ein Roller, fotografiert »mit« einer Glaskugel. In der Glaskugel siehst du den ganzen Roller!**

Auf dem Bild oben ist der Roller noch recht deutlich zu erkennen. Aber bei vielen Motiven muss der Betrachter genau hinsehen, einen »Kopfstand« machen und das Bild entzerren.

Damit die Kugel nicht wegrollt und kaputtgeht, solltest du eine Halterung nehmen. Das kann ein Metallring aus der Küche sein, etwas eingedrücktes Styropor, ein Flaschendeckel oder eine Holzplatte mit Vertiefung. Vergiss auch nicht, die Kugel vorher mit einem weichen Tuch zu putzen, damit das Bild keinen »Schleier« bekommt.

Für derartige Fotos brauchst du manchmal etwas Geduld, aber das Ergebnis bietet sicher einen »Wow-Effekt«. Das ist kein Schnappschuss, das ist Kunst!

7.4 Beachte die Perspektive

↓ Ein Wohnwagen-Vogelhäuschen aus unterschiedlichen Perspektiven

Weißt du, was genau der Begriff *Perspektive* praktisch bedeutet? Damit ist gemeint, dass du eine Sache von unterschiedlichen Standorten aus betrachten kannst. Du kannst einfach von oben herab dein Motiv fotografieren oder dich eben um das Motiv herumbewegen, auf Augenhöhe oder noch tiefer gehen.

Da du beim Fotografieren dreidimensionale Objekte auf einem zweidimensionalen Foto darstellen möchtest, kannst du die Perspektive auch nutzen, um ein Foto »tiefer« oder räumlicher wirken zu lassen, als könnte man hineingreifen ins Bild. Das kannst du gut an dem »Wohnwagen« sehen. Schaust du ihn direkt von vorne an, siehst du nicht, ob er schmal oder breit ist. Betrachtest du ihn jedoch von der Seite, kannst du dir vorstellen, wie groß er ist. Genauso kannst du ihn auch leicht von unten fotografieren (dieser hier hängt ja).

Merke dir

Perspektive

Die Perspektive beschreibt die Räumlichkeit abhängig von deinem Standort zu dem Objekt, das du fotografierst.

Fotografiere die Welt, wie du sie siehst – die Zentralperspektive

Es gibt verschiedene Möglichkeiten der Perspektive. Beginnen wir mit der üblichen, der *Zentralperspektive (Normalsicht)*, bei der sich dein Objekt vor dir befindet. Das Objekt wird auf dem Foto so dargestellt, wie du es mit deinen Augen siehst. Schaust du den Zug etwas von der Seite, aber auf Augenhöhe an, verlaufen die seitlichen Kanten nicht mehr parallel, sondern würden sich am Horizont treffen, wenn du die Linien verlängerst, im sogenannten *Fluchtpunkt*.

Bei Landschaftsfotos vermittelst du dem Betrachter ein Gefühl von Entfernung, wenn die Bäume und der Abstand zwischen ihnen immer kleiner werden.

↑ Der Zug wirkt durch die Perspektive so, als ob er nach rechts immer kleiner würde.

↓ Die Bäume und der Abstand zwischen ihnen wirken immer kleiner, je weiter weg sie sind.

Du erkennst diese Perspektive auch daran, dass horizontale Linien, wie die senkrechten Kanten einer Tür oder vom Haus, senkrecht bleiben, aber die waagerechten, wie die Regenrinne am Dach, zu einem Fluchtpunkt am Horizont (waagerechte Linie) laufen. Achte mal darauf, wie die Türen und Fenster entlang einer Straße immer kleiner werden.

Merke dir

Zentralperspektive

Bei der Zentralperspektive stehst du frontal zum Objekt. Senkrechte Linien bleiben senkrecht. Waagerechte Linien treffen sich in ihrer Verlängerung an einem sogenannten Fluchtpunkt am Horizont und werden verzerrt, daher nennt man das *perspektivische Verzerrung*.

Kleine Menschen, große Menschen – die Froschperspektive

Manche Dinge kannst du viel besser in Szene setzen, wenn du sie von unten, sozusagen aus der Sicht eines Frosches, fotografierst. Diese Perspektive nennt man daher *Froschperspektive*.

↑ **Das schaukelnde Kind wirkt weit weg. Ich lag auf dem Boden und fotografierte gegen die Sonne.**

In deinem Umfeld und in der Natur findest du viele Objekte, die von unten betrachtet riesig wirken. So bekommen Pilze, kleine Blümchen oder auch dein Haustier eine riesige, zumindest aber ungewöhnliche Wirkung.

Diesen Trick kannst du auch bei Personen anwenden. Begeben sich Erwachsene tiefer als Augenhöhe von Kindern, wirken die Kinder viel größer. Bei Porträts kann dieser Effekt eine positive Wirkung haben, wenn du nicht übertreibst.

Fotografierst du einen Freund von unten nach oben, erscheint er wie ein Riese mit übergroßen Füßen. Auch eine Schaukel erscheint riesengroß, wenn du sie von ganz weit unten fotografierst. Wenn du also übertreibst – von oben oder unten –, sehen die Bilder komisch aus.

Merke dir

Froschperspektive

Du fotografierst in der Froschperspektive von unten nach oben. Sei einfach mal ein Zwerg in einer Welt von Riesen!

Noch ein kleiner Tipp: Stehst du direkt vor einem Gebäude, schaust nach oben und willst es fotografieren, dann wirken die senkrechten Wände verzerrt. Hier bist du schon in der *Froschperspektive*, ohne dich extra klein machen zu müssen. Wenn dich das stört, kannst du versuchen, mit einem Teleobjektiv von etwas weiter weg zu fotografieren.

So sieht es ein Vogel – die Vogelperspektive

Eine dritte Variante ist die Betrachtung von oben, aus der sogenannten *Vogelperspektive*. Dafür brauchst du aber weder ein Flugzeug noch eine Drohne.

Schau einfach mal nach unten zu deinen Füßen. Was du da siehst, siehst du auch aus der Vogelperspektive. Zur Vogelperspektive gehören alle Fotos, bei denen du deine Kamera nach unten neigst. Solange deine Eltern noch größer sind als du, schauen sie immer aus der Vogelperspektive zu dir herab.

Du erkennst diese Perspektive auch am Horizont, der nur in der oberen Hälfte oder sogar gar nicht zu sehen ist, wie auf dem Foto der Krämerbrücke. Dinge wirken gestaucht und Köpfe ungewöhnlich groß, da der Körper perspektivisch verzerrt wird.

Merke dir

Vogelperspektive

Aus der Vogelperspektive fotografierst du das Motiv von oben.

← Links: Vogelperspektive von der Krämerbrücke in Erfurt. Der Turm, von dem aus ich das Bild gemacht habe, steht am Ende dieser bebauten Brücke. Rechts: Im Vergleich zur Vogelperspektive wirkt dieselbe Brücke aus der Froschperspektive ganz anders.

Es gibt also drei Perspektiven: Zentralperspektive, Froschperspektive und Vogelperspektive. Gar nicht schwer!

7.5 Nahaufnahmen gestalten

Ein großer Vorteil von Kompakt- oder Systemkameras im Vergleich zu Smartphones ist das Objektiv, denn es erlaubt dir, Dinge ganz nah heranzuholen, die du auf dem Smartphone-Display aufgrund des Weitwinkelobjektivs kaum erkennst. Tiere flüchten schnell, wenn Menschen in ihre Nähe kommen. Beobachtest du sie aber mit Abstand, kannst du sie unbemerkt fotografieren. Bei einer Systemkamera kannst du auch ein Makroobjektiv verwenden, das dir Details von Objekten zeigt, die du mit dem Auge nicht wahrnehmen würdest. Du kannst zum Beispiel eine Sonnenblume im Ganzen fotografieren oder dich auf die Details fokussieren. Plötzlich nimmst du ein Insekt und die vielen feinen Strukturen im Zentrum der Sonnenblume wahr.

→ **Auf der Sonnenblume sitzt eine Biene und nascht. Mit dem Makrofoto hast du am Computer genügend Zeit, sie dir mal aus der Nähe anzusehen. Stechen kann sie dich dann auch nicht.**

Diese Details können kleine Insekten, Blumen, eine Orangenscheibe im Glas, Gegenstände in deinem Zimmer oder irgendwelche Strukturen oder Muster sein. Die Bezeichnung »Makro« bezeichnet Dinge, die du mit einer Lupe sehen kannst. Deswegen nennt man diese Nahaufnahmen auch *Makroaufnahmen*.

Merke dir

Makrofotografie

Eine 1:1-Makroaufnahme bildet das Objekt so groß auf dem Sensor ab, wie es in Wirklichkeit ist. So kannst du mehr Details erkennen als mit dem bloßen Auge.

↑ **Diese Heuschrecke saß an unserer Hauswand. Vergrößere ich das Foto am Monitor, erkenne ich Details, die ich mit dem Auge gar nicht wahrgenommen habe.**

Du kannst hierfür den passenden Modus an deiner Kamera einstellen oder selbst mit den Belichtungseinstellungen experimentieren. Ein paar Dinge musst du jedoch beachten (siehe Merkkasten).

Merke dir

Tipps für die Makrofotografie

- Teste vorab den kleinstmöglichen Abstand von deinem Objektiv zum Objekt bei verschiedenen Vergrößerungen! Bis zu welchem Abstand kannst du das Bild noch scharf stellen?
- Nutze kurze Belichtungszeiten (Verwacklungsgefahr!), denn gerade Blumen bewegen sich draußen im Wind.
- Verwende ein Stativ oder stütze deine Arme ab, da du schnell das Motiv im Display »verlierst« (kleine Bewegung = große Entfernung weg vom Objekt) und beim Auslösen die Kamera bewegst.
- Wähle eine nicht zu kleine Blende, denn der scharfe Bereich ist bei Makroaufnahmen oft nur wenige Millimeter (!) groß!
- Wähle bewusst den Fokusmodus, vielleicht ist ein einzelnes Fokusfeld besser als alle Fokusfelder. Dann kannst du genau auf das scharf stellen, was dir wichtig ist. Nutzt du ein Stativ, kannst du auch gut manuell scharf stellen.
- Es müssen auch nicht immer Blumen oder Insekten sein. In deinem Zimmer finden sich bestimmt viele interessante Dinge, die sich für rätselhafte Nahaufnahmen eignen. Sie fliegen auch nicht weg oder bewegen sich im Wind.

7.6 Nutze die Wirkung von Licht

Das Licht ist mindestens so wichtig für die Bildwirkung wie der Bildaufbau. Nicht umsonst heißt Fotografie ja auch »Zeichnen mit Licht«. Gerade das Sonnenlicht ist so vielseitig, dass du das gleiche Motiv immer und immer wieder mit anderer Wirkung fotografieren kannst. Es macht einen Unterschied, zu welcher Tages- und Jahreszeit, aus welcher Position und bei welchem Wetter du Fotos machst.

Wo befindet sich die Sonne?

Möchtest du die Farben deines Motivs so einfangen, wie du sie mit den Augen siehst, sollte die Sonne hinter dir stehen. Die Sonnenstrahlen treffen auf das, was du fotografieren möchtest. Diese reflektieren das Licht und »schicken« es zu deinen Augen und dem Sensor deiner Kamera zurück.

Vergiss bei diesen Fotos nicht, dass Personen genau in die Sonne blicken und geblendet werden. Sie schauen entspannter, wenn sie im Schatten stehen und dann auch keine harten Schatten im Gesicht haben. Ein leichter Aufhellblitz kann dir hier gut weiterhelfen.

Fotografierst du aus der anderen Richtung gegen die Sonne, kannst du beeindruckende Schattenfotos machen. Allerdings musst du dich ohne zusätzliche Lichtquelle wie einem Blitz immer entscheiden, ob du den Himmel oder das Objekt/die Person richtig belichten möchtest. Denk immer daran, dass deine Augen viel mehr wahrnehmen, als es der Sensor deiner Kamera kann.

Mithilfe der *Spotmessung* kann die Kamera die Belichtung sehr genau einstellen. Es wird dann nur ein sehr kleiner Punkt im Bild gemessen – der, den du für wichtig hältst. Alles andere wird bei der Belichtungsmessung ignoriert. Mehr dazu findest du auf Seite 105.

Steht die Sonne tief, wirken Fotos in Richtung der Sonne sehr schön, denn der Hintergrund verblasst, und die Haare werden von hinten angestrahlt. Das siehst du im Bild von Emma und Nina auf der rechten Seite. Ist der Horizont leer, wie am Meer, oder fotografierst du gegen den Himmel, kannst du Personen wie Schatten wirken lassen. Du musst dann nur auf den Himmel belichten.

Gegenlichtfoto in der Abendsonne im März, die Belichtung ist auf die Gesichter abgestimmt. Emma und Nina schauen sehr entspannt.

Foto gegen das Licht. Timons Rücken liegt im Schatten.

Eine weitere Option ist das Seitenlicht. Dieses verleiht Objekten eine starke räumliche Wirkung, da dann ein Teil im Schatten liegt. Der Schatten von Gebäuden gibt dem Betrachter eine Ahnung ihrer Größe. Und fotografierst du eine Allee, sieht es toll aus, wenn die Bäume von der Seite angestrahlt werden und Schatten auf den Weg oder die Straße werfen.

Einfluss der Tages- und Jahreszeit

Steht die Sonne sehr tief, wie am Morgen und am Abend, bekommt das Licht eine rötliche Färbung, und Gegenstände und natürlich auch Menschen werfen lange Schatten. Diese Schatten geben dem Foto räumliche Tiefe und interessante Strukturen. Um diesen Effekt zu nutzen, musst du aber schnell sein, denn je nach Jahreszeit liegt dieses Zeitfenster bei 1 bis 2 Stunden oder sogar nur Minuten.

Die Lichtstimmung in den Morgen- und Abendstunden ist eine ganz andere als mitten am Tag. Oft strahlen Bilder in der Morgensonne Ruhe und Stille aus. Frühes Aufstehen kann sich also lohnen.

Bei einem Spaziergang eignet sich die tief stehende Sonne perfekt für ein gelungenes Gruppenbild. Fotografiere eure langen Schatten, und halte die Kamera so, dass keiner den Fotografen erkennt.

➔ **Familienbild in der tief stehenden Abendsonne**

Porträts in der Abendsonne geben dem Foto eine angenehme Wirkung, da es keine so harten Schatten gibt wie zur Mittagszeit und da die Personen nicht so stark die Augen zukneifen.

➔ **Porträt in der Abendsonne – die seitliche Sonne lässt die Haare von Emma leuchten.**

Fotos, die du zur Mittagszeit aufnimmst, wenn die Sonne fast senkrecht steht, haben aufgrund der kurzen Schatten viel weniger Tiefe, und Farben kommen eventuell weniger zur Geltung, da die Luft oft nicht so klar ist. Bei Porträts fallen die Schatten nach unten, wobei die Augen nur als dunkle Bereiche herauskommen. Das sieht nicht schön aus.

Andere Lichtquellen

Es gibt natürlich nicht nur Sonnenlicht. Andere Lichtquellen, wie Lampen, werden für deine Fotos auch eine Rolle spielen.

Du kannst in einem dunklen Raum mit Licht auch regelrecht malen, wenn du lange genug belichtest. Nimm zum Beispiel eine Taschenlampe, strahle etwas an und belichte mehrere Sekunden lang. Zu Silvester könntest du zum Beispiel auch Wunderkerzen nehmen, mit denen du die Zahl des neuen Jahres in die Luft schreibst. Das Schwierige daran ist, dass du alles seitenverkehrt zeichnen musst, wenn du nicht im Nachgang am Computer das Bild spiegeln möchtest. Da deine Kamera nicht weiß, dass du nur die Lichtquelle sichtbar haben möchtest, solltest du alles manuell einstellen. Die Kamera versucht sonst, ein helleres Bild zu erzeugen. Mit ISO 100 hältst du das Rauschen niedrig und eine geschlossene Blende gibt dir mehr Freiraum bei der Schärfentiefe. Die richtige Belichtung der Jahreszahl hat mich am Anfang mehrere Versuche gekostet, aber nach ein paar Jahren habe ich nun ein Gefühl dafür.

Auch Spielzeug eignet sich zum Experimentieren sehr gut. Experimentiere zum Beispiel mit Ventilatoren und Kreiseln, die farbiges Licht erzeugen.

← Der Start in das neue Jahr – gezeichnet mit einer Wunderkerze

Nutze den Blitz bewusst

Es gibt natürlich auch fast immer den Blitz. Im Automatikmodus entscheidet deine Kamera, wann sie den Blitz zu Hilfe nimmt. Manchmal kann das aber sehr störend sein, da der Blitz den Raum nur 3 bis 4 m weit ausleuchtet, während alles dahinter dunkel erscheint und harte Schatten erzeugt werden.

Porträts bekommen mit dem Blitzlicht ganz unterschiedliche Wirkungen. Der in deiner Kamera eingebaute Blitz blitzt frontal nach vorne und kann Gesichter unnatürlich hell erscheinen lassen. Auch die Farben können anders wirken. Sitzt dein Modell direkt vor einer Wand, gibt es dunkle Schatten, die dich vielleicht stören.

Wissen

Weicheres Licht

Mit etwas Butterbrotpapier vor dem Blitz kannst du das Licht auch »weicher« machen und Gesichter natürlicher erscheinen lassen. Und in der Regel kannst du die Blitzstärke auch an der Kamera reduzieren. Lieber etwas weniger Blitzlicht als zu viel.

→ **Wenn dein Fotomodell vor einer Wand sitzt wie Grete, dann erzeugt der direkte Blitz sehr harte Schatten. Jakob hatte Abstand zu einer Wand, da stört der direkte Blitz nicht.**

Um die Wirkung eines ganzen Raumes einzufangen, solltest du auf ein Blitzlicht verzichten, denn es leuchtet den Raum nur wenige Meter weit aus. Mit einem Aufsteckblitz (auch Systemblitz oder externer Blitz), den es für Systemkameras gibt, kannst du zum Beispiel auch an die Wand oder Decke blitzen. Das nennt man indirektes Blitzen. Von der Wand oder Decke wird das Licht dann auf dein Modell reflektiert, und das Licht wirkt, als fiele es durch ein großes Fenster. Der Schatten wird sehr viel unauffälliger und das Licht ist viel natürlicher. Aber Achtung: Wenn die Wand grün ist, wird das Licht auch grün! Ideal sind also weiße Wände oder Decken.

Erscheint dir das Gesicht noch etwas zu »langweilig«, da die Räumlichkeit verloren geht, achte darauf, über die Wand und nicht über die Decke zu blitzen. Das Licht von der Seite wirkt wie Fensterlicht (Fenster sind ja selten in der Decke), und das Gesicht wird dadurch natürlicher beleuchtet.

Das Licht durch den seitlichen Blitz an eine weiße Wand erzeugt eine natürliche Helligkeit. Es sieht so aus, als hätten Grete und Jakob ein Fenster neben sich.

Fotografierst du eine Person draußen gegen die Sonne, kann dir ein Blitz ebenfalls helfen. Das klingt vielleicht komisch, weil es ja eigentlich hell genug ist, aber der *Aufhellblitz* sorgt dann dafür, dass das Gesicht etwas aufgehellt wird, das sonst im Schatten läge, und dass der Hintergrund nicht zu hell erscheint. Das ist auch in der Abenddämmerung bei Porträts sinnvoll, damit der Hintergrund nicht zu dunkel wird.

Merke dir

Aufhellblitz

Der Aufhellblitz ist kein besonderes Gerät, sondern ein normaler Blitz. Man nennt es Aufhellblitzen, weil der Blitz nur ein wenig zum vorhandenen Licht beiträgt und zum Beispiel Schatten mildert.

Und dann sind da noch die bekannten roten Augen, die Porträtierte oft auf Fotos zeigen, ausgelöst durch den Blitz. Nutzt du die Einstellung Rote-

Augen-Blitz deiner Kamera, werden zwei Blitze nacheinander ausgelöst, was verhindern soll, dass es zu dem Phänomen kommt. Schau mal im Menü für die Blitzeinstellungen, was deine Kamera alles kann! Besser ist es aber, gleich einen Zusatzblitz zu benutzen, der einen größeren Abstand zum Objektiv hat. Dann passiert das nämlich nicht, weil der Blitz nicht in der gleichen Höhe wie die Augen sitzt.

Alternativ kann die Person auch kurz in eine helle Lichtquelle blicken, damit sich die Pupillen schließen. In der Bildbearbeitung können rote Augen im Zweifelsfall aber auch leicht korrigiert werden.

← Die Sonne stand genau hinter Timon, sodass ich sein Gesicht kaum erkennen konnte. Der Aufhellblitz hat sein Gesicht schön ausgeleuchtet, ohne dass der Hintergrund ganz hell wurde.

7.7 Selfie-Tricks

Für die sozialen Medien brauchst du coole Selfies. Und mit ein paar Tricks gelingt es dir, welche zu machen.

Auf die Perspektive kommt es an

Auch bei Selfies kannst du über den Bildaufbau und die Perspektive einiges erreichen. Hast du schon mal Personen in der Stadt beobachtet, wie sie ein *Selfie* machen? Instinktiv heben wir den Arm leicht seitlich und höher oder niedriger als die Höhe der Augen. Unbewusst machen wir damit schon einiges richtig, denn wir schauen seitlich nach oben und richten die Kamera nicht in Richtung Licht. Was ist deine »Schokoladenseite«?

Versuch die Schulter, über die du schaust, leicht tiefer als die andere zu halten, indem du dich ein kleines bisschen nach vorne lehnst. Das sieht schöner aus.

↑ **Selfie mit der Kamera oberhalb der Augen**

Noch ein paar kleine Tipps zur Perspektive! Fotografierst du von unten nach oben, kannst du störende Dinge im Hintergrund aus dem Bild verschwinden lassen. Wenn du nach unten schaust, ohne den Kopf zu neigen, schließen sich jedoch deine Augen. Neigst du hingegen den Kopf und nicht nur die Augen, sind die Augen offen.

↑ **Selfie von unten fotografiert. Neige den Kopf mit, damit die Augen offen sind.**

→ **Selfie von oben fotografiert. Deine untere Gesichtshälfte wirkt schmaler. Vergiss hier das Thema Schultern oder dreh einfach das Smartphone.**

Wenn du zu dem Smartphone hinaufschaust, sind deine Augen weiter geöffnet und deine untere Gesichtshälfte und dein Kinn wirken schmaler. Wegen der Verzerrung wirkt man aus dieser Perspektive auch schmaler. Auch ein *Selfiestick* kann dir bei der Suche nach der besten Perspektive helfen und auch Gruppenbilder möglich machen.

Wähle das Format

Natürlich hast du auch beim Smartphone die Wahl, ob dein Foto ein Hoch- oder Querformat ist. Bei Porträts wird auch hier eher das Hochformat gewählt. Gerade bei Selfies ist das Auslösen an der Seite vom Smartphone in diesem Format auch bequemer. Mit etwas Übung geht das natürlich auch im Querformat, was gerade bei mehreren Personen ein Muss ist.

Achte auf den Hintergrund

Bei einem Selfie bist du Modell und Fotograf gleichzeitig. Das heißt für dich, dass du nicht nur daran denken solltest, ob die Pose gut ist, sondern auch die Aufgabe hast, deine Umgebung wahrzunehmen. Was steht hinter dir? Wächst eine Straßenlaterne aus deinem Kopf oder laufen hinter dir viele Menschen?

Achte bei einem Selfie auf den Hintergrund. Laura »wächst« die Säule aus dem Kopf. Ärgerlich!

Die Unschärfe im Hintergrund kannst du bei einem Smartphone nicht so einstellen wie bei einer großen Kamera, aber es wirkt gut, wenn du Abstand zum Hintergrund hältst.

Übrigens – bei Porträtfotos nutzen Fotografen gern Hauswände oder Fassaden als Hintergrund. Das kannst du auch mit dem Smartphone! Stehst du nahe an einer Hauswand und zeigt das Display des Smartphones entlang dieser Hauswand, wird die Struktur der Ziegel, Holzlatten oder Steinplatten perspektivisch verzerrt. Was für ein Effekt! Du siehst das auf der linken Seite und hier rechts. Zu kompliziert? Die Tafel im Klassenzimmer eignet sich auch perfekt als Hintergrund. Sie sollte nicht zu gut gewischt sein und im Foto unscharf werden (geht auch mit einer App).

Eine bunte Ziegelwand.

Merke dir

Dein perfektes Selfie

- Kopf leicht gedreht, damit du von der Seite fotografierst
- eher leicht von oben
- achte auf den Hintergrund
- vermeide störende Gegenstände hinter dir
- nutze das Licht
- verlängere deinen Arm mit einem Selfiestick
- variiere das Format (quer oder hoch)
- Versuche mal, die Rückkamera für Selfies zu nutzen. Sie ist besser, aber vielleicht brauchst du dafür Hilfe. Aber pssst, das muss ja später keiner wissen.

7.8 Regeln zu brechen ist erlaubt

Manche Motive wirken genau dann stimmig, wenn du bewusst die Regeln ignorierst. Regeln sind ja ohnehin dazu da, ab und an gebrochen zu werden, oder? Wie wäre es also, wenn der Horizont ganz gewollt in der Mitte liegt? Spiegelungen im Wasser können so sehr gut wirken.

↓ Links: Der Horizont ist mittig, aber das passt hier gut. Alles ist im Gleichgewicht und wirkt ruhig. Rechts: Krasses Gegenlicht ist genau richtig für diese Weinreben.

Auch bei der Nachtaufnahme wirkt die Spiegelung sehr beeindruckend. Für Fotos in der Nacht benötigst du ein Stativ, da du bei den langen Belichtungszeiten die Kamera nicht ruhig genug in der Hand halten kannst. Verwackeln und ein unscharfes Bild wären die Folge.

Es gibt viele Möglichkeiten, die Regeln zu brechen.

Regel	So kannst du sie brechen
Bring mit einem geraden Horizont Ruhe in dein Bild.	Steht dein Motiv schräg, dreh die Kamera, bis es gerade und der Horizont dafür schräg ist.
Teile das Bild horizontal und vertikal in drei gleich große Teile und platziere den Schwerpunkt entsprechend dem Goldenen Schnitt.	Wähle den Horizont bewusst mittig, um beiden Bildhälften das gleiche Gewicht zu geben.
Denk an die Perspektive und die führenden Linien. Versuch, senkrechte Linien von Gebäuden so wenig wie möglich zu verzerren.	Große Häuser wirken nur dann riesig, wenn die Linien in der Höhe zusammenlaufen. Denk an die Zentral- und Froschperspektive.
Fotografiere am besten am Morgen oder am Abend, damit das Licht nicht so hart wirkt.	Nutze bewusst die harten Schatten und die geringen Kontraste.
Bei Gegenlichtaufnahmen wird entweder das Motiv zu dunkel oder der Hintergrund zu hell.	Gegenlichtaufnahmen sind perfekt geeignet für Schattenbilder, in denen die Person dunkel erscheint. Fotos gegen die Abendsonne erzeugen eine besondere Stimmung.
Vermeide Gegenlichtaufnahmen, dann stören keine Lichtreflexe.	Die Lichtreflexe können auch gut wirken, probier es einfach aus.
Fokussiere dich auf wenige Gegenstände im Foto.	Gestalte eine Art »Wimmelbild«, indem du bewusst richtig viele Objekte auf einem Foto hast.
Achte auf die Lichtquelle, damit das Foto natürlich wirkt.	Bewusst verfälschte Farben können dem Foto eine künstlerische Note geben.
Schneide keine Füße oder Köpfe im Foto an.	Porträts (vor allem im Querformat) bekommen eine besondere Wirkung, wenn der obere Teil vom Kopf nicht auf dem Bild ist. Aber nicht zu viel!

← So kannst du Regeln einfach mal brechen.

NUN DU: Bastele dir eine Schablone für den Goldenen Schnitt

Deinen Blick für den Goldenen Schnitt kannst du gut ohne Kamera üben. Bastele dir einfach eine passende Schablone:

1. Nimm einen Zeichenkarton oder eine Pappe im DIN-A4-Format.
2. Zeichne mit Bleistift zwei Linien, die die gegenüberliegenden Ecken verbinden. Ein großes Lineal (30 cm) reicht für die Diagonale nicht. Nutze ein zweites Lineal zur Verlängerung. Beide Linien schneiden sich in der Mitte der Seite.
3. Falte nun eine Seite Papier (DIN A4) zweimal in der Mitte, sodass es so groß wie eine Postkarte (DIN A6) ist, und leg es auf die Pappe.
4. Verschiebe das Rechteck so lange, dass alle Ecken die Linien berühren. Dann ist es in der Mitte.
5. Zeichne mit Bleistift die Kanten des Rechtecks auf den Karton.

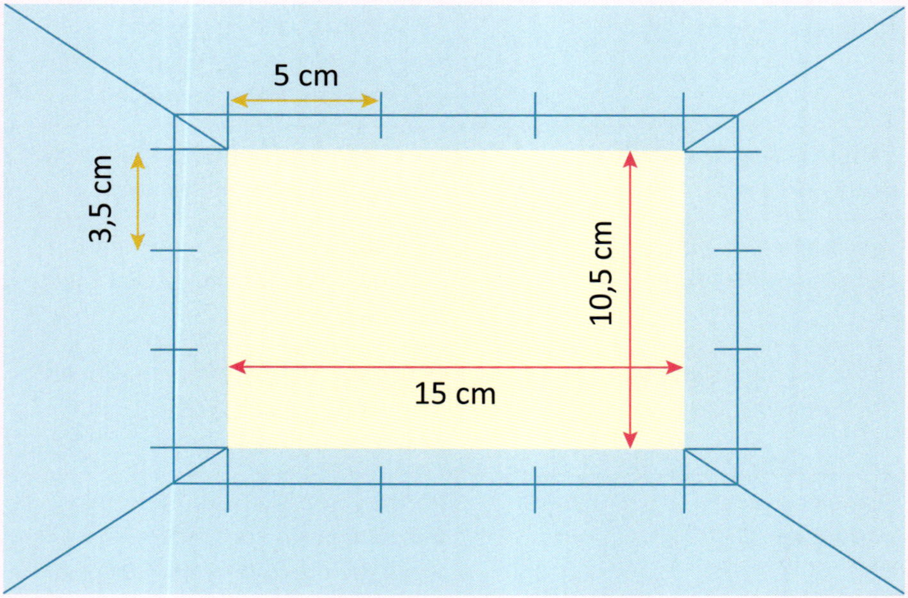

↑ **Schablone Teil 1 (Schritte 1 bis 9)**

6. Leg ein schmales (2–3 cm) Lineal entlang der Kanten und zeichne auf der anderen Seite eine Linie, die somit parallel ist.
7. Verlängere die Linien des ausgeschnittenen Rechtecks bis zu den Linien in Schritt 6.
8. Markiere nun auf den gezeichneten Linien die drei gleich großen Abschnitte (lange Kante: 5 cm, kurze Kante: 3,5 cm).
9. Schneide nun den inneren Teil heraus.
10. An den acht Punkten benötigst du jeweils ein Loch. Dafür kannst du eine dicke Nadel oder eine spitze Schere nutzen.
11. Spanne mit einer Schnur (farbige Wolle, Stopfgarn oder Paketschnur) die Linien, wie im Bild dargestellt. Die gestrichelten Linien bedeuten, dass die Schnur hier auf der Rückseite entlangläuft. Achte dabei darauf, dass die Pappe nicht einreißt. Die Enden der Schnur kannst du vorsichtig zusammenknoten.

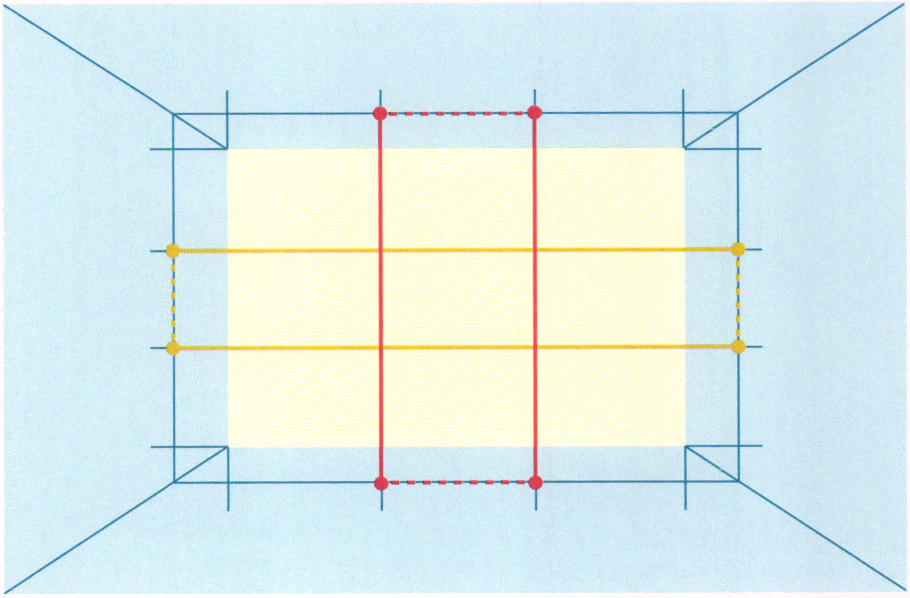

↑ Schablone Teil 2 (Schritte 10 und 11; die gestrichelten Linien bedeuten, dass der Faden hinter der Pappe entlangführt)

Mit diesem »Fenster« kannst du nun um die Häuser ziehen und dir »ein Bild« machen. Wie wirken die Motive, wenn du das Fenster, also den Ausschnitt, veränderst?

↑ So kann deine Schablone aussehen.

↑ Das Vogelhäuschen ist nach dem Goldenen Schnitt platziert. Mit der Schablone kannst du auch ohne Kamera testen, was wie wirkt.

NUN DU: Buchstaben finden

Ist dir schon mal aufgefallen, dass du in einigen Objekten Buchstaben erkennen kannst? Wenn du einmal die Suche beginnst, fallen sie dir immer und immer wieder auf. So geht es mir jedenfalls. Bei überdachten Stellplätzen findet man Pfostenkonstruktionen, die wie ein »A« aussehen, Zäune zeigen oft ein »Z«, auf dem Spielplatz gibt es einige »Cs«, und Bäume sind oft verzweigt zu einem »V«.

Mal sehen, was du in deinem Umfeld alles findest! Kannst du daraus deinen Namen bilden? Vergiss dabei nicht, auch mal schräg zu blicken und die Kamera zu drehen.

↑ **Hier siehst du die Buchstaben »F«, »A«, »S«, »E« und »O«**

NUN DU: Gesichter suchen

Kennst du das, du siehst eine Wolke und denkst an eine Figur? Mit etwas Fantasie lassen sich in vielen Motiven Gesichter erkennen. Such dir so ein Motiv und fotografiere es. Später kann das Foto auch eine nützliche Zeichenvorlage sein. Das können Wolken, Bäume, Fenster, Mülleimer oder Ähnliches sein.

➔ **Siehst du auch das Gesicht, das ich sehe? Die Fenster sind die Augen, die Tür die Nase und der Weg die Zunge.**

NUN DU: Fotografiere Dinge ganz nah

Achte mal verstärkt auf kleine Dinge. Nimm Käfer, Blumen und Gegenstände bewusst wahr und setze sie in Szene. Beginne mit der Suche in deinem Zimmer. Sicher liegen dort Stifte, Büroklammern und Spielfiguren herum.

Links: Buntstifte ganz nah. Rechts: Siehst du in diesem Lego-Schiff einen Gegenstand, der dort nicht hin gehört?

In der Natur wird es etwas spannender, die Motive zu suchen. Im Herbst kannst du am Morgen Spinnennetze mit Wassertropfen beobachten.

- Wie nahe kommst du an das Motiv heran?
- Hat deine Kamera eine Makrofunktion?
- Was passiert mit dem Hintergrund, wenn du stark vergrößerst?

Ein nasses Spinnennetz im Garten

Aus den Nahaufnahmen kannst du auch Ratebilder machen. Such dir fünf Motive und frag deine Freunde, ob sie erkennen, was das ist. Kleiner Tipp: Je näher du herangehst, desto komplizierter wird es. Oder weißt du, was auf einer 2-€-Münze abgebildet ist?

FP QUATTRO
PINARELLO
PINARELLO

Kapitel 8

Mach was mit deinen Bildern!

8.1 So kommen die Bilder auf deinen Computer

Nach dem Fotografieren kannst du noch viel mit deinen Fotos machen. Aber erst mal müssen sie auf deinen Computer, am besten per Kabel. In der Regel geht das per *USB-Kabel*. Dein Computer erkennt gleich, was für ein Gerät angeschlossen ist, und fragt dich, was er mit den Daten machen soll. Vor dem Start kannst du dem Computer sagen, wo er die Fotos speichern soll oder du verschiebst sie später an den richtigen Ort.

→ **Kompaktkamera mit Datenkabel und SD-Speicherkarte. Am Datenkabel siehst du den Standard-USB-Stecker (zu dir zeigend) und den Mini-USB-Stecker für die Kamera (in Kamerarichtung zeigend).**

Alternativ kannst du auch die Speicherkarte aus der Kamera herausnehmen und in ein Kartenlesegerät stecken, das seinerseits mit einem Kabel mit dem Computer verbunden ist. Einige Laptops und PCs haben ein solches Lesegerät auch an Bord, und dann du findest eine entsprechende Buchse zum Reinstecken der Karte außen am Gehäuse. Und manche Kameras erlauben es dir auch, die Bilder kabellos über WLAN zu übertragen.

Bilder von deinem Smartphone kannst du über das Internet oder ebenfalls ein USB-Kabel auf den Computer kopieren oder verschieben. Einzelne Bilder kannst du dir per E-Mail schicken oder in einem Onlinespeicher, einer *Cloud*, speichern, auf die du von überall her zugreifen kannst. Cloud-Dienste gibt es viele. Ich nutze HiDrive (Strato). Microsoft bietet OneDrive, Apple die iCloud und Google bietet Google Drive an.

8.2 So findest du die digitalen Bilder wieder

Auf meiner Suche nach Fotos für dieses Buch habe ich eines gemerkt: Mit einer guten Ordnung geht alles viel schneller. In der digitalen Welt hast du die Freiheit, unzählige Fotos zu machen, da auf den Speicherkarten (je nach Größe) Hunderte bis Tausende Bilder Platz haben. Leider ist das mit den vielen Fotos vergleichbar mit der Ordnung in deinem Zimmer. Es ist unwahrscheinlich, dass du mit einem größeren Zimmer mehr Ordnung hältst. So, wie du dir ein System für deinen Kleiderschrank oder deinen Schreibtisch überlegt hast (hast du doch?), solltest du dir auch überlegen, wie du deine Fotos auf dem Computer organisierst.

Angenommen, du wärst ein leidenschaftlicher Modellbauer, wie du ja ein leidenschaftlicher Fotograf bist. Wenn vor dir eine Ansammlung von Lego-Steinen in allen Farben und Formen läge, wie würdest du sie ordnen, um schnell die richtigen Steine zu finden?

↑ **Ordnung herstellen**

Du könntest sie beispielsweise nach ihrer Größe, ihrer Funktion (Räder, Fenster, Dachelemente) oder ihrer Farbe sortieren. Oder du sortierst sie nach Farben und dann nach Größe. Oft sucht man ja ganz bestimmte Steine, die winzig klein sind.

So ähnlich sortiere ich meine Fotos auch. Ich habe für jedes Jahr einen eigenen Ordner. Da ich sehr viele Fotos mache, teile ich mir diesen Ordner noch in vier Unterordner für jedes Quartal (also Januar bis März, April bis Juni, Juli bis September und Oktober bis Dezember), und hierin bekommen die Ereignisse noch ihre Unterordner, also zum Beispiel »Ostern«, »Geburtstag« oder »Sommerurlaub«. Schnappschüsse zwischendurch sammle ich in einem Ordner »Gemischtes«.

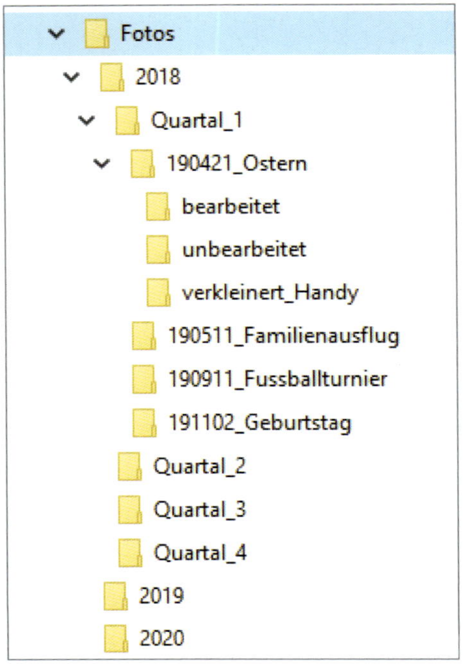

→ So kannst du deine Fotos zum Beispiel sortieren. Beginne mit einem Hauptordner für jedes Jahr.

Neben der Ordnerstruktur ist auf dem Computer auch der Dateiname wichtig. Jede Kamera benennt die Fotos anders, aber eine Nummerierung haben alle. Wenn es in deiner Familie mehrere Kameras gibt, bietet sich eine vergleichbare Namensgebung an. Sinnvoll kann es sein, wenn das Datum am Anfang der Datei steht. Du gibst erst das Jahr, dann den Monat und dann den Tag an. Fängst du mit dem Tag an (Tag, Monat, Jahr), würde der Computer es so sortieren, dass alle Bilder, beginnend mit der gleichen Zahl, nacheinander kommen. Das wäre nicht hilfreich.

Wie wäre es also mit <Jahr><Monat><Tag>-<Kamera>-<laufende Nummer> oder als konkretes Beispiel 200611-S-62442?

Die hintere Zahl, hier die »62442«, kann die laufende Nummerierung der Kamera sein, und in der Mitte ist Platz für die Kameraabkürzung, damit du später noch sagen kannst, dass dieses Foto von dir gemacht wurde. Vielleicht »S« für Sony, »N« für Nikon, »L« für Lumix oder »C« für Canon. Vorne steht das Datum, hier das Jahr »20«, der Monat ist »06« und der Tag »11«. Die Kombination von Datum und laufender Bildnummer verhindert eine doppelte Namensgebung. Deswegen ist es nicht sinnvoll, jedes Mal bei »1« anzufangen.

Das klingt vielleicht etwas kompliziert. Ist es aber nicht, denn die Umbenennung der Dateinamen kann ganz automatisch beim Herunterladen der Daten auf den Computer erfolgen. Sicherlich können dir auch deine Eltern beim Einrichten der Software helfen. Dann wirst du später nur noch die Kamera mit dem Computer verbinden und das *Herunterladen* aktivieren müssen. Wichtig ist, immer darauf zu achten, dass das Datum auch das Datum der Aufnahme und nicht das des Herunterladens ist. Du willst ja wissen, von wann die Aufnahme ist.

Versuch also bei der Verwaltung deiner Fotos an »Schubladen« zu denken, die alle einen Namen haben, und nutze zum Beispiel das Aufnahmedatum als »Baustein« für das Sortieren. Eine solche Ordnung erfordert etwas Disziplin, aber sie zahlt sich aus. Du willst ja wissen, von wann die Aufnahme ist.

Merke dir

Einige Vorteile einer strukturierten Datenablage

- Suchst du ein Foto aus einem bestimmten Jahr, brauchst du andere Ordner gar nicht erst anzusehen.
- In »Schubladen« verstaute Daten findest du schneller.
- Auf Fotopapier belichtete Fotos enthalten auf der Rückseite oft den Dateinamen, mit dem du die Datei schnell finden kannst. Vielleicht möchtest du das Bild noch mal ausdrucken?
- Wenn der Dateiname klar macht, wer welches Bild gemacht hat, können alle Familienfotos auch zusammen abgespeichert werden. Dann sind deine Fotos auch Teil des »Familienschatzes«.

Noch ein kleiner Tipp zum Schluss: Denk immer daran, dass Speicherkarten, Festplatten und Computer auch mal kaputtgehen können. Eine neue Speicherkarte kostet nicht so viel, aber der Verlust deiner Fotoschätze kann dich sehr traurig stimmen, denn es sind deine Erinnerungen an Familie, Freunde und schöne Erlebnisse. Das ist alles halb so wild, wenn es eine Kopie der Daten auf einer anderen Festplatte gibt. Die Daten können auch in einer *Cloud* irgendwo auf der Welt gesichert sein, nur – eine Sicherung über Kopien ist wirklich wichtig.

8.3 Gib deinen Fotos Stichwörter

Auf einer Speicherkarte kannst du sehr viele Fotos speichern. Erfahrungsgemäß sind immer welche dabei, die einem später nicht mehr gefallen, weil sie entweder unscharf sind oder weil der Bildausschnitt des nächsten Bildes besser passt. Ich habe mir angewöhnt, die Fotos mit Sternen zu bewerten. Richtig gute Fotos bekommen fünf Sterne, nicht ganz so gute vier Sterne und schlechte Fotos zum Löschen nur einen Stern. Diese Bewertung kannst du in der Bildbearbeitungssoftware, aber oft auch schon im Betriebssystem oder in der Kamera vergeben. Wirklich schlechte Fotos solltest du dann auch löschen und nicht noch ewig aufbewahren. Das kostet nur Speicherplatz.

Zusätzlich kannst du für jedes Foto noch Stichwörter vergeben und die Fotos in Kategorien einteilen. Suchst du später nach einem Stichwort wie »Geburtstag2020«, werden dir alle Fotos dazu aufgelistet. So kannst du auch Fotos in »Schubladen« verteilen.

8.4 Die Möglichkeiten der Bildbearbeitung

Dank intelligenter Software ist nicht nur das Fotografieren eine Kunst für sich, sondern auch das, was du aus dem Foto am Computer machen kannst. Die größte Freiheit bieten dir hier Fotos im Raw-Format, die du aber auch erst am Computer bearbeiten musst, bevor du sie weiterverwenden kannst. Mit der richtigen Software ist alles möglich, was du dir denken kannst, von der Verbesserung deiner Bilder bis hin zum Verfremden und Erschaffen ganz neuer Bilder.

Verbessere die Wirkung deines Bildes

Fangen wir mit Standardbearbeitungen an, bei denen das Bild an sich gleich bleibt, du aber die Bildwirkung verbesserst. Oft sind es nur ein paar kleine Veränderungen, die dein Foto richtig »aufpeppen«.

Merke dir

Die üblichen Verbesserungen

- Helligkeit
- Kontrast
- Sättigung
- Weißabgleich
- Korrektur roter Augen (vom Blitzen)
- Bildausschnitt
- Horizont gerade ziehen durch Bilddrehung
- Entfernung von Staub und Kratzern oder Unebenheiten der Haut bei Porträts
- Veränderung der Bildgröße (wichtig für die sozialen Medien)

Verfremde deine Fotos

Du kannst auch weitergehen und zum Beispiel Dinge im Bild entfernen oder hinzufügen. Das ist der kreative Teil der Bildbearbeitung, denn dein Motiv ist am Ende vielleicht nicht mehr wiederzuerkennen. Du kannst Haare umfärben, Menschen ange Nasen zaubern, Schmetterlinge in den Himmel stempeln, aus deinem Foto ein Gemälde machen oder mehrere Fotos miteinander kombinieren.

Merke dir

Beispiele für die kreative Bildbearbeitung

- Körperteile verändern (Auge, Mund und Nase)
- Stempelformen einfügen
- Teile aus einem anderen Foto kopieren
- Collagen erstellen
- das Foto in ein Gemälde verwandeln
- Miniaturwelten erschaffen mit dir groß mittendrin

Generell solltest du immer daran denken, dass die Qualität der Aufnahme für die Möglichkeiten der Bildbearbeitung entscheidend ist. Hat dein Foto viele Pixel, können diese auch genutzt werden.

8.5 Schnelle Tricks für bessere Bilder

Was gibt es nun für Möglichkeiten, mit denen du deinem Foto eine bessere Wirkung verleihst, ohne es gleich zu verfremden? An dem Foto mit dem Tischkicker habe ich nur wenige Einstellungen verändert. Das ursprüngliche Foto links ist vom Farbton her zu gelblich und etwas zu dunkel, was du an den Trikots der Spieler erkennst. Ich habe also den Weißabgleich, die Helligkeit und den Kontrast leicht angepasst. Und der Rahmen des Tischkickers sowie die Wand lenken zu sehr ab. Deshalb habe ich den Ausschnitt verändert. Er lässt das Bild besser wirken, es fehlt nichts.

↑ So sieht das Foto vom Tischkicker vor (links) und nach (rechts) der Bearbeitung aus.

Wie das alles geht? Am Beispiel der kostengünstigen Software Photoshop Elements von Adobe zeige ich dir die einzelnen Schritte.

Verändere die Helligkeit

Beginne mit der Bearbeitung, indem du die Software startest und den **Fotoeditor** auswählst. Klicke links oben im Menü auf **Datei** ❶ und öffne dein Bild.

Der Modus **Experte** ❻ bietet dir sehr viele Bearbeitungsoptionen. Fällt es dir schwer, dich zurechtzufinden, kannst du auch in den Modus **Schnell** ❺ wechseln. Alle Menüpunkte, die ich dir erkläre, findest du auch dort.

Bei der Anpassung der Helligkeit möchtest du dein Foto **Überarbeiten** ❸. Genau unter diesem Menüpunkt findest du auch den Unterpunkt **Beleuchtung anpassen** ❷. Überall dort, wo ein kleines Dreieck rechts neben dem Wort abgebildet ist, gibt es noch andere Optionen, auf die du klicken kannst, wie hier die Anpassung von **Helligkeit/Kontrast** ❹.

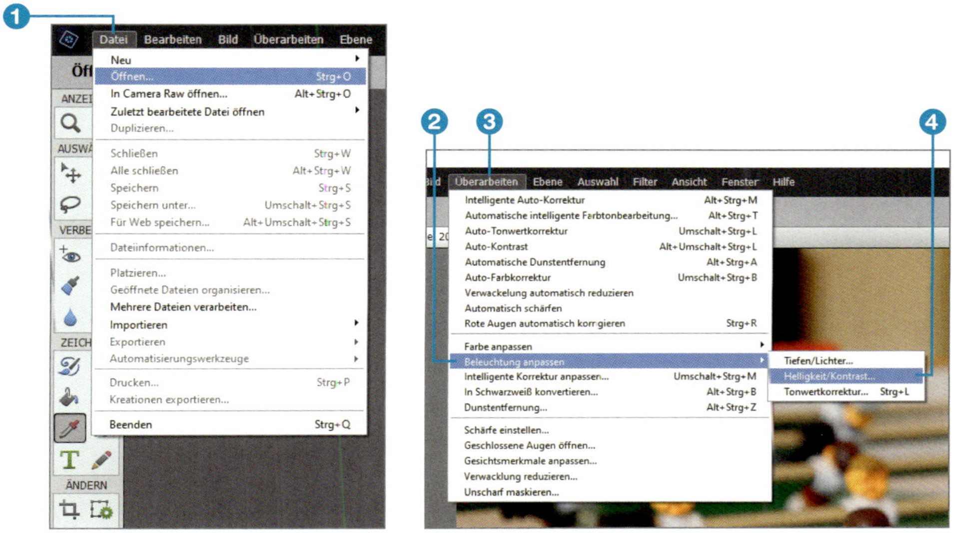

← **Links: Zum Öffnen deiner Datei gehst du im Menü auf »Datei« und dann auf »Öffnen«. Rechts: Folge dem Menü »Überarbeiten« ▸ »Beleuchtung anpassen« ▸ »Helligkeit/Kontrast«.**

Klicke mit deiner Maus auf einen der beiden Regler ❼ und schiebe ihn nach links oder rechts. Hast du neben dem Wort **Vorschau** ❽ ein Häkchen in das kleine Kästchen gesetzt, verändert sich das Bild parallel zu dem veränderten Wert. Bist du zufrieden, bestätige mit **OK** ❾.

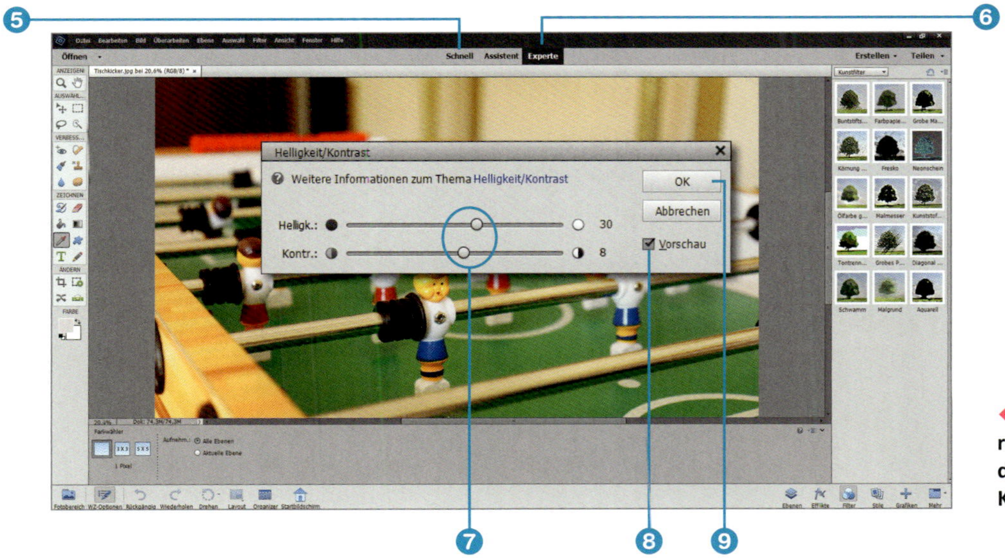

← **Mit den Schiebereglern veränderst du die Helligkeit und den Kontrast.**

Verändere den Weißabgleich

Findest du auch, dass die weißen Trikots der Spieler noch einen Farbstich haben, also nicht weiß sind? Dann geh erneut in das Menü **Überarbeiten** ① und wähle die Optionen **Farbe anpassen** ② und **Farbstich entfernen** ③.

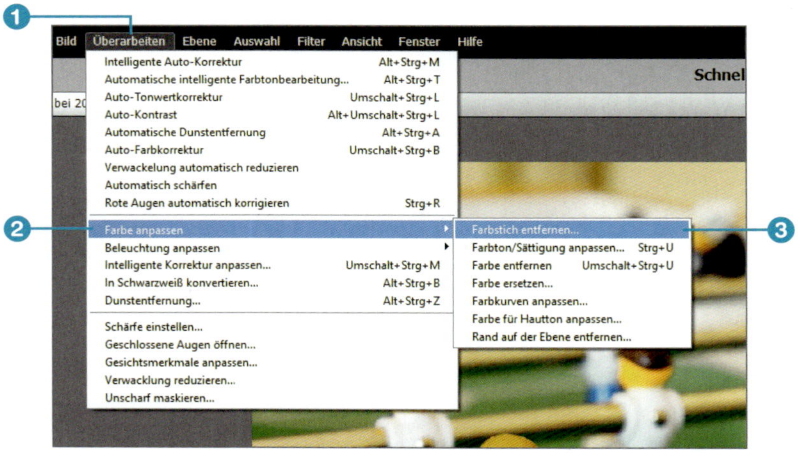

→ **Über das Menü »Farbe anpassen« kannst du den Farbton anpassen.**

Jetzt öffnet sich ein Fenster, und dein Mauszeiger verwandelt sich in ein Pipettensymbol. Vielleicht kennst du eine Pipette schon aus der Schule? Es ist ein Glasröhrchen, mit dem man Flüssigkeiten ansaugen kann. Und so ähnlich funktioniert das auch in der Bildbearbeitungssoftware, du nimmst mit der Pipette die Farbe auf. Hier suchst du dir nun einen weißen Bereich (die Trikots der Spieler sollten nachher auf dem Foto weiß sein) und klickst ihn an. Damit sagst du der Software, dass das ein Weiß sein soll.

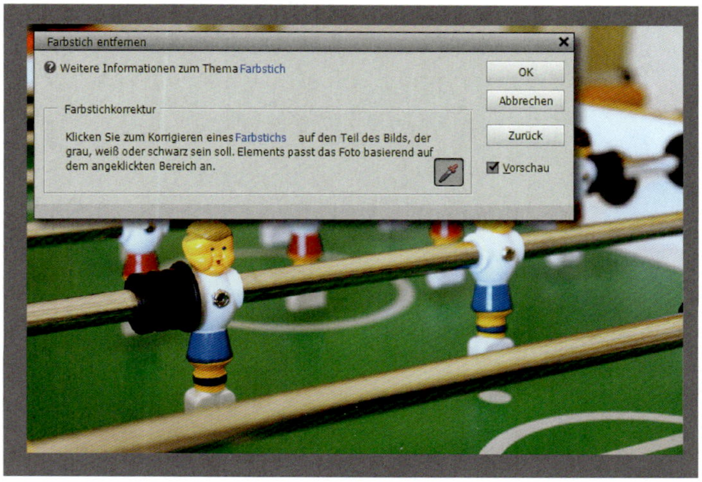

→ **Mit einer Pipette bestimmst du einen Bereich, der weiß sein soll.**

Verändere den Bildausschnitt

Viele Werkzeuge, wie auch das **Freistellungswerkzeug** ④, findest du in der Werkzeugliste links. Klickst du es mit der linken Maustaste an, wird dein Foto umrahmt. Klicke auf die Ecke links oben, halte die Maus gedrückt und ziehe sie in das Bild hinein, bis dir der Ausschnitt gefällt. Möchtest du das Format beibehalten, kannst du im unteren Bereich das Verhältnis von Breite zu Höhe einstellen. Bestätige den ausgewählten Ausschnitt mit dem kleinen grünen Häkchen rechts unten im Bild.

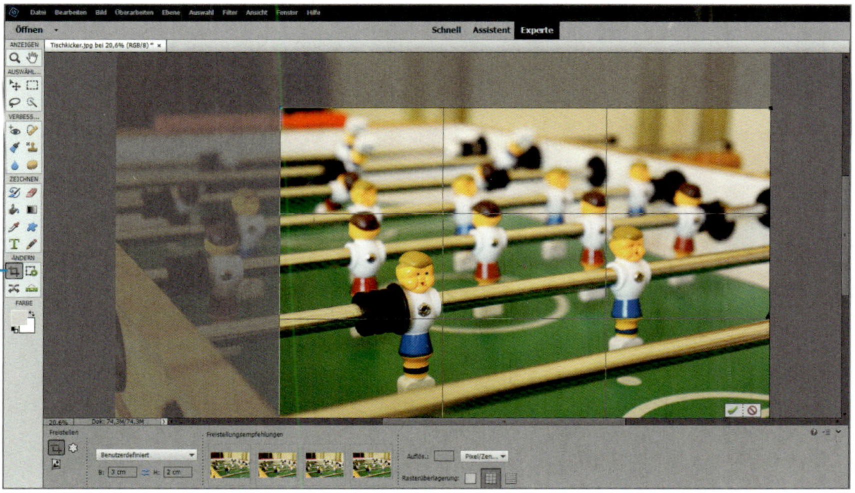

← Aktiviere das »Freistellungswerkzeug« in der Werkzeugleiste und ziehe den Ausschnitt, den du haben möchtest, mit der Maus zurecht. Bestätige mit dem grünen Haken rechts unten.

Speichere dein bearbeitetes Foto

Jetzt fehlt nur noch das Sichern deines bearbeiteten Fotos. Wenn du nicht mit der Raw-Datei gearbeitet hast, solltest du einen neuen Namen vergeben, falls du später das Originalfoto noch mal benötigst. Zum Speichern klickst du auf **Datei** ⑤ links oben und weiter auf **Speichern unter** ⑥.

Es öffnet sich ein Fenster, in dem du den Speicherort und das Format der Datei wählen kannst. Wählst du **JPEG**, wirst du danach gefragt, welche Qualität dein Foto haben soll. Hier bestimmst du, ob nur Pixel mit exakt gleicher (große Zahl) oder auch ähnlicher (kleinere Zahl) Farbe zusammengefasst werden. Je kleiner du die Qualität wählst, desto kleiner wird auch deine Datei, aber vielleicht sieht sie danach nicht mehr so gut aus.

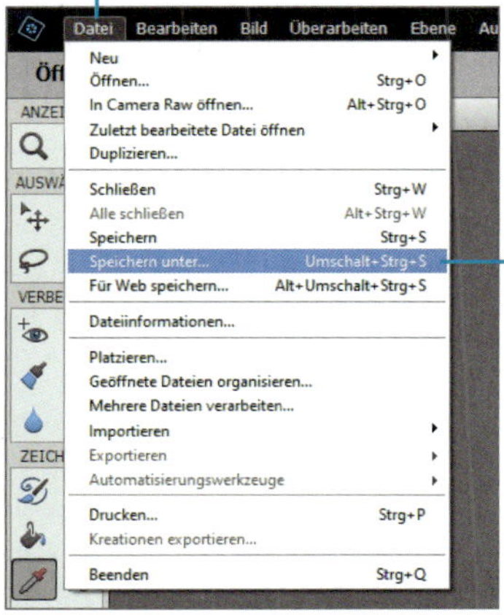

↑ Über den Menüpunkt »Datei« gehst du auf »Speichern unter«, um dein Foto unter einem neuen Namen zu sichern.

Ein Tipp: Wähle erst mal eine gute Qualität und reduziere sie in einer Kopie der Datei, wenn du sie kleiner benötigst. Kleiner geht immer.

Verändere nur einen Teil des Bildes

In manchen Situationen hast du beim Fotografieren keine Zeit, alles richtig einzustellen, und ein Bild wird vielleicht etwas zu dunkel, wie der Greifvogel hier. Am Computer kannst du aus so einem Foto noch sehr viele Informationen herausholen, wenn du im Raw-Format fotografiert hast.

→ Hier siehst du einen Greifvogel, den ich bei einer Flugschau gegen den Himmel fotografiert habe. Leider ist der Vogel zu dunkel. Wäre der Vogel gut belichtet, wäre dafür der Himmel zu hell.

Gehe nun wieder in das Menü **Überarbeiten** und wähle dort **Beleuchtung anpassen** und **Tiefen/Lichter**. Mit dieser Funktion wird nicht das gesamte Bild in der Helligkeit verändert, sondern nur die hellen und dunklen Flächen werden voneinander getrennt.

→ Wähle »Tiefen/Lichter« im Untermenü »Beleuchtung anpassen« und verändere die Helligkeit der dunklen (Tiefen) und hellen (Lichter) Flächen getrennt voneinander.

Verändere die Größe deines Bildes

Möchtest du dein Bild in sozialen Netzwerken wie Instagram veröffentlichen, solltest du die Bildgröße reduzieren. Dann kannst du es schneller über das Internet verschicken, und andere können damit im Zweifelsfall nicht so viel machen. Es reicht, wenn es auf einem Monitor gut aussieht. Die Funktion zur Größenänderung findest du in Photoshop Elements im Menü **Bild** ❶. Klicke mit der Maus auf **Skalieren** ❷ und rechts auf **Bildgröße** ❸.

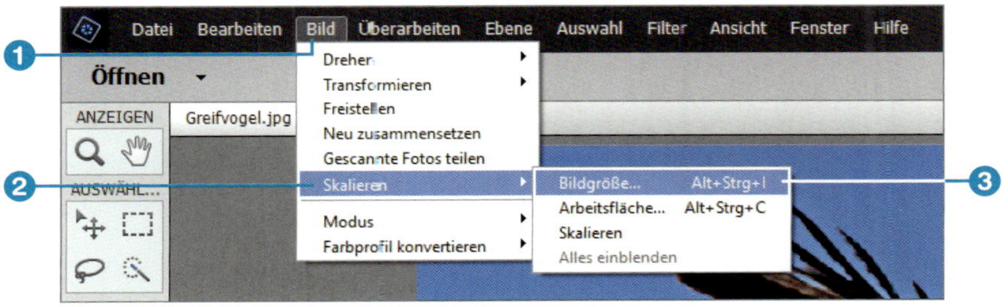

← Im Menü »Bild« findest du die Funktion »Skalieren«. Die Bildgröße kannst du zum Beispiel verändern, um dein Bild für Instagram zu verkleinern.

Es erscheint ein Fenster, in dem du die Auflösung (Pixel/Zoll) angibst. Mit 300 dpi für den Druck und 150 dpi für dein Smartphone liegst du nicht verkehrt. Für soziale Netzwerke reicht es, wenn die lange Seite 1000 bis 1500 Pixel hat. Du veränderst die Werte, indem du in die umrandeten Rechtecke klickst und dort deinen gewünschten Wert eingibst. Sind Breite und Höhe miteinander gekoppelt (Symbol der Klammer und Kette ❹), verändert sich jeweils der zweite Wert automatisch.

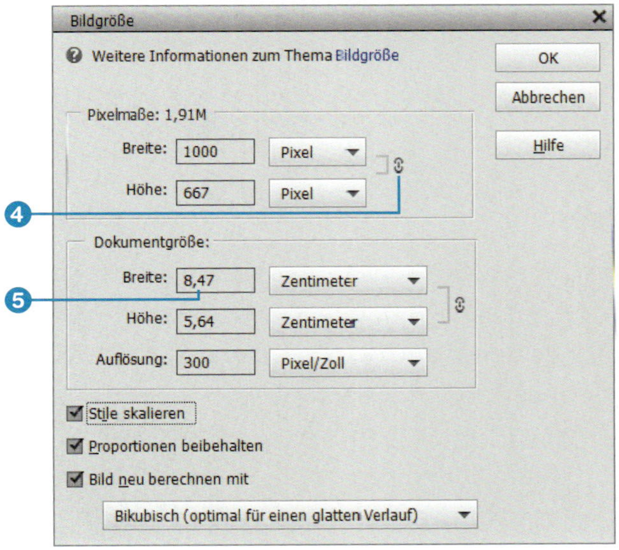

← Je nachdem, was du mit deinem Foto machen möchtest, wählst du die Auflösung und die Anzahl der Pixel. Siehst du rechts neben »Pixel« das Symbol der Kette, passt die Software den zweiten Wert automatisch an. Aus deinen Angaben berechnet sich die Größe der Datei sowie die Breite und Höhe des Bildes. Bei den Angaben, die du hier siehst, darf das gedruckte Bild nicht mehr als 8 cm breit sein ❺.

Beschrifte dein Bild

In der Werkzeugpalette links findest du einen Buchstaben ❶. Das ist das **Textwerkzeug**. Klicke es an, wähle im unteren Arbeitsbereich ❷ **Schriftart**, **Farbe** und **Größe** und schreib etwas in das Bild hinein. Nachdem du es mit dem grünen Häkchen bestätigt hast, kannst du es noch an die richtige Position verschieben. Ein kleiner Tipp: Rechts unten kannst du wählen, was du im rechten Bereich angezeigt haben möchtest. Wählst du **Ebenen** ❸, so wie auf dem Bild, wirst du die Ebene mit dem Schriftzug sehen. Diese kannst du ein- und ausblenden.

→ **Und warum nicht noch ein Schriftzug, damit klar ist, was man hier sieht? So kannst du auch Postkarten oder Einladungskarten gestalten.**

Manche Programme bieten auch die Möglichkeit, Schrift und Bild zu kombinieren. Das Hintergrundbild kann blasser werden und die Buchstaben können einen eigenen Fotohintergrund haben – ein toller Effekt bei Postkarten!

Zieh den Horizont gerade

Einen schrägen Horizont kannst du ebenfalls sehr gut korrigieren, indem du das Bild etwas drehst. In der Werkzeugleiste findest du das Symbol einer Wasserwaage – das **Gerade-ausrichten-Werkzeug** ❹. Klicke es an und klicke dann links im Bild auf den Horizont, zieh die Maus zur rechten Seite und markiere rechts den Horizont. Auf dem Bildschirm siehst du eine Linie. Diese wird nun in die Waagerechte gedreht, und es entsteht ein weißer Rand. Verändere anschließend den Ausschnitt, wie du es bereits gelernt hast.

↑ Bei so einem Schnappschuss musst du schnell sein. Ärgerlich, wenn du dann vergisst, auf den Horizont zu achten, dennoch halb so schlimm! Mit wenigen Handgriffen ist der Horizont in der Bildbearbeitungssoftware gerade gerichtet und der neue Bildausschnitt gewählt.

Kleine Ausbesserungen

Kleine Ausbesserungen sind vor allem bei Porträts sehr hilfreich. Dabei geht es nicht darum, grundsätzlich das Aussehen der Person zu ändern. Aber Pickel zum Beispiel, die darf und kann man wegzaubern, die verunstalten einen ja auch nur kurzzeitig, warum sollten sie dann ewig auf dem Foto festgehalten werden? Das Wegzaubern nennt man *Retusche*. In Photoshop Elements wird dieses Werkzeug als **Reparatur-Pinsel** 1 bezeichnet. Drücke auf der Tastatur die Taste Alt und halte sie, bis du mit der Maus den Bereich anklickst, den du auf den Fleck kopieren möchtest, also erst das Gute und dann das Schlechte markieren.

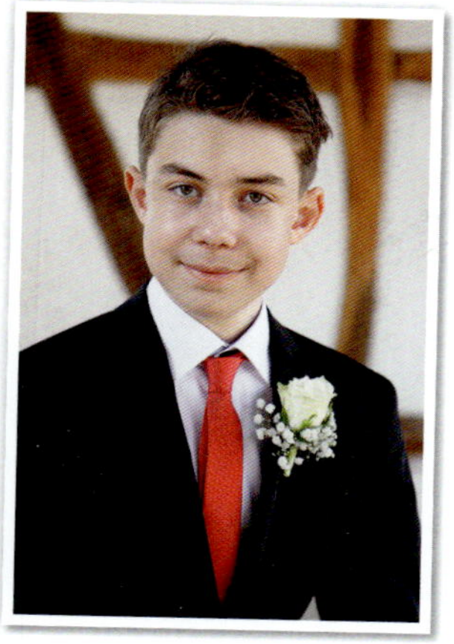

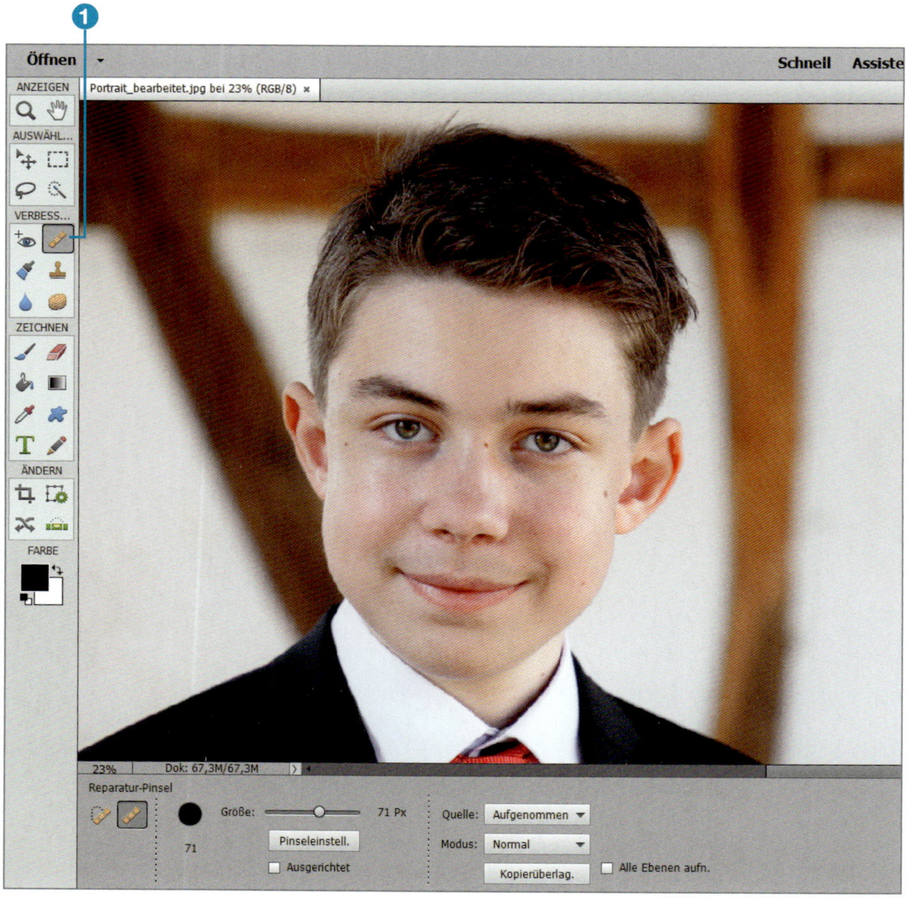

Wenig Arbeit, aber ein großer Unterschied, die Pickel und roten Flecken sind nun weg. Nutze hierfür den Reparatur-Pinsel.

8.6 So kannst du Bilder kreativ verändern

Viele Programme ermöglichen dir, kreativ zu sein und viele Dinge auszuprobieren. Die folgenden Beispiele geben dir einen Eindruck davon, was alles machbar ist.

Der Kaugummi-Effekt

Du kannst Nasen und Ohren langziehen, ein trauriges Gesicht in ein Lächeln verwandeln und vieles mehr. Wie viele Veränderungen fallen dir bei dem kleinen Tiger auf?

↑ Original und Fälschung. Findest du alle Veränderungen, die ich nur am Computer ins Bild geschummelt habe? Die Lösung findest du im Downloadmaterial zu diesem Buch.

Nutze Masken, um nur einen Teil des Bildes zu verändern

Es gibt zahlreiche Möglichkeiten, dein Motiv (wie die Möwe auf der nächsten Seite) nahezu unverändert zu lassen, aber den Hintergrund zu verändern. Indem du alles, außer den Bereich, der unverändert bleiben soll, markierst, bildest du eine *Maske* für die Veränderung im Bild. Es ist, als würde die Möwe vor einer Tapete stehen, mit der du alles machen kannst. Nur die Möwe bleibt unverändert.

Bei den Beispielen habe ich absichtlich ein Tier und keinen Menschen genommen, da solche Veränderungen für eine Person schnell peinlich werden können. Du möchtest sicherlich auch nicht, dass von dir ein Bild mit Pinocchio-Nase und übergroßen Augen verteilt wird, oder? Überleg dir vorher, was noch okay ist und was der Person unangenehm sein könnte, deren Bild du verändern willst. Diese Effekte eignen sich aber sehr gut für Geschichten oder Comics. Und es geht noch mehr, du kannst aus einem Foto auch eine Zeichnung oder ein Gemälde machen!

↑ **Links: Bei diesem Foto waren die Möwe und der Felsen, auf dem sie steht, durch eine Maske »geschützt«. Den Hintergrund konnte ich dann wild verändern. Rechts: Du erkennst noch die Möwe, auch wenn sie nicht mehr ganz dieselbe ist. Große Augen, langer Schnabel, dicker Bauch und große Füße – sieht nur sie das Meer wie durch ein Glas?**

Kombiniere mehrere Fotos

Wendest du nun das Wissen über die Masken an, kannst du mehrere Elemente verschiedener Fotos kombinieren, indem du sie als Masken in einem Bild übereinanderlegst. Wie wäre es beispielsweise, deine Lehrerin mit einem Bild von Tigern auf dem Schulhof zu erschrecken oder Katzen riesengroß vor einer Bank zu platzieren?

→ **Zwei Tiger vor einem einfarbigen Hintergrund fotografiert, im Bild markiert, in das Foto der Schule hineinkopiert und in der Größe angepasst**

8.7 Und womit? Kostengünstige Bildbearbeitungsprogramme

So sieht mein Arbeitsplatz von Adobe Photoshop aus. Auf einen Blick finde ich die wichtigsten Werkzeuge und sehe, was aus meinem Foto wird. Mit einem »aufgeräumten« Arbeitsplatz geht die Bildbearbeitung gleich viel schneller.

↑ **Der typische Aufbau eines Bildbearbeitungsprogramms am Beispiel von Adobe Photoshop: in der Mitte dein Foto, links die Werkzeuge, rechts Helligkeitseinstellungen, Ebenen und ein Überblicksbild, oben ein Menü mit allem, was in größeren Gruppen gespeichert ist, wie zum Beispiel Filter.**

Bevor es aber digital wird, stell dir deinen Schreibtisch mal wie folgt vor:

Dein Foto liegt vielleicht fünfmal auf durchsichtiger Folie ausgedruckt auf einem Stapel vor dir. Das sind im Programm die *Ebenen* 6. Links neben dir liegen Schere, Stifte, Pinsel, Stempel, Aufkleber und Schablonen mit Buchstaben, damit sie dir rechts nicht im Weg liegen, das sind die *Werkzeuge* 1. Damit du bei den ganzen Veränderungen nicht den Überblick verlierst, legst du dir ein Foto rechts oben in die Ecke (die *Navigation* 4). Daneben steht deine Schreibtischlampe, bei der du die *Farbtemperatur* und die *Helligkeit* ❸ verändern kannst. Oberhalb deines Fotostapels hast du mehrere Stapel an Zetteln liegen, die dich daran erinnern, was du gemacht hast. Dieses *Protokoll* ❺ kannst du auch *speichern*. Das Protokoll beschreibt auch sämtliche Vorgänge, die etwas anspruchsvoller sind und zum Beispiel mit *Filtern* ❷ gemacht werden. Stell dir vor, du möchtest deinem Foto einen Farbstich und einen Maleffekt verleihen und benötigst dafür eine farbige Folie, Klebstoff und durchsichtigen, feinen Sand. Bei zehn verschiedenen Filtern wird es unübersichtlich.

Hättest du alle Gegenstände allein für die Filter links neben dir liegen, würdest du den Radiergummi sicherlich suchen. Deswegen sind die Werkzeuge und Filter voneinander getrennt. Für jede Veränderung nimmst du ein neues Foto. Das sind in der Software die *Ebenen*. Gefällt dir eine Variante nicht, wirfst du sie in den Papierkorb und löschst sie damit.

Beginne die Bildbearbeitung am Computer immer mit einer Kopie der Ausgangsebene. So hast du den ursprünglichen Zustand immer noch einmal da. Einzelne Ebenen kannst du ausblenden, also unsichtbar machen. Sie sind weiterhin da, aber werden nicht angezeigt. Am Computer kannst du auch jeden Schritt rückgängig machen. In manchen Programmen kannst du dir auch einen Verlauf deiner Schritte anzeigen lassen und wählst einfach den Schritt davor. Was für ein Vorteil, digital zu arbeiten!

In der Summe funktionieren alle Programme ähnlich: Du nimmst Veränderungen vor, die dein ursprüngliches Bild erst einmal nicht verändern, sondern es als Ebene überlagern. Du kannst also frei experimentieren und immer wieder zum Ausgangsbild zurückkehren, wenn du das möchtest. Bei Raw-Dateien kannst du ohne Qualitätsverluste beispielsweise die Helligkeit und Farbe einstellen. Sollte deine Bearbeitungssoftware nicht mit Raw-Dateien arbeiten können, nimm TIFF (ohne Qualitätsverlust) oder JPEG (mit Qualitätsverlust). Raw-Bilder sollst/kannst du auch nicht mit anderen teilen, speichere dafür eine Kopie der Datei im JPEG-Format und gib diese weiter. Unabhängig vom Ausgangsformat deines Bildes hat die Software auch ein eigenes Format, das sie standardmäßig verwendet und das alle Ebenen mit speichert. Diese Bearbeitungsdateien sind oft sehr groß. Überleg dir, welche Dateien du nach der Bearbeitung noch benötigst. Hebst du dir die Raw- und die JPEG-Dateien auf? Reicht dir die JPEG-Datei, oder benötigst du auch die einzelnen Bearbeitungsebenen?

Bevor du dich für eine der zahlreichen Softwaremöglichkeiten entscheidest, kannst du dir ein paar Gedanken darüber machen, was du von der Software erwartest, denn nicht nur das Erscheinungsbild und die Bedienung sind ausschlaggebend, sondern auch dein ganz persönlicher Umgang damit und deine Wünsche.

Checkliste

Darüber kannst du dir Gedanken machen

- ☐ Wie viel darf die Software kosten?
- ☐ Fotografierst du im Raw-Format?
- ☐ Wie verwaltest du deine Fotos?
- ☐ Möchtest du deine Bilder hauptsächlich verfremden, oder reicht dir das verbessern?
- ☐ Sind dir kleinere Anpassungen wie Helligkeit und Bildausschnitt wichtiger als zahlreiche Stempel und Verfremdungsmöglichkeiten?
- ☐ Nutzt ihr die Software innerhalb der Familie gemeinsam? Dann denkt auch gemeinsam über diese Themen nach.

Grundsätzlich gilt: Die Bildbearbeitungsprogramme können viel, und deswegen muss man sich auch eine Weile mit ihnen beschäftigen und eventuell auch mal ein Buch zu Hilfe nehmen oder ein Video anschauen. Mit der Zeit und mit Übung wird dir die Bedienung dann immer leichter fallen.

Photoshop Elements

Photoshop Elements von Adobe ist der »kleine Bruder« der berühmten Software Photoshop. Diese Software kostet aber nicht mindestens 12€ im Monat wie Photoshop, sondern nur einmalig ca. 80€. Die Software kann sehr viel und bietet ein Komplettpaket mit Organisation und Bildbearbeitung an; verfügbar ist sie für Windows und macOS. Die Software bietet dir viel Hilfestellung: Nach dem Start wählst du, was du gerne machen möchtest. Auf der nächsten Seite siehst du den Fotoeditor.

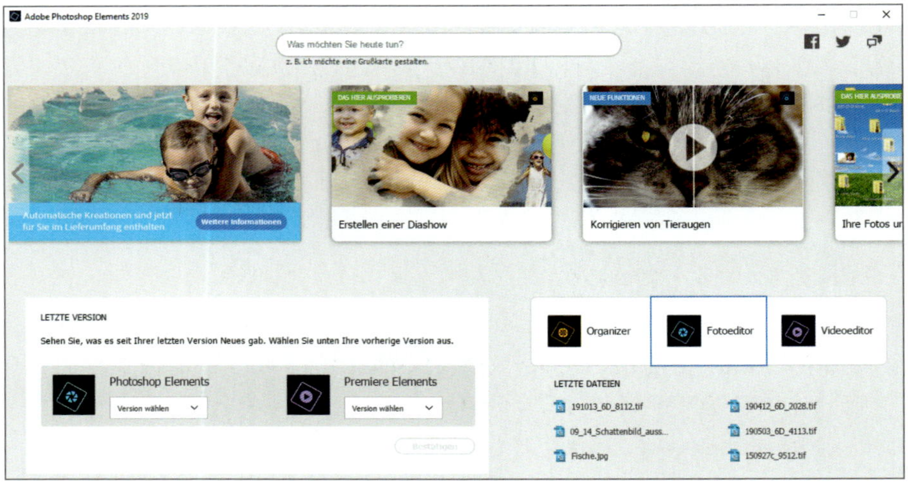

→ Startseite in Photoshop Elements, hier wählst du aus, ob du deine Bilder organisieren oder bearbeiten möchtest. Nimmst du mit deiner Kamera auch Videos auf, kannst du sie im »Videoeditor« ebenfalls bearbeiten. Dafür brauchst du aber auch Premiere Elements, ein weiteres Programm.

Je nachdem, wie viel Unterstützung du möchtest, kannst du zwischen dem Modus **Schnell** ❶ für eine einfache Bildbearbeitung, dem Modus **Assistent** ❷ für kreatives Arbeiten oder dem Modus **Experte** ❸ für volle Freiheit wählen.

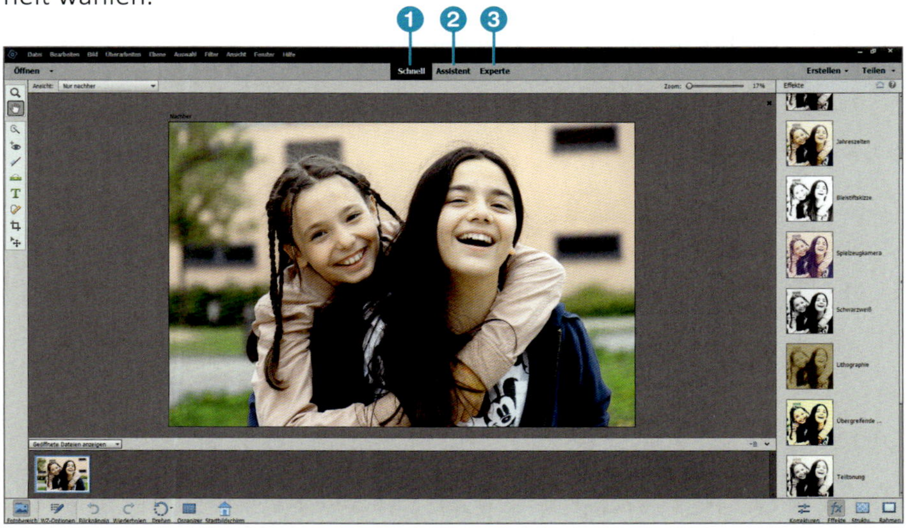

→ So sieht der »schnelle« Bearbeitungsmodus aus. Links hast du die wichtigsten Werkzeuge und rechts eine Auswahl von Filtern.

Im Modus **Experte** wird es dann etwas anspruchsvoller. Die Werkzeugpalette ist aber auch umfangreicher, und du hast viel mehr Optionen der Bildbearbeitung. Übrigens musst du dich nicht am Anfang auf einen Modus festlegen, da du sie auch bequem kombinieren kannst.

Ich persönlich kann Photoshop Elements für die ganze Familie empfehlen, da jeder – von jung bis alt – damit klarkommt. Eine Software, mit der man nichts falsch machen kann und die es derzeit auch noch ohne Abo-Zwang gibt. Man kann sie also einmalig kaufen und muss nicht jeden Monat dafür bezahlen. Andere, ebenfalls gute Programme findest du im Kasten.

Merke dir

Weitere Alternativen

Photoshop Elements ist empfehlenswert, ebenso wie das kostenlose **GIMP** und das günstige **Affinity Photo** (ca. 55 €). Darüber hinaus gibt es natürlich noch weitere Programme, wie zum Beispiel **Photodirector** von CyberLink (ca. 100 €) und **Paintshop Pro** von Corel (ca. 70 €). Unter den kostenlosen Programmen ist **FotoWorks XL** (In MEDIAKG TI) sehr beliebt, und suchst du ein Programm, mit dem du die Fotos vorwiegend anschauen und mit einfachen Effekten verschönern möchtest, empfehle ich dir **IrfanView**.

Bevor du eine Software kaufst, kannst du dich erkundigen, ob es günstigere Tarife für Schüler gibt. Nachfragen (zum Beispiel per E-Mail) kann sich lohnen!

8.8 Am Smartphone geht das auch

Fotografieren verbinde ich mit Computerarbeit: Bilder herunterladen, umbenennen, verwalten, bearbeiten und sichern. Aber mit einem Smartphone kann das Leben auch viel einfacher sein, da die Bedienung von Apps ohne große Einarbeitung ganz spielerisch funktioniert. Es gibt zahlreiche Apps für die Fotobearbeitung, die alle ihre Besonderheiten haben. Nimm doch mal die vorinstallierte App deiner Smartphone-Kamera unter die Lupe. Sicher kannst du hier bereits die Helligkeit anpassen, den Bildausschnitt verändern und mit Filtern das Foto verfremden.

Ich habe Erfahrung mit vier Apps, mit denen ich meine Fotos mit wenigen Handgriffen bearbeiten und dann auch teilen kann: **AA Image Viewer**, **Snapseed**, **Lightroom** von Adobe und **Photo Studio PRQ** (ca. 9 €).

Snapseed

Eine der beliebtesten kostenlosen Foto-Apps ist Snapseed. Gleich nach dem Öffnen werden dir verschiedene Filter angeboten, mit denen du die Farbe deines Fotos verändern kannst.

Du findest unter **LOOKS** bereits viele Filter, die dein Foto verändern. Entscheidest du dich für **TOOLS**, kannst du sämtliche Werkzeuge nutzen und selbst kreativ werden. Die Darstellung ist sehr übersichtlich, sodass du dich schnell zurechtfindest.

→ So sieht Snapseed nach dem Starten aus.

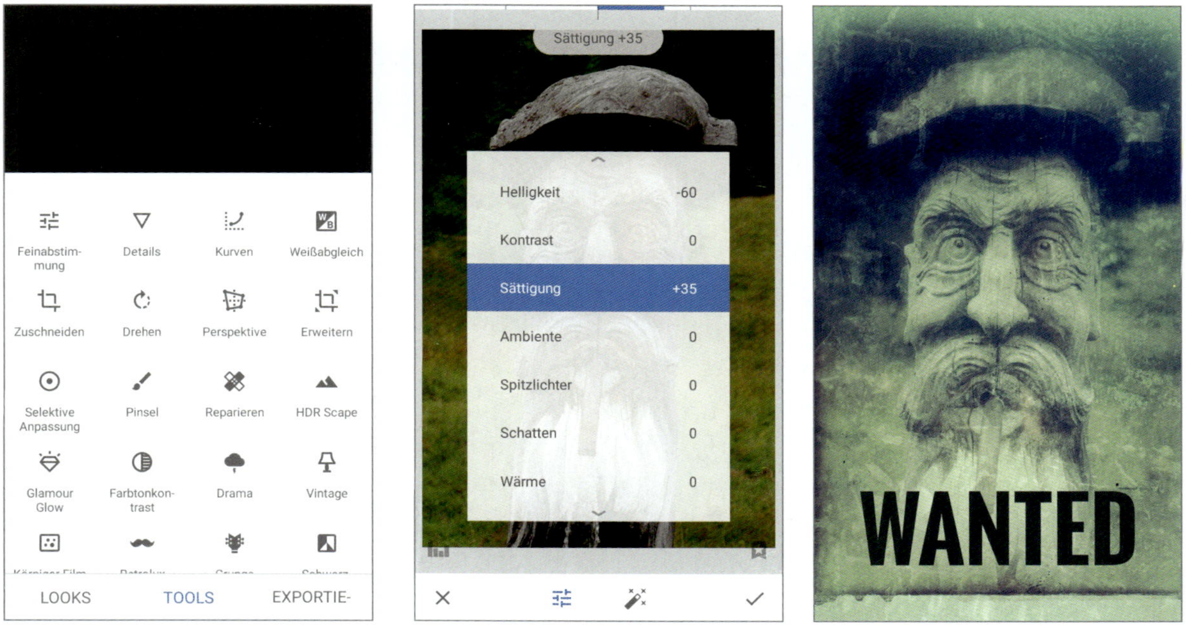

↑ Links siehst du einen Teil der Werkzeuge in Snapseed, in der Mitte das Menü zu den Belichtungseinstellungen. Wische im Bild einfach nach links (weniger) oder nach rechts (mehr), um Einstellungen zu ändern. Im Bild rechts siehst du das Ergebnis meiner Bemühungen per Filter, Masken und Schrift.

8.9 Was machen mit den vielen Bildern?

Kreativität in der Fotografie hört nicht nach dem Fotografieren und auch nicht nach dem Bearbeiten auf. Es wäre ja auch schade, wenn die Bilder einfach in deinem Smartphone oder auf der Speicherkarte »verstauben« würden. Eine Möglichkeit wäre ein Hintergrundbild auf dem Smartphone oder auf dem Computer, das dir jeden Tag die schöne Erinnerung ins Gedächtnis ruft.

Früher haben sich deine Eltern sicher die Mühe gemacht, Fotoabzüge in ein Album zu kleben. Auch das ist heute noch durchaus möglich. Selbst, wenn du deine Fotos auf Papier belichten lässt, wirst du merken, wie dankbar der Empfänger dafür ist, denn heutzutage sind Abzüge von Fotos eher seltener.

Du kannst deine Fotos nicht nur auf Papier belichten oder drucken lassen. Eine besondere Wirkung erzielst du mit einer Acrylplatte, d e aussieht wie Glas, einer Leinwand oder einer Schiefertafel. Im Urlaub kannst du sogar mit einer App auf dem Smartphone eigene Grußkarten gestalten, die dann mit echter Briefmarke verschickt werden. Der Empfänger wird erstaunt sein!

Merke dir

Das kannst du alles mit deinen Fotos machen

- Tassen, Trinkflaschen, Brotdosen, Tischsets
- Kissen und Decken
- Kleidungsstücke (T-Shirts, Socken, Flip-Flops, Schals)
- Memoryspiele, Kartenspiele, Puzzles
- Fotobücher
- Grußkarten
- Kalender (auch Adventskalender mit Schokoladenfüllung)
- Schlüsselanhänger
- Handyhüllen
- Wanduhren
- Schokoladenverpackungen
- Dekoration (zum Beispiel Windlichter)
- ...

Wenn es etwas mehr als das Bild auf Papier, Leinwand oder Ähnlichem sein soll, lohnt es sich, wenn du bei verschiedenen Anbietern mal auf der Website stöberst.

Für die Gestaltung dieser Produkte nutzt du die Software der jeweiligen Firma, indem du auf ihrer Website deine Fotos hochlädst und entsprechend auf Fotobuchseiten oder Tassen verteilst oder bearbeitest. Gerade für Fotobücher bietet dir die Software viele Gestaltungsmöglichkeiten.

Da es zahlreiche Internetseiten für Fotogeschenke gibt, möchte ich dir hier nur eine Auswahl beliebter Anbieter vorstellen:

- *www.cewe.de*
- *www.fotobuch.de*
- *www.fotokasten.de*
- *www.myravensburger.com/de/foto-memory*
- *www.my-schoko-world.com*
- *www.originellefotogeschenke.de*
- *www.pixelfoto-express.de*
- *www.pixum.de*
- *www.posterxxl.de*
- *www.printplanet.de*
- *www.saal-digital.de*

Eine schöne Geschenkidee sind Memoryspiele mit deinen eigenen Fotomotiven. Nach einigen Jahren wird aus dieser Erinnerung mehr und mehr etwas Besonderes, da sich die Personen verändern und dein Lieblingsspielzeug bereits in einer vergessenen Kiste liegt. Memory hingegen geht auch noch, wenn du schon erwachsen bist.

← Memoryspiel mit eigenen Fotomotiven – ein tolles Familienandenken und Geschenk!

8.10 Eigene Comics gestalten

Witzig ist das Programm **Comic Life** (*https://comiclife.eu*), mit dem du deine eigenen Storys in Comicform erzählen kannst. Du kannst die Software kostenlos für 30 Tage testen, danach kostet sie ca. 30€. Mit Comic Life sind deiner Fantasie keine Grenzen gesetzt, denn du kannst dir eine Geschichte mit Spielfiguren, Tieren oder Freunden einfallen lassen. Erwecke deine Fotos zum Leben, indem du Sprechblasen und kleine Erklärungen der Szene einfügst. Die Software bietet dir verschiedene Vorlagen an, in die du die Fotos einfügen und mit Sprech- oder Gedankenblasen vervollständigen kannst. Die Schablonen für die Fotos kannst du auch ganz nach Belieben in Größe und Form anpassen.

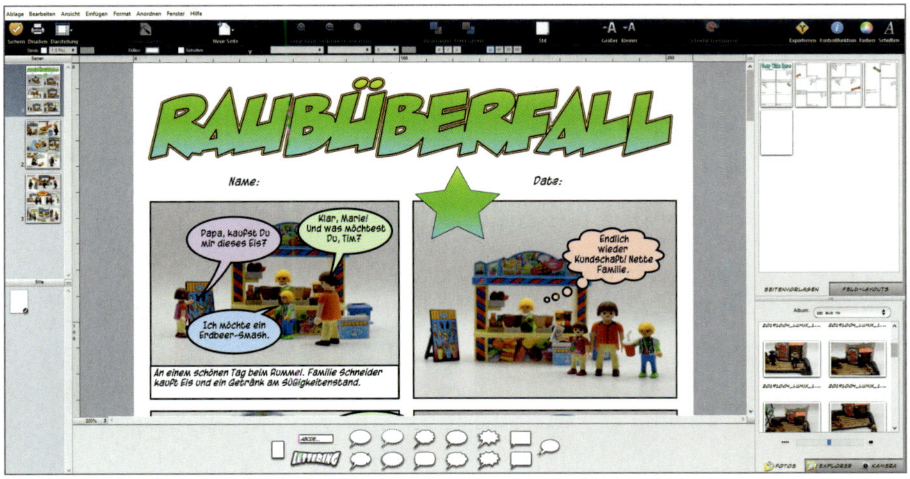

← **Comicgestaltung in Comic Life**

Kombinierst du deine kreativen Ideen bei der Bildbearbeitung und dem Erzählen einer Geschichte, sieht dein Comic richtig originell aus. Das Ergebnis kannst du dann auch im *PDF-Format* speichern und Freunden schicken, die die Software nicht haben.

Die Bedienung ist kinderleicht. Wenn du den Ordner mit deinen Fotos ausgewählt hast, erscheinen die Fotos auf der rechten Seite, und du ziehst sie mit der Maus in die Schablone hinein. Übrigens kannst du diese Software auch für Anleitungen (beispielsweise für den Bau eines Papierfliegers) gut nutzen.

Kapitel 9

Soziale Netzwerke und Messenger-Dienste

9.1 Was bedeuten deine Fotos für dich?

Nimm dir mal einen Moment Zeit und denk darüber nach, was Fotos für dich bedeuten. Wo gehören sie für dich einfach dazu und warum?

Ganz sicher wichtig sind:

- Spaß haben
- Erinnerungen mit der Familie und mit Freunden festhalten
- Dinge entdecken, lernen und sich merken
- anderen eine Freude machen
- Situationen aus dem Alltag teilen

Wenn du darüber nachdenkst, wirst du merken, dass der letzte Punkt einige der anderen beinhaltet. Wenn du zum Beispiel deinen Großeltern ein Foto von dir schenkst, teilst du diesen Moment, in dem das Foto gemacht wurde, mit ihnen. – Es gibt viele Wege, Fotos zu teilen.

9.2 Pass auf, was du zeigst und wem!

Am einfachsten ist das Teilen von Fotos natürlich digital mit dem Smartphone oder mit dem Computer, denn damit kannst du deine Fotos viel schneller und gleich auch mit mehreren Leuten an verschiedenen Orten teilen.

Merke dir

Das Internet vergisst nichts

So, wie man sagt, dass ein Haus nichts verliert, so ist das auch mit den Daten im Internet. Sei dir bewusst, dass deine Bilder noch in vielen Jahren im Internet zu finden sein werden und dich das in Zukunft eventuell stören könnte.

Dass du die Bilder so leicht teilen kannst, kann aber auch ein Problem sein: Du kannst dir nicht sicher sein, dass das Bild nur bei dem Empfänger bleibt, für den es bestimmt war. Nur ein Klick – und es kann irgendwo auftauchen, wo du es vielleicht nie haben wolltest. Zudem werden die Daten über das Internet geschickt und irgendwo für sehr lange Zeit gespeichert. Weißt du wo? Und wüsstest du, ob und wie du sie löschen kannst?

Viele sind sich nicht bewusst, dass man fremde Bilder nicht einfach weiterschicken darf, und gehen leichtsinnig mit den Fotos um. Aber sie können natürlich auch nicht genau wissen, was für eine Bedeutung das jeweilige Bild für dich hat. Schnell sehen es so nicht nur deine engen Freunde, sondern auch flüchtige Bekannte, deine Geschwister, deine Klasse oder deine Lehrer. Das kann zu sehr unangenehmen Situationen führen!

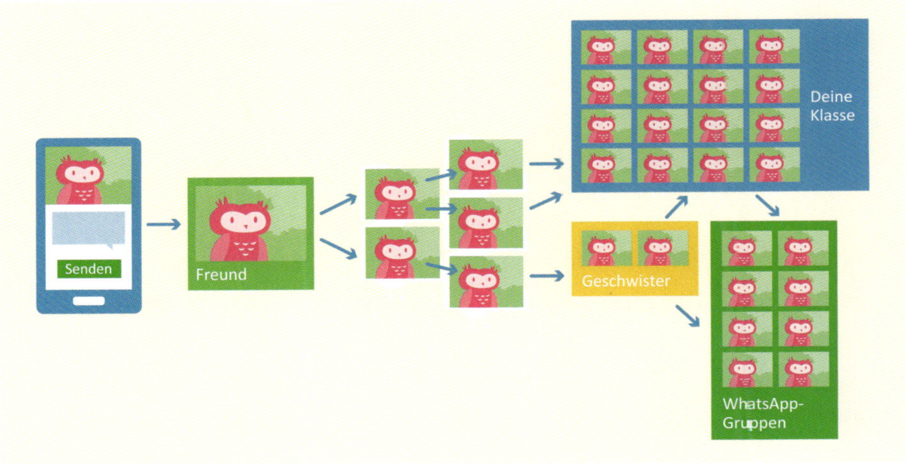

Das Verteilen eines digitalen Bildes. Aus einem Freund können schnell sehr viele Unbekannte werden, die dein Bild sehen.

Merke dir

Überlege dir genau, was du mit wem teilst

Alles, was du mit deinem Smartphone oder mit dem Computer versendest, kann »die Welt« sehen. Versende nur Fotos, die dir morgen nicht schon unangenehm sein könnten! Und überleg dir, ob man sie nicht falsch verstehen kann.

Denk daran, dass manche Menschen Situationen auf Fotos falsch interpretieren, auch mit böser Absicht, und sich so sehr schnell Gerüchte verbreiten.

So zeigst du deine »Schätze« am besten

Wenn du deine Fotos mit anderen teilst, solltest du dir vorher überlegen, ob die Empfänger auch Interesse an den Fotos haben oder sich nichts aus Fotos machen. In sozialen Netzwerken kann man hierfür eigene Gruppen zusammenstellen. Tolle Lösung! Vielleicht gibt es Freunde, die es später schade finden, wenn sie die Bilder nicht gesehen haben. Dann nimmst du sie einfach mit in die Gruppe auf. Andersrum kann es durchaus nerven, wenn sich dauernd deine Freunde melden, weil du »zu viele« Bilder gepostet hast.

Weniger ist mehr: Es kann schnell langweilig werden, wenn viele Bilder ähnlich sind. Einzelne Bilder, die gut sind, machen mehr Eindruck und lassen vielleicht auch noch mehr Geheimnisse übrig.

Weniger ist mehr

Auch in anderer Hinsicht ist weniger mehr: Um deine Fotos zu schützen, solltest du die Bilder in ihrer Auflösung reduzieren. Deine Kamera und dein Smartphone haben bestimmt eine so gute Auflösung (also so viele Pixel), dass du damit Fotos mit einer Mindestgröße einer DIN-A4-Seite drucken kannst. So viele Pixel benötigt ein Display eines Smartphones nicht! Mit entsprechenden Apps auf dem Smartphone und in der Bildbearbeitung auf dem Computer kannst du deine Bilder mit wenigen Mausklicks verkleinern. Wenn die lange Seite des Bildes 1000 Pixel hat, reicht das vollkommen aus! Dann kann der Empfänger sich das Bild zwar prima anschauen, aber nicht größer als eine Postkarte ausdrucken, ohne, dass es unscharf wird. Und es ist dann auch immer klar, dass du das (große) Original hast. Auch bei Profilbildern ist die verkleinerte Version deines Bildes sinnvoll.

Manchmal sollte es doch mehr sein

Möchtest du jemandem ein Foto schicken, das höher aufgelöst ist, damit er oder sie es drucken kann, solltest du es lieber einzeln per E-Mail schicken. Dann geht es nicht in einem Chat mit vielen anderen Nachrichten unter.

Ich teile Fotos auch gerne über eine *Cloud*. Dieser Speicherplatz, der sich auf der Festplatte einer Firma befindet, ist immer verfügbar, auch wenn mein Computer aus ist. Wenn du ein Passwort einrichtest, sind die Daten auch so weit geschützt, dass nur der, der den Link/die Adresse und das Passwort hat, an die Daten herankommt. Recht sicher ist es, wenn du das Passwort nicht in der gleichen E-Mail wie den Link verschickst.

9.3 Achtung: Nicht alles ist erlaubt!

In Deutschland wie auch in anderen Ländern ist es in der Regel nicht erlaubt, einfach so ein Bild von einer anderen Person zu machen und erst recht nicht, es zu veröffentlichen. Veröffentlichen heißt, dass du es zeigst, und das geht im Internet natürlich leicht und schnell. Auch die Bilder in diesem Buch sind »veröffentlicht«. Und auch bei bestimmten Gebäuden oder Gegenständen kann es problematisch sein, wenn du Bilder von ihnen verbreitest und vielleicht sogar Geld damit verdienst.

Es gibt Regeln, Gesetze und Gerichtsurteile zum Fotorecht, und du kannst dir vorstellen, dass das eine ziemlich schwierige Angelegenheit ist. Hier sind ein paar wichtige Punkte, die dir deutlich machen, worauf du achten solltest.

Recht am eigenen Bild

Abgesehen davon, dass du Menschen nicht einfach ohne Erlaubnis oder heimlich fotografieren darfst, kann jeder, der auf einem Bild abgebildet ist, entscheiden, ob das Bild auch veröffentlicht werden darf. Es gibt nur zwei Ausnahmen: Abbildungen von Menschenmengen und Prominente. Wenn du eine große Menschenmenge fotografierst, zum Beispiel bei einem Marathonlauf, wäre es ja auch ganz unpraktisch, jeden einzeln um Erlaubnis zu bitten. So ähnlich ist das auch, wenn du ein Foto zum Beispiel von einem Rathaus machst und Menschen auf dem Marktplatz davorstehen. Die Menschen gelten dann als Beiwerk, die laufen dir quasi durchs Bild. Aber auch hier darf kein einzelner Mensch besonders herausgestellt werden. Und Politiker oder Schauspieler dürfen, zum Beispiel von Pressefotografen, fotografiert werden, wenn es sich um sogenannte zeitgeschichtliche

Ereignisse handelt. Das könnte die Eröffnung eines Parks sein, bei dem ein Politiker ein Band durchschneidet, oder eine Filmpremiere mit den Schauspielern. Einen Politiker oder Schauspieler beim privaten Essen im Restaurant zu fotografieren, vielleicht sogar mit seiner Familie, ist jedoch nicht erlaubt.

Panoramafreiheit

Auch wenn du keine Menschen fotografierst, darfst du nicht jedes Bild einfach veröffentlichen. Erlaubt ist das in der Regel nur, wenn du das Bild eines Gebäudes, das nicht privat genutzt wird und das für jeden öffentlich zugänglich ist, ohne Hilfsmittel von »öffentlichem Grund« aus machen konntest. »Öffentlicher Grund« ist alles, was kein Privatgrundstück ist: zum Beispiel die Straße, auf der alle lang laufen dürfen, oder der Wald. Ein Schlosspark, für den man Eintritt zahlen muss, oder ein Zoo sind privater Grund. Auch in einem Museum, einer fremden Wohnung oder in einem Hinterhof darfst du keine Fotos machen, die du veröffentlichen möchtest, denn sie sind privater Grund. Abgesperrt muss der nicht unbedingt sein: Ein Acker gehört auch einem Bauern, und der dürfte dir verbieten, da rumzulaufen und zu fotografieren. Und Hilfsmittel? Wenn du auf eine Leiter steigst, um ein Bild zu machen, verstößt das schon gegen die Panoramafreiheit, zumindest dann, wenn du das Bild auch veröffentlichst.

→ Dieses Foto von einem Brunnen ist erlaubt, da er da »immer« steht und frei zugänglich ist. Stünde dieser Brunnen in einem Innenhof, wäre er also auf privatem Grund, hätte ich da weder einfach so reingedurft noch das Bild machen und veröffentlichen dürfen.

Urheberrecht

Menschen, die zum Beispiel ein Bild, eine Skulptur oder ein Buch erschaffen, sind Urheber und haben Rechte an ihrem Werk. Wenn du so etwas fotografierst und ohne Erlaubnis veröffentlichst, verletzt du Urheberrechte. Das wäre zum Beispiel so, wenn du die Mona Lisa fotografierst und das Bild im Internet zeigst.

Umgekehrt bist du natürlich auch selbst Urheber deiner Fotos! Und deshalb darf niemand ohne deine Zustimmung deine Fotos nutzen. Stell dir vor, du hättest ein einzigartiges Foto gemacht und eine fremde Person nutzt deine Datei, um sie als Kunstwerk zu verkaufen. Keiner sieht, dass eigentlich du der Fotograf bist, und der Fremde bekommt das ganze Geld. Das wäre doch unfair, oder? Genau davor schützt dich das Gesetz.

↑ **»Freundliche« Ukulelen an der Wand, die muss man einfach fotografieren. Sie hängen aber in einer Schule. Also habe ich die Schulleiterin freundlich gefragt und ich durfte: sie fotografieren und hier zeigen.**

Markenrecht

Eine Marke ist zum Beispiel ein Logo, wie das von Apple oder Adidas. Unternehmen, denen diese Marken gehören, wollen kontrollieren, in welchem Zusammenhang ihre Logos und Produkte auftauchen. Das ist vor allen Dingen wichtig, wenn man Werbung machen oder etwas verkaufen möchte. Du solltest also nicht einfach Bilder veröffentlichen, auf denen solche Logos zu erkennen sind. Im Zweifelsfall verzichtest du auf solche Bilder, oder du entfernst ein Logo in der Bildbearbeitung, damit zum Beispiel ein abgebildeter Laptop neutral aussieht.

Puh, das sind viele Regeln, und manche davon können einen ein wenig einschüchtern. Aber lass dir davon den Spaß an der Fotografie nicht verderben! Nichts wird so heiß gegessen, wie es gekocht wird. Du solltest jedoch wissen, worauf du achten musst, gerade wenn du Bilder auch im Internet zeigen möchtest und sie dort schnell ein großes Publikum finden können.

Merke dir

Beachte die Regeln zum Fotorecht (auch zu deinem Schutz)

- Vor dem Fotografieren fragen, ob es okay ist!
- Erklären, was du mit dem Foto vorhast! Und dich daran halten!
- Schicke niemand anderem Porträtfotos, wenn dir die fotografierte Person keine Einwilligung dazu gegeben hat!
- Von Menschen, die dir in der Stadt »durchs Bild laufen«, brauchst du keine Einwilligung!
- Fotografiere nicht heimlich andere Personen!
- Mache keine Fotos von kleinen Kindern und poste sie eventuell (zum Beispiel wenn du auf andere Kinder aufpasst), ohne vorher mit den Eltern gesprochen zu haben!
- Es geht nicht, alberne oder peinliche Bilder von dir oder anderen zu verteilen!
- Verteile keine Fotos, auf denen du wenig oder gar nichts anhast!
- Schicke nur Personen etwas, die du persönlich kennst!
- Lass dich nicht mit fremden Personen fotografieren (Gruppenselfie)!
- Gebäude und Skulpturen auf öffentlichem Grund darfst du fotografieren, aber zum Beispiel nicht in Museen und Innenhöfen! Und wenn du sie ausnahmsweise fotografieren darfst, kannst du sie nicht automatisch auch veröffentlichen!
- Vermeide Fotos mit Produktlogos, wenn du zum Beispiel etwas verkaufen möchtest!
- Auch bei Fotos oder Filmen mit einer Drohne gelten die Gesetze zum Persönlichkeitsrecht und Datenschutz (auch Autokennzeichen gehören dazu)!

9.4 Messenger-Dienste

In unserem Alltag tauschen wir täglich Nachrichten über unsere Smartphones aus. Mit Smartphones ist auch das Teilen von Fotos viel einfacher geworden. Am schnellsten geht das über *Messenger-Dienste*, bei denen dein Empfänger die Nachricht sofort sieht, wenn er auch im Internet ist.

Die Messenger-App, die alle kennen und die sehr viele nutzen, ist *WhatsApp*. So praktisch solche Apps generell sind, so sehr solltest du darauf achten, was die App von dir wissen will und was sie mit deinen Daten macht. WhatsApp liest zum Beispiel dein Adressbuch auf deinem Smartphone ein und zeigt dir, wer von deinen Freunden WhatsApp nutzt und zurzeit Nachrichten empfangen kann. Das heißt, dass WhatsApp weiß, wer deine Freunde (und Familie und Bekannte) sind. Da ist es wieder, das Thema mit den Daten! Und WhatsApp gehört zu Facebook, somit sammelt Facebook alle Kontaktdaten deiner Freunde. Ob sie das wollen? Sie werden gar nicht erst gefragt. Aber da fast jeder WhatsApp nutzt, nehmen es die meisten hin. Man merkt ja auch nicht unmittelbar etwas davon.

Wissen

Ende-zu-Ende-Verschlüsselung

Hast du schon mal den Hinweis *Ende-zu-Ende-Verschlüsselung* gelesen? Damit ist gemeint, dass nur du und der Empfänger die Nachricht öffnen und lesen können. Wenn ein Dritter im Internet also deine Nachricht abfangen sollte, kann er sie nicht lesen. Aber denke daran: Nachrichten können einfach weitergeschickt werden, ohne dass du das mitbekommst!

Es gibt Gesetze, die Unternehmen und Menschen befolgen müssen und die dich schützen, und es gibt einfache Verhaltensregeln, die du selbst befolgen kannst, um sicherer im Internet unterwegs zu sein. Verliere das nicht aus den Augen bei aller Freude über deine schönen Fotos.

Auch wenn du dir einen Tag ohne Messenger-Dienst vielleicht kaum vorstellen kannst: Es gibt ein Mindestalter für deren Nutzung, und das liegt bei vielen, auch bei WhatsApp, bei 16 Jahren. Das hat seine Gründe! Strafbar machst du dich nicht, wenn du es nutzt, obwohl du jünger bist, aber rede offen mit deinen Eltern darüber, damit sie Bescheid wissen. Je offener du mit ihnen über das Thema sprichst, desto leichter fällt es dir, ihre Hilfe anzufragen, wenn du Nachrichten bekommst, die dir »Bauchschmerzen« bereiten. Das gilt übrigens auch für soziale Netzwerke wie Facebook und Instagram.

Wissen

Weitere Informationen

Soziale Medien sind toll, aber es schadet nicht, sich zu informieren und sich besser mit ihnen auszukennen. Was machst du, wenn dich zu viele App-Benachrichtigungen nerven? Was sind die besten Tipps für Gruppenchats? Was sind deine Rechte und Pflichten im Umgang mit Instagram? Geprüfte Antworten findest du zum Beispiel bei *www.handysektor.de*.

Es gibt übrigens sehr gute Alternativen zu WhatsApp: Hoccer, Signal, Threema oder Wire sind Messenger-Apps, die besser mit deinen Daten umgehen und die Daten deiner Freunde nicht einfach mitspeichern. Es gibt sogar Apps, die deine Nachrichten nach 90 Tagen automatisch löschen oder sogar schon nach wenigen Sekunden, wenn du das möchtest. Sehr beliebt ist zum Beispiel die App Snapchat, die bereits ab 12 Jahren genutzt werden darf. Die Idee hinter dieser App ist das Senden von Bildern oder Videos, bei denen du nicht darüber nachzudenken brauchst, wo die Daten gespeichert werden oder wie viele Personen dieses Bild sehen. Das zeitnahe, automatische Löschen der Nachricht (nach wenigen Sekunden) nimmt dir die Hemmschwelle, zu sehr über die oben beschriebenen Regeln nachzudenken. Es verlockt quasi dazu, Quatschfotos oder Fotos in eher peinlichen Momenten zu senden.

Dennoch kannst du solche Bilder oder Nachrichten speichern. Dann bleiben sie auf dem Gerät! Und natürlich kann man auch einen Screenshot machen. Wenn der Empfänger deiner Nachricht das macht, bekommst du aber immerhin eine Nachricht. Das finde ich gut! Andere Apps machen es dem

Quatschfoto bei dem du vielleicht nicht nachdenkst, was die Personen auf dem Bild darüber denken. Und wie wäre es, wenn du auf dem Bild zu sehen wärest? Wenn es deine Lehrer sehen würden? Wenn es in zehn Jahren irgendwo auftauchen würde?

Empfänger vielleicht auch einfacher, und dann wirst du nicht informiert. Aber auch bei Snapchat gilt: Überleg dir immer genau, was du schickst! Und wem.

9.5 Soziale Netzwerke

Neue Leute zu treffen und kennenzulernen ist heutzutage viel einfacher, als in meiner Kindheit. Alles, was du dafür brauchst, ist das Internet und der Zugang zu sozialen Netzwerken. Deine Familie und deine Freunde sind bereits dein bestehendes soziales Netzwerk und können auch Teil von deinem »digitalen« Netzwerk sein.

Bist du Mitglied in einem sozialen Netzwerk, bleibst du in Kontakt mit Freunden, die du real kennst, und mit Menschen, die dir in dieser digitalen

Welt begegnen. So, wie du bei einer Party den Bekannten deiner Freundin oder deines Freundes interessant findest, erweiterst du auch über das digitale soziale Netzwerk deine Kontakte. Neben dem Freundeskreis deiner Freunde findest du auch Menschen mit gleichen Interessen und kannst dich mit ihnen austauschen.

So bietet es dir die Chance, Neues zu entdecken und zu lernen – ganz egal, wo auf der Welt die andere Person ist. Es entstehen Unterhaltungen zwischen vielen Menschen, die du zum Teil auch nicht kennst, die im Alltag so nicht entstehen würden. Du tauschst dich also über Meinungen und Ideen aus und sei es »nur« ein »Gefällt mir« zu einem Foto. Ich selbst lerne sehr viel in den sozialen Netzwerken, da ich mich mit Leuten austauschen kann. Diese Netzwerke sind meistens »geschlossene« Gruppen, sodass nicht jeder mit einem generellen Zugang die *Posts* lesen kann. Man muss Mitglied sein.

Bei der Nutzung der sozialen Medien kannst du schnell die Zeit vergessen. Es kann dich auch schnell stressen, wenn du nicht sofort auf eine Nachricht reagierst. Aber ist das unbedingt notwendig? E-Mails und Postkarten bleiben doch auch liegen. Bevor du dich selbst unter Druck setzt, stell dein Smartphone doch mal bewusst auf stumm und genieße die Zeit mit deinen realen Freunden. Die sind übrigens auch für dich da, wenn es dir mal nicht so gut geht.

Liken oder nicht Liken

Die Idee dieser Netzwerke ist, dass du einem anderen folgst und deine Meinung zu seinen Bildern, Ansichten oder Erlebnissen mitteilst, indem du *Likes* oder »Gefällt mir«-Nachrichten verteilst. Bei der Strategie der sozialen Netzwerke könntest du glauben, dass mehr Likes auch mehr Kontakte, also Follower, bedeutet. Aber brauchst du das wirklich? Klar, sieht es toll aus, wenn 345 Personen ein Like gesetzt haben. Dennoch würden auch 20 reichen, die es wirklich ernst meinen. Setzt du überall Likes, dann kannst du dich mit den Inhalten irgendwann nicht mehr identifizieren. Setzt du die Likes bewusst unter Beiträge und Bilder, die dir gefallen, dann scheint hier deine Meinung und Persönlichkeit durch. Kommt es nicht darauf an?

Die Fotos und Themen in den sozialen Netzwerken werden nach *Hashtags* sortiert. Das Symbol #, die Raute, nennt man Hashtag. Fotografierst du zum Beispiel deine Katze, kannst du dem Bild das Hashtag »#katze« oder »#haustier« geben, dann wird dein Beitrag zu dem Thema gefunden.

Dein Profilbild und dein Benutzername

Aber fangen wir mal mit den ersten Schritten an. Ganz wichtig – dein Profilbild! Natürlich, ansprechend, frech, deinem Alter entsprechend und dennoch seriös (also glaubwürdig) soll es sein, so machst du sicherlich nichts falsch. Zeigt dich das Bild jedoch in einer peinlichen Situation, wie fändest du es dann, wenn deine Eltern es sehen würden oder deine Lehrer? Würdest du dich in Zukunft für das Bild vielleicht schämen? Also besser doch nicht albern oder peinlich!

↑ Links: Unpassendes Profilbild – das könnte dir schnell peinlich sein! Rechts: Schönes Profilbild – so siehst du natürlich aus.

Beim Benutzernamen kannst du kreativ werden. Überleg dir aber auch dabei, ob dir der Name auch noch in fünf Jahren gefallen wird. Ein neuer Name kann bedeuten, dass du ein neues Profil einrichten musst und alles verlierst, was du dir bis dahin aufgebaut hast. Nimm also lieber einen »ehrlichen« Namen als den deines aktuellen »Helden«.

Follower und das, was du teilst

Leute, die dir folgen, nennt man *Follower*. Es ist natürlich cool, wenn dir viele folgen, dennoch ist es sinnvoll, wenn du erst mal im privaten Modus startest. Dort kann dir nur derjenige folgen, der dich mit einer Kontaktanfrage darum bittet. So hast du mehr Kontrolle darüber, wer deine Fotos überhaupt sieht.

Du kannst in den Netzwerken mit Freunden chatten. Aber auch wenn es privat erscheint, kannst du dennoch nie sicher sein, was mit deiner Nachricht passiert und wer sie noch zu lesen bekommt. Bevor du dich also über jemanden aufregst, überleg dir wieder: Darf das die Welt wissen? Nichts ist vertraulich in sozialen Netzwerken! Da hilft dann doch eher die beste Freundin oder der beste Freund im direkten Gespräch.

Achte bei deinen Fotos darauf, dass du keine GPS-Koordinaten speicherst, denn die verraten den Ort, an dem du das Bild gemacht hast. In den Programmen kannst du in der Regel einstellen, dass diese Daten aus dem Bild gelöscht werden sollen. Ansonsten gibst du viele Informationen von dir preis, die das Foto gar nicht braucht. Und diese Informationen können dazu beitragen, dass aus der virtuellen Welt des Internets schnell ein Eingriff in die reale Welt werden kann. Ein Genie muss man jedenfalls nicht sein, um deinen Wohnort zu finden, wenn du den Namen vom Ort, ein Bild von deinem Haus, dich im Garten oder Zimmer (Achtung, der Blick aus dem Fenster zeigt viel) oder Selfies an der Bushaltestelle zeigst. Das geht die Welt nichts an!

Der Gedanke hinter sozialen Netzwerken

Es ist wichtig zu wissen, wie diese »kostenlosen« Netzwerke ticken. Du richtest dir dein Profil ein und gibst immer bestimmte Informationen über dich an. Diese Informationen sind der »Preis«, den du bezahlst. Wirklich kostenlos ist ein Messenger-Dienst also nie. Jegliche Aktivitäten von dir werden beobachtet, damit dir möglichst passende Werbung gezeigt werden kann. Meinungen, die du vertrittst, werden genutzt, um dir Posts von anderen Menschen zu zeigen, die deine Meinung eventuell verstärken, weil sie sie ebenso vertreten. Die Gefahr besteht, dass du die Informationen nicht prüfst und dass sich so falsche Informationen verbreiten, weil du sie mit anderen teilst, die diese wieder mit anderen teilen und so weiter.

Bist du in einem Netzwerk aktiv, wirst du schnell Teil eines Netzwerkes, denn du erhältst Kontaktvorschläge deiner Kontakte und andersherum – wie die vielen kleinen Äste bei einem Baum, die ursprünglich aus einem Stamm entstehen. Die immer besser werdende Gesichtserkennung macht das Ganze noch viel einfacher. Gibt einer deiner Freunde in seiner App an, dass du die Person auf dem Foto bist, wird das Foto bei deinem Freund mit deinem Profil verlinkt. Das klingt cool, ist es aber vielleicht gar nicht.

Bei allen Risiken gilt aber auch: Geschlossene Gruppen können dir auch beim Interessenaustausch und beim Lernen gut helfen. Meistens gibt es in solchen Gruppen Regeln, die einen fairen und respektvollen Umgang voraussetzen, und Moderatoren, die auf die Einhaltung der Regeln achten.

Merke dir

Gib nicht alles von dir preis

Je mehr du von dir preisgibst, desto angreifbarer bist du! Überleg dir beim Teilen deiner Fotos immer, ob das wirklich »die Welt« sehen soll oder vielleicht doch nur deine Kontakte, die du persönlich kennst. »Digitale Freunde« können auch schnell mal vor deiner Tür stehen.

Fotos teilen

Eine von vielen Plattformen zum Teilen deiner Fotos ist *Instagram*. Sicher hast du dieses Icon schon mal gesehen.

↑ **Instagram**

Bei Instagram geht es nicht nur um Nachrichten oder Wissensaustausch, hier geht es hauptsächlich um Fotos, Fotos mit denen man sich präsentiert – mit Selfies in der Stadt, bei der Party, im Urlaub, zu Hause, aber auch mit Schnappschüssen aus dem Alltag. Und natürlich tummeln sich hier auch »richtige« Fotografen, die ihre neuesten Kunstwerke zeigen und auch Werbung für sich machen wollen.

↑ TikTok

Videos teilen

Machst du lieber kurze Videos als Fotos, gibt es eine vergleichbare App zu Instagram – TikTok. Auch wenn es sich bei dieser App nicht direkt um Fotos, sondern um Videos dreht, möchte ich sie dennoch erwähnen, denn viele Jugendliche (TikTok ist ab 13 Jahren) nutzen sie. Hier kannst du kurze Videos von maximal 15 Sekunden zu verschiedenen Kategorien suchen, kannst deine eigenen Videos teilen, Likes vergeben, anderen folgen und mit ihnen chatten und deine Beiträge auch bei Instagram und Co. teilen.

Wie auch in anderen sozialen Netzwerken, kannst du in den Einstellungen festlegen, ob dein Profil »privat« oder »öffentlich«, also für jeden (!) sichtbar ist. Am besten legst du das Profil zusammen mit deinen Eltern an.

Ein kleiner Schlussgedanke

In diesem Kapitel geht es ja um das Teilen. Schöne Momente möchtest auch du sicher allen gleich mitteilen und zeigen, dass es dir gut geht. Urlaub ist dafür eine tolle Gelegenheit, denn du kommst aus deinem gewohnten Umfeld heraus und siehst Orte und Dinge, die deine Freunde nicht im Alltag sehen.

Versetz dich mal in die folgende Situation: Deine Familie fährt an einen sonnigen Urlaubsort am Meer. Euer Hotelzimmer bietet Blick auf den Sonnenuntergang am Strand und du bist einfach »geflasht« vor Glück. Klar postest du Fotos vom Hotel, ein Selfie und eventuell noch den Ort, wo ihr seid. Daraufhin sendet dir eure Nachbarin eine Nachricht: »Wow, wie cool! Wir sind in den Bergen. Auch voll klasse! Wie lange seid ihr weg? Endlich sind wir mal zwei Wochen unterwegs!« Sicher wirst du ihr antworten und erzählen, wann ihr euch wiederseht, oder? Was denkst du, kann passieren?

Es gibt tatsächlich Verbrecher, die nach bestimmten Hashtags suchen, um herauszufinden, welches Haus gerade unbewohnt ist. In dem Beispiel wäre es ein Doppeltreffer, denn die Nachbarin ist ja auch nicht da. Das kann fatale Folgen für dich und deine Familie haben! Dies ist sicherlich einer der Gründe, warum es ein Mindestalter zum Anmelden bei sozialen Netzwerken und Messenger-Diensten gibt.

Wissen

Hier bekommst du einen guten Überblick

Soziale Medien sind oft ein Diskussionsgrund in der Familie. Manche sehen den Umgang sehr locker, andere sehr streng. Fakt ist, soziale Medien sind nicht mehr wegzudenken und wir alle müssen lernen, wie wir damit umgehen (auch die Eltern natürlich). Mehr Informationen zu den aktuellen Apps für Jugendliche findest du auf der Seite *www.schau-hin.info*.

Wow – du hast es geschafft!

Du bist am Ende des Buches angekommen, aber noch nicht am Ende deiner fotografischen Reise. Ich hoffe, du hast viel gelernt und nutzt den einen oder anderen Trick aus diesem Buch für deine Fotos.

Womit fotografierst du nun am meisten? Mit deinem Smartphone, einer Kompaktkamera oder doch etwas Größerem? Was auch immer es ist, der Weg zum Besserwerden ist das Üben. Auch ich lerne immer wieder dazu, experimentiere mit dem Bildaufbau und den Einstellungen der Kamera und ärgere mich, wenn etwas schief geht. Und wenn ich mit der einen Kamera gut zurechtkomme, ist es mit Sicherheit Zeit für eine neue Kamera und das Lernen startet erneut. Voll spannend!

Während ich dieses Buch geschrieben habe, habe ich auch über einige Dinge neu nachgedacht. Achtest du bei Fotos mit dem Smartphone nun mehr darauf, wie du was fotografierst? Machst du dir etwas mehr Gedanken beim Posten? Ich schon!

Auf jeden Fall weißt du nun richtig viel über deine Kamera, über Belichtungseinstellungen und den Bildaufbau. Du wirst merken, dass du Tricks wie die Drittelregel bald ganz automatisch nutzt. Ohne groß darüber nachzudenken.

Nun aber genug gelesen: Nimm die Kamera und leg einfach los!

NUN DU: Bastele einen Fotowürfel

Ein Fotowürfel hat nicht nur für sechs Fotos Platz, sondern beispielsweise auch für zwölf Fotos und mehr. Eine schöne Bastelidee, auch zum Verschenken.

Du benötigst dafür:

- zwölf Holzwürfel mit einer Kantenlänge von 3 cm (acht für den Würfel, einer als Schablone, einer für Klebetests, zwei als Ersatz, falls die Maße nicht ganz stimmen)
- Isolierband oder gut haftende Klebestreifen
- schnell trocknender Bastelkleber (geeignet für Fotos!)
- mindestens zwölf Fotos im Format 10 × 15 cm
- Schere oder Bastelmesser (dann auch eine Schneideunterlage)
- Pappe für Fotoschablonen

→ Links: Verbinde zwei Würfelkanten von beiden Seiten. Rechts: Verbinde vier Würfelpaare mit ca. 3 cm langem Isolierband

→ Links: Verbinde die mittleren Würfelpaare an der Seite. Rechts: Klappe die äußeren Würfel nach innen zu einem Würfel und verbinde die Würfel, die bereits innen verbunden sind

Und so geht es:

1. Lege die acht Würfel in zwei Reihen aneinander.
2. Schneide zwei Streifen vom Isolierband ab (ca. 3 cm lang) und verbinde immer zwei Würfel. So kannst du sie später »falten«.
3. Nimm zwei der vier Würfelpaare und drehe die Seiten mit den bereits verklebten Würfelflächen von dir weg. Verbinde nun die zwei mittleren Würfelflächen. Wiederhole den Schritt mit dem anderen Paar. Schiebe die Paare wieder zusammen.
4. Klappe die äußeren Würfel zusammen, um einen großen Würfel zu formen. Verbinde die Würfelpaare, die innen bereits verbunden sind. Danach folgen die zwei oberen Streifen.
5. Prüfe, ob alle Verbindungen von beiden Seiten verklebt sind und »falte« den Würfel ein paar Mal hin und her.
6. Wähle bei deinen Fotos mit der Schablone zum Beispiel Bildausschnitte für eine Seite mit vier Würfeln.
7. Teile die Bildausschnitte in 3 × 3 cm große Quadrate ein und schneide sie aus.
8. Klebe die Bilder nach und nach auf die Seitenflächen der Würfel. Warte jeweils, bis der Klebstoff getrocknet ist!

↑ Links: Vier Quadrate aus einem Foto herausgetrennt. Jedes Quadrat darf nicht größer als die Würfelfläche sein! Rechts: So sieht der Würfel dann fertig aus. »Falte« den Würfel und ganz andere Fotos kommen zum Vorschein.

Begriffe einfach erklärt

Abbildungsebene
Bezeichnet die Fläche, auf die dein Bild trifft, wie zum Beispiel den → *Sensor* in deiner Kamera oder die → *Mattscheibe* in der → *Lochkamera*.

Abdunkeln
Bei der Bildbearbeitung kannst du helle Bildbereiche etwas dunkler machen.

Absorbieren
Wenn eine Oberfläche bestimmte Lichtanteile »schluckt«, nennt man das absorbieren. Ein schwarzes T-Shirt absorbiert das gesamte Licht. Ein weißes hingegen »schluckt« fast keine Lichtanteile, sondern reflektiert die Strahlung zu großen Teilen. Rhabarbersaft lässt beispielsweise kein blaues Licht durch, daher verwandelt sich ein weißer Lichtstrahl in einen orangefarbenen, wenn er durch ein Glas Rhabarbersaft scheint.

Additive Farbmischung
Mischst du rotes, grünes und blaues Licht (nicht Farbe), ergibt sich Weiß.

Akku
Akku ist die Abkürzung für Akkumulator und dient als Speicher der Energie, damit deine Kamera kein Kabel zur Steckdose benötigst. Achte immer darauf, dass der Akku geladen ist.

Analoge Fotografie
So nennt man die Fotografie, in der noch Filmmaterial belichtet wurde.

App
Auf deinem Smartphone gibt es kleine Programme, die aus dem Telefon einen Computer für die Hosentasche machen. Auch die Kamera wird über eine App gesteuert und Alternativen zu der mitgelieferten App bieten dir oft mehr Funktionen und Einstellmöglichkeiten.

APS-C-Format
APS-C ist ein kleineres Format als das Vollformat (24 × 36 mm). → *Sensoren* im APS-C-Format sind ca. 25,1 × 16,7 mm groß.

Aufhellen
Bei der Bildbearbeitung kannst du dunkle Bildbereiche etwas heller machen.

Auflösung
Damit du deine Kamera mit einer anderen vergleichen kannst, wird die Auflösung herangezogen. Dazu wird die Anzahl von Linien, die maximal auf 1 mm Platz haben, gezählt (Linien pro mm = l/mm). Diese Angabe ist abhängig von der Qualität des → *Objektivs* und des → *Sensors*. Zum Vergleich von Sensoren nutzt man die Anzahl der Pixel (bei 12 MP wären das zum Beispiel 4256 × 2848 Pixel).

Auslöser
Bezeichnet den Knopf, mit dem du ein Bild machst. Wenn du ihn halb herunterdrückst, wird scharf gestellt, wenn du ihn durchdrückst, öffnet sich der → *Verschluss*, und Licht fällt auf den

→ *Sensor* – das Bild ist gemacht. In der Regel befindet er sich oben rechts auf der Kamera.

Autofokus (AF)
Drückst du den → *Auslöser* halb herunter, bekommt die Kamera das Signal, dass du ein Foto machen möchtest, und fokussiert automatisch auf das Motiv, indem die → *Linsen* im → *Objektiv* über einen Motor bewegt werden.

Bayermatrix
Jedes einzelne Pixel auf dem → *Sensor* ist für eine der drei Grundfarben (Rot, Grün, Blau) verantwortlich. Bei dieser Anordnung der einzelnen »Farbpixel« ist die Hälfte der Pixel für die Aufnahme der Grünanteile des Lichts verantwortlich. Das entspricht etwa dem, wie dein Auge Farben und Helligkeit wahrnimmt.

Bedienelemente
So nennt man die vielen kleinen Knöpfe und Räder an deiner Kamera, die dir bei der Bedienung helfen, damit du nicht jede Einstellung über das Hauptmenü suchen musst.

Belichtungsausgleich/-korrektur
Findest du die Wahl der automatischen Belichtung zu hell oder zu dunkel, kannst du die Menge des einfallenden Lichts manuell mit »+« und »–« steuern, ohne an → *Blende* und → *Belichtungszeit* denken zu müssen.

Belichtungszeit
Die Belichtungszeit wird auch Verschlusszeit genannt. Es ist die Zeit, in der das Licht auf den → *Sensor* deiner Kamera fällt.

Betrachtungswinkel/Blickwinkel
Der Betrachtungs- oder Blickwinkel bezeichnet das Sichtfeld deiner Kamera je nach → *Brennweite* deines → *Objektivs*. Ein → *Weitwinkelobjektiv* fängt links und rechts das Geschehen ein, das du mit deinen Augen nicht mehr siehst. Mit einem → *Teleobjektiv*, mit dem du ferne Dinge ganz nahe heranholst, ist das Sichtfeld sehr klein. Stell dir vor, deine Handflächen formen ein »V« über die Handballen, dann beschreiben sie über den Winkel der beiden Handflächen das Sichtfeld.

Bildpunkt
An dieser Stelle treffen die Lichtstrahlen, die über eine → *Linse* umgelenkt werden, zusammen. Liegt dein Motiv im Fokus, treffen sie sich auf einem Punkt. Der Abstand von Linse zu → *Sensor* muss also genau stimmen wie bei deinem Auge. Passt das nicht, brauchst du eine Brille, die die Strahlen so umlenkt, dass sie sich treffen.

Blaue Stunde
Nach Sonnenuntergang färbt sich der Himmel tief blau, bevor die nächtliche Finsternis eintritt. Diesen Zeitraum nennt man Blaue Stunde, auch wenn er länger oder kürzer als 1 Stunde dauern kann. In dieser Zeit gemachte Fotos wirken besonders gut.

Blende/Blendenöffnung
Die Lichtstrahlen werden durch eine kleine Öffnung in der Kamera gebündelt. Die Größe dieser Öffnung bestimmt die Menge an Licht, die auf den → *Sensor* fällt, und die → *Schärfentiefe* deines Motivs. Je größer die Blende ist, desto kleiner ist die Öff-

nung. Dein Auge blendet bei Sonnenschein auch stark ab und verkleinert die Pupille. Es öffnet sie dagegen bei Dunkelheit.

Blendenautomatik/-priorität
Auch Zeitvorwahl genannt. Es ist eine → *Halbautomatik*, bei der du deiner Kamera eine bestimmte → *Belichtungszeit* vorgibst, von der ausgehend die → *Blende* je nach Lichteinfall automatisch berechnet wird.

Blitz
Eingebaute Blitze leuchten nur wenige Meter weit. Benötigst du mehr Licht, kannst du bei einigen Kameras oben auf dem Gehäuse einen stärkeren Blitz in einem sogenannten → *Blitzschuh* montieren. Solche Aufsteckblitze sind nicht nur stärker, sondern bieten auch mehr Möglichkeiten. Zum Beispiel kannst du sie drehen, um indirekt zu blitzen.

Blitzschuh
Dies ist die kleine Schiene an der oberen Seite der Kamera, auf die du einen → *Blitz* schieben kannst.

Brennpunkt
Stellst du dir vereinfacht vor, dass alle Lichtstrahlen parallel (wie die Linien auf Papier) in die → *Linse* des → *Objektivs* einstrahlen, dann werden sie von der Linse so umgelenkt, dass sie sich alle in einem Punkt zwischen Linsenmitte und → *Sensor* treffen. Da dein Motiv aber nie unendlich weit weg ist, fällt nur ein Teil der Strahlen parallel ein und trifft sich dann auf dem Sensor, wenn der Fokus stimmt.

Brennweite
Bezeichnet den Abstand zwischen Linsenmitte (→ *Linse*) und → *Brennpunkt*. Vergrößerst du etwas mit einer Lupe, dann ist das Objekt nur mit einem bestimmten Abstand zur Lupe scharf. Dieser Abstand ist die Brennweite.

Camera obscura
Eine Camera obscura ist eine einfache Kamera ohne → *Sensor*. Das Licht scheint durch ein winziges Loch in einen dunklen Kasten. Das Motiv wird an der Rückwand kopfüber und seitenverkehrt dargestellt. Diese Kamera wird auch → *Lochkamera* genannt.

CMYK
Dies ist ein Farbraum, der die → *subtraktive Farbmischung*, also das Mischen von Farben beschreibt. Es sind die drei Farben Cyan (Hellblau), Magenta (Pink) und Yellow (Gelb) im Drucker. Theoretisch ergeben alle drei Farben zusammen Schwarz (K). Das Druckergebnis sieht aber immer nur wie ein Dunkelgrau aus, weshalb in Druckern zusätzlich Schwarz als Farbe beigegeben wird. Das K steht für *Keyplate* und kommt aus der Drucktechnik.

Cropfaktor
Als Referenzgröße für die Sensorgröße dient der Vollformatsensor, der die gleiche Größe wie ein analoges Kleinbildnegativ oder-dia hat, also 36 × 24 mm. Kleinere Sensoren bilden bei gleicher → *Brennweite* und gleichem Abstand nur einen Teil des Motives ab, so als würde der Bildrand ab-

geschnitten. Die unterschiedliche Größe des Bildausschnitts in Abhängigkeit von der Sensorgröße wird mit dem sogenannten Cropfaktor oder Formatfaktor beschrieben. Während also ein Vollformatsensor mit 36 × 24 mm den Cropfaktor 1 hat, hat ein APS-C-Sensor mit 23,7 × 15,6 mm den Cropfaktor 1,6. Ein Micro-Four-Thirds-Sensor mit 17,3 × 13 mm hat den Cropfaktor 2.

Digitalkamera
Deine Fotos werden in einer Digitalkamera über einen → *Sensor* aufgenommen, in der Kamera verarbeitet und auf einer → *Speicherkarte* gespeichert. Das passiert also alles digital.

Direkt-Positiv-Verfahren
Bezeichnet ein Entwicklungsverfahren, bei dem helle Motivbereiche auch auf dem Bild hell wiedergegeben werden; im Gegensatz zum → *Negativ-Positiv-Verfahren*.

Display
Das Display ist ein kleiner Bildschirm an oder auch in deiner Kamera, auf dem du Einstellungen vornehmen und auch gespeicherte Bilder ansehen kannst. Hat deine Kamera keinen → *Sucher*, betrachtest du dein Motiv über diesen kleinen Monitor, bevor du den → *Auslöser* drückst.

Drittelregel
Teile dein Bild in beiden Richtungen, also horizontal und vertikal, in drei gleich große Teile. Wenn sich dein Motiv (Boot, Augen, Haus) auf einer der Linien oder sogar auf dem Schnittpunkt zweier Linien befindet, wirkt es interessanter. Die Drittelregel hilft dir also beim Bildaufbau. Das Drittelraster kannst du sogar in vielen Kameras auf das Sucher-/Displaybild (→ *Sucher*, → *Display*) legen, damit du schon beim Fotografieren dein Bild entsprechend planen kannst.

Ebene (Bildbearbeitung)
In der Bildbearbeitung wird für jeden Bearbeitungsschritt eine Kopie von dem Originalbild genutzt. Diese einzelnen Zwischenstufen nennt man Ebenen, die du dir wie übereinandergelegte transparente Folien vorstellen kannst. Gefällt dir ein Schritt nicht, kannst du die entsprechende Ebene ausblenden oder sogar löschen.

Einstellrad
An deiner Kamera gibt es Knöpfe und Rädchen für die Einstellungen. Die Rädchen sind »blind« mit Daumen und Zeigefinger bedienbar, ohne dass du die Augen vom → *Sucher* nehmen musst. Deswegen stellst du meist an diesen die Belichtung ein und nicht übers → *Display*.

Farbsättigung
Die Farbsättigung beschreibt die Intensität der Farbwirkung.

Farbtemperatur
Jede → *Lichtquelle* gibt dir eine andere Farbwahrnehmung, etwa helles, weißes Tageslicht im Gegensatz zu schwächerem, gelbem Kunstlicht. Damit alle die gleiche »Sprache sprechen«, orientiert man sich als Maß an einem schwarzen Körper, der mit steigender Temperatur unterschiedlich

farbig glüht. Daher auch die Angabe in der Einheit Kelvin, die auch für die Temperatur genutzt wird.

Fernauslöser
Das ist ein kleines Gerät, das deiner Kamera aus der Ferne das Signal zum → *Auslösen* gibt. So bist du mit auf dem Foto oder kannst aus der Ferne die Kamera steuern, ohne entdeckt zu werden (beispielsweise bei Tierfotos).

Festbrennweite
→ *Objektiv* mit fester → *Brennweite*, die nicht variiert werden kann. Möchtest du den Ausschnitt ändern, musst du dich also bewegen.

Fluchtpunkt
Ende der gedachten blickführenden Linien in deinem Foto. Bei einem Gebäude wären es die obere und untere Hauskante, die immer enger zusammenkommen, je weiter weg sie von dir sind.

Fokusfelder
Deine Kamera nutzt einzelne Messfelder (angezeigt als kleine Quadrate) zum Fokussieren. Je nach Einstellung sucht die Kamera über nur ein Messfeld oder über mehrere.

Fokuspunkt
Wenn du den → *Auslöser* halb herunterdrückst, sucht die Kamera den Fokus. Dort, wo das → *Fokusfeld* aktiviert ist, oft mit einem roten Rahmen markiert, liegt der Fokuspunkt. Das ist der Punkt, an dem die Abbildung parallel einfallender Strahlen durch die Linse am schärfsten ist. Dort ist das Bild also scharf.

Freistellen
In der Fotografie ist damit gemeint, dass sich ein Motiv vom Hintergrund »ablöst«. Wenn du eine Person in einem Porträt scharf fotografierst und den Hintergrund ganz unscharf, dann ist das Motiv freigestellt. In der Bildbearbeitung könntest du ein Porträt auch »ausschneiden« und den Hintergrund »wegzaubern« – auch das wäre ein Freistellen.

Froschperspektive
Deine Kameraposition ist ganz tief, etwa unten auf dem Boden, und du fotografierst nach oben, als wärst du ein Frosch, der nach oben schaut; im Gegensatz zur → *Vogelperspektive*.

Goldener Schnitt
Der Goldene Schnitt ist vergleichbar mit der → *Drittelregel*, nur dass die Seitenlängen nicht genau gleich sind. Das Verhältnis der Seitenlängen einer Linie liegt bei 1:1,6 (bei der Drittelregel 1:2).

Halbautomatik
Du gibst der Kamera die → *Blende* oder → *Belichtungszeit* vor, und sie wählt passend den zweiten Wert, damit die Belichtung passt.

HDR (High Dynamic Range)
Bei sehr starken Kontrasten (zum Beispiel heller Himmel und dunkler Wald) nimmt deine Kamera drei (oder mehr) Bilder auf – über-, unter- und normalbelichtet – und setzt diese nachträglich zusammen. So wirkt das Foto, wie du das Motiv mit den Augen siehst: blauer Himmel (nicht weiß, weil

→ *überbelichtet*) und grüne Bäume (nicht schwarz, weil → *unterbelichtet*).

Histogramm
Das ist ein Diagramm, das dir die Verteilung der Helligkeiten in deinem Foto anzeigt.

Hochformat
Du hältst deine Kamera senkrecht wie üblicherweise das Smartphone für ein Porträt. Deswegen nennt man es auch → *Porträtformat*, im Smartphone englisch *portrait* genannt.

ISO-Wert
Gibt dir die → *Lichtempfindlichkeit* des Kamerasensors (→ *Sensor*) an. Je größer der Wert, desto weniger Licht wird benötigt, da das Signal verstärkt wird. Gleichzeitig wird das Bild aber auch ungenauer und erzeugt ein → »*Rauschen*«, es wird körniger und gröber.

JPEG-Format
JPEG ist ein kameraunabhängiges Bildformat, das Pixel mit gleicher Farbe und Helligkeit zusammenfasst und damit weniger Speicherplatz benötigt. Die → *Komprimierung* geht aber mit einem Qualitätsverlust einher, der sich mit jedem weiteren Speichern des Bildes erhöht.

Kehrwertregel
Die → *Belichtungszeit* sollte nicht länger sein als der Bruch »1 über die → *Brennweite*«. Fotografierst du mit einer Brennweite von 50 mm sollte die Belichtungszeit kürzer als 1/50 einer Sekunde sein. Bei einem Teleobjektiv mit 200 mm Brennweite verwackelt das Bild bei Belichtungszeiten die länger als 1/200 einer Sekunde sind. Deswegen ist ein Stativ sehr hilfreich.

Kleinbild
In der → *analogen Fotografie* war das Kleinbild das typische Filmformat von 36 × 24 mm. Heute haben die → *Sensoren* der sogenannten Vollformatkameras diese Sensorgröße. Kleinbildformat und Vollformat sind in der digitalen Fotografie das Gleiche.

Komplementärfarben
Farben gelten als komplementär, also sich ergänzend, wenn sie miteinander gemischt Weiß bzw. Schwarz ergeben. Welche Farben komplementär sind, ist je nach Farbmodell unterschiedlich. In Goethes Modell, den Farbkreis kennst du vielleicht aus der Schule, sind z.B. Rot und Grün Komplementärfarben.

Komprimieren
Beim Komprimieren werden Pixel mit gleicher Helligkeit und Farbe zu einer Fläche zusammengefasst. Da die Informationen somit nur einmal für die Fläche und nicht für jeden Pixel einzeln gespeichert werden, wird die Datei kleiner. Werden zu der Fläche auch ähnliche Farben dazugerechnet, wird die Qualität des Bildes schlechter, aber die Datei dafür noch kleiner.

Konkave Linsen
Streulinsen, die das Licht auffächern (→ *Linse*)

Konvexe Linsen
Sammellinsen, die das Licht bündeln (→ *Linse*)

Landschaftsformat
ein anderer Begriff für das → *Querformat*, im Smartphone oft *landscape* (für engl. Landschaft) genannt

Lichtbrechung
Das Licht wird in Glas, Wasser oder anderen durchsichtigen Materialien umgelenkt.

Lichtempfindlichkeit
Das Material verändert sich in seiner Farbe, Festigkeit oder Zusammensetzung, wenn Licht darauf fällt.

Lichtwert
Menge an Licht, beschrieben mit der Kombination aus → *Blende* und → *Belichtungszeit*

Linsen
durchsichtige Körper aus Glas oder Kunststoff, die die Lichtstrahlen umlenken (sammeln oder streuen)

Live-View-Modus
Das ist eine Einstellung bei → *Spiegelreflexkameras*, bei der die Lichtstrahlen die gesamte Zeit auf den → *Sensor* auftreffen, der daraus ein Bild erzeugt, das an das → *Display* weitergeleitet wird. Im Normalmodus betrachtest du dein Motiv dagegen durch einen → *Sucher*. Erst beim → *Auslösen* klappt der Spiegel um, der das Motivbild in den Sucher lenkt, und die Lichtstrahlen treffen auf den Sensor. Da die Kamera im Live-View-Modus die ganze Zeit die Lichtsignale umrechnet, verbraucht sie mehr Strom als bei der Verwendung des Suchers.

Lochkamera
Bekannt als → *Camera obscura*; für nähere Infos siehe dort.

Makroaufnahme
Sehr kleine Motive, wie Insekten oder Blumen, erscheinen bei einer Makroaufnahme auf dem → *Sensor* so groß, wie sie tatsächlich sind. Dank der guten → *Objektive* und → *Auflösung* der Sensoren kannst du sehr viele Details sehen, die dein Auge kaum wahrnimmt.

Manueller Modus
Alle Einstellungen an der Kamera werden im manuellen Modus von dir vorgenommen. Die Kamera macht dann das Bild genau so, auch wenn es unscharf oder nicht ausgewogen belichtet ist.

Maske (Bildbearbeitung)
Bei der Bildbearbeitung musst du nicht das ganze Bild verändern. Wählst du nur einen Teil des Bildes, nennt man diesen Teil Maske. Stell dir vor, du schneidest eine quadratische Maske aus einem Papier aus, legst sie auf eine Zeichnung und verwischst nur in diesem Quadrat die Farben.

Mattscheibe
Das Bild wird auf einer Art Milchglas abgebildet. Du kannst nicht durchsehen, weil es matt ist, siehst aber von der Rückseite dein Motiv.

Megapixel
Diese Angabe wird oft für die Größe von → *Sensoren* in → *Digitalkameras* benutzt und bedeutet 1 Million Pixel. Auf dem Sensor entspricht das einem

Quadrat gefüllt mit 1024 Pixeln in Höhe und Breite. Achtung: Da Sensoren unterschiedlich groß sind und die Zahl der Pixel auf den Sensoren nicht gleich ist, sind die Pixel von Sensor zu Sensor nicht gleich groß.

Mehrfachbelichtung
Du machst bei einer Mehrfachbelichtung mit deiner → *Digitalkamera* mehrere Bilder, die alle wie durchsichtige Folien übereinandergelegt werden. Das Foto sieht dann wie ein Geisterbild aus.

Mehrfeldmessung
Die Belichtungsmessung erfolgt über mehrere Messfelder. Manchmal heißt sie auch Matrixmessung. Für normale Bilder ist das die beste Messmethode.

Messenger-Dienst
Mit einer Messenger-App kannst du auf deinem Smartphone mit anderen Nachrichten und auch Bilder austauschen. Bei der Unterhaltung können auch mehrere in einer Gruppe mitmachen.

Mittenbetonte Messung
Deine Kamera nutzt für die Belichtungsmessung mehrere Messfelder, aber verstärkt die Mitte. Dein Motiv sollte also in der Mitte des Bildes liegen, sonst wird es falsch belichtet. Für die Nahaufnahme einer Blume eignet sich diese Methode sehr gut.

Motiv
Der Teil deines Bildes, der für die Wirkung besonders wichtig ist. Das Motiv sollte der Grund sein, warum du zur Kamera gegriffen hast.

Motivprogramme
Verschiedene Programme an deiner Kamera helfen dir bei der Einstellung der Belichtungswerte, der → *Schärfentiefe* und Farben. Prima für den Start!

Obersicht
Auch *Aufsicht*. Ist ein anderer Begriff für → *Vogelperspektive*.

Objektiv
Dies ist eine Ansammlung von → *Linsen*, die zwischen dem Motiv und dem → *Sensor* die Lichtstrahlen umlenken. → *Weitwinkelobjektive* lassen dich ein großes Blickfeld fotografieren, mit einem → *Teleobjektiv* kannst du auch weit entfernte Motive, wie einen Vogel in einem Baum, groß fotografieren.

Perspektive
Je nachdem, welchen Blickwinkel deine Kamera hat, sehen Objekte unterschiedlich aus. Die Linien von einem Gebäude bleiben im Raum nicht parallel, sondern laufen zusammen, je weiter sie weg sind.

Perspektivische Verzerrung
Durch die perspektivische Verzerrung werden Dinge in einem Raum immer kleiner, je weiter sie entfernt sind. Auch Gebäudeseiten sind auf einem Foto nicht mehr parallel, wie du sie siehst, wenn du genau vor dem Gebäude stehst.

Phasen-Autofokus (AF)
Beim Phasen-Autofokus werden zum Scharfstellen statt des → *Bildsensors* zwei zusätzliche → *Sensoren* genom-

men. Diese Sensoren können mit dem auftreffenden Licht an zwei Punkten entlang einer Linie sagen, ob dein Motiv im Fokus liegt oder ob sich der Fokus weiter vorne oder weiter hinten befindet. Die zwei Lichtpunkte nennt man Phasen.

Pixeldichte
Anzahl der → *Bildpunkte* (Pixel) auf der Sensorfläche (→ *Sensor*)

Porträtformat
ein anderer Begriff für → *Hochformat*

Primärfarben
Primärfarben sind Ausgangsfarben zum Mischen. Beim Licht sind das Rot, Grün und Blau (→ *additive Farbmischung*), bei Gegenständen hingegen Cyan (Hellblau), Magenta (Pink) und Gelb (→ *subtraktive Farbmischung*).

Prisma
Ein Prisma ist ein Körper aus einem durchsichtigen Material (beispielsweise Glas), der das Licht in seine → *Spektralfarben* auffächert (bricht).

Querformat
Wenn du im Querformat fotografierst, hältst du die Kamera quer wie bei einer Postkarte. Das Querformat wird auch Landschaftsformat genannt, abgeleitet von der englischen Bezeichnung *landscape* für dieses Format.

Rauschen
Bei jedem Pixel wird das Signal digital verstärkt, wenn zu wenig Licht vorhanden ist. Diese höhere → *Lichtempfindlichkeit* wird über den → *ISO-Wert* angegeben. Je mehr das Signal verstärkt wird, desto mehr wird es gestört. Bei dunklen Flächen ist die Störung sehr hoch, da aus dem extrem wenigen Licht noch Informationen »herausgelockt« werden sollen. Dieser Effekt wird verstärkt, wenn die Pixel sehr klein sind (etwa beim Smartphone).

Raw-Format
Raw ist ein kameraspezifisches Format, bei dem alle Daten »roh« (engl. *raw*), das heißt ohne direkte Bearbeitung, in der Kamera auf der → *Speicherkarte* gespeichert werden. Somit hast du am Computer viele Möglichkeiten der Änderung, ohne die Qualität des Bildes zu verändern. Bevor du Raw-Bilder teilen kannst, musst du sie aber bearbeiten und zum Beispiel als → *JPEG*-Bild speichern.

Retusche
Retusche nennt man kleine Ausbesserungen (beispielsweise der Haut) in der Bildbearbeitung, ohne das Bild zu verfremden.

RGB-Werte
Eine Farbe mischt sich aus den Grundfarben aus Rot (R), Grün (G) und Blau (B). Die Menge der Farbanteile wird mit Werten zwischen 0 (kein Anteil) und 255 (100 % Anteil) beschrieben.

Schärfentiefe
Der Bereich im Bild, der scharf ist. Er hängt unter anderem von der verwendeten → *Brennweite* und der → *Blende* ab. Bei einer großen Schärfentiefe ist im Bild (fast) alles von einem nahen Objekt bis zu einem Objekt in der Ferne scharf abgebildet. Das gelingt leicht mit einem → *Weitwinkelobjektiv*

mit einer geschlossenen Blende (hohe Blendenzahl). Eine besonders geringe Schärfentiefe erreichst du mit einem → *Teleobjektiv* mit einer offenen Blende (niedrige Blendenzahl).

Schwenkdisplay
Das → *Display* deiner Kamera ist über eine Art Gelenk mit der Kamera verbunden, sodass du es herausklappen und neigen kannst. Das ist praktisch, wenn du größere Personen oder Gegenstände aus der → *Froschperspektive* fotografieren möchtest.

Sekundärfarben
Sekundärfarben entstehen beim Mischen von zwei Grund-(Primär-)Farben. Beim Licht sind das Cyan (Hellblau), Magenta (Pink) und Gelb, beim Malen hingegen Rot, Grün und Blau. Somit sind die Sekundärfarben vom Licht gleich den → *Primärfarben* von Gegenständen.

Selbstauslöser
Nutzt du den Selbstauslöser, löst deine Kamera zeitverzögert aus. So kannst du → *Verwackler* vermeiden, wenn du die Kamera zum Beispiel auf eine Bank legst, oder selbst mit auf das Bild kommen.

Selektivmessung
Für die Belichtungseinstellung wird nur ein kleiner Bereich, wie beispielsweise das Gesicht, im Bild genutzt.

Selfie
Ist ein Selbstporträt, für gewöhnlich mit dem Smartphone, aber natürlich auch mit jeder anderen Kamera.

Selfiestick
So nennt man eine Stange mit Halterung für dein Smartphone und einem → *Auslöser* – für bessere → *Selfies*.

Sensor
Der Sensor ist in der Kamera die → *Abbildungsebene*, auf der das Licht in elektrische Signale umgeformt wird. Er besteht aus vielen → *Bildpunkten*, die später dein Bild zusammensetzen.

Serienbild
Kannst du mit einem Daumenkino vergleichen. Du hältst den → *Auslöser* gedrückt, und deine Kamera macht ganz schnell hintereinander Fotos. So verpasst du bei einer schnellen Bewegung von deinem Motiv nicht den entscheidenden Moment, sondern suchst diesen später aus der Ansammlung von Fotos aus.

Speicherkarte
Auf dieser kleinen Karte in deinem Smartphone oder deiner Kamera werden die Bilder und Dateien gespeichert.

Spektralfarben
Das Licht setzt sich aus vielen Anteilen von Licht mit verschiedenen → *Wellenlängen* zusammen. Jede einzelne Wellenlänge hat eine bestimmte Farbe. Du siehst diese Farben im Regenbogen oder in einem → *Prisma*.

Spiegellose Kamera
Bei diesen → *Systemkameras* klappt kein Spiegel um. Die Lichtstrahlen werden direkt auf den → *Sensor* geleitet. Diese Kameras sind oft kleiner, verbrauchen aber mehr Strom.

Spiegelreflexkamera
Die Spiegelreflexkamera ist eine → *Systemkamera*, bei der das Licht über einen Spiegel zum → *Sucher* umgelenkt wird, der beim → *Auslösen* blitzartig umklappt, sodass das Licht auf den → *Sensor* fällt.

Spotmessung
Für die automatische Belichtungseinstellung wird nur ein ganz kleiner Punkt (Spot) genutzt.

Stativ
Deine Kamera wird mit drei Beinen stabilisiert, um → *Verwacklungen* zu vermeiden. Mit Selbstauslöser kannst du so auch mit auf das Bild.

Subtraktive Farbmischung
Mischst du mehrere Farben beim Malen, wird mit jeder Farbe ein Teil vom Licht »geschluckt« oder absorbiert. Somit wird die Mischfarbe immer dunkler. Du »subtrahierst« sozusagen die → *Wellenlängen* vom reflektierenden Licht.

Sucher
Im Sucher siehst du dein Motiv so, wie es auf dem → *Sensor* erscheint. Gewöhnlich ist es ein kleines Fenster an der oberen Kante der Kamera. Bei manchen Kameras übernimmt das → *Display* diese Funktion.

Systemkamera
Ist der Oberbegriff für → *Spiegellose* und → *Spiegelreflexkameras*. Bei beiden Kameratypen kannst du das → *Objektiv* wechseln und anderes Zubehör anschließen.

Teleobjektiv
→ *Objektiv* mit langer → *Brennweite*. So kannst du Motive in der Ferne groß abbilden.

Überbelichtung
Hat dein Motiv viele dunklen Flächen, versucht die Kamera, sie heller darzustellen. Der Hintergrund wird dann zu hell, er wird überbelichtet. Mit einer → *Belichtungskorrektur* kannst du eine Überbelichtung auch bewusst nutzen.

Unterbelichtung
Ist ein Großteil in deinem Bild hell, kann ein dunklerer Gegenstand zu dunkel erscheinen. Er wird unterbelichtet, da die Kamera die große Fläche für die Einstellung der Belichtung wählt. Auch dieser Effekt kann gewollt sein (→ *Belichtungskorrektur*).

Verschluss
Über den Verschluss wird die → *Belichtungszeit* gesteuert. Ist er geöffnet, treffen die Lichtstrahlen auf den → *Sensor*.

Verwackeln
Dein Bild wird unscharf, wenn die → *Belichtungszeit* zu lang ist und du die Kamera währenddessen bewegst. Das Pixel auf dem → *Sensor* soll beispielsweise 1 Sekunde lang das reflektierte Licht von einem Gegenstand aufnehmen. Bewegt sich der Gegenstand in dieser Zeit, sieht das Pixel bereits andere Farben und Helligkeiten.

Vogelperspektive
Wenn du dein Motiv von oben fotografierst, sodass du die Kamera nach unten neigst, nennt man das Vogelperspektive. Dafür reicht bereits eine leichte Neigung.

Vollautomatik
In diesem Modus wählt deine Kamera alle Einstellungen vollautomatisch.

Vollformat
siehe → *Kleinbild*

Wasserzeichen
Ist ein Kopierschutz von Fotos und wird vor allem bei Vorschaubildern eingesetzt. Fotografen nutzen ihr Logo oder ihren Namen auf dem Foto, damit keiner es ohne Erlaubnis für den Druck oder digital verwendet.

Weißabgleich
Je nach Lichtquelle, wirken die Farben deines Bildes unterschiedlich. Da deine Kamera nicht weiß, woher das Licht kommt, kannst du ihr das über die Einstellungen vorgeben oder bei der Bildbearbeitung eine ursprünglich weiße Fläche definieren, die zum Anpassen der Farben genutzt wird.

Weitwinkelobjektiv
Das ist ein → *Objektiv* mit einem sehr großen → *Betrachtungswinkel*. Du siehst auf dem Foto einen größeren Ausschnitt als mit den Augen.

Wellenlänge
Das Licht bewegt sich in Form von Wellen. Es setzt sich aus verschiedenen → *Spektralfarben* zusammen, die jede für sich eine eigene Wellenform von ganz kurz bis ganz lang hat. Die Wellenlänge bezeichnet den Weg über den »Wellenberg« und durch das »Wellental«, bis einmal die Form eines S abgefahren wurde.

Zeitautomatik
Auch → *Blendenvorwahl*. Gibst du deiner Kamera einen bestimmten Blendenwert vor, berechnet sie die → *Belichtungszeit* automatisch.

Zeitvorwahl/-priorität
siehe → *Blendenautomatik*

Zentralperspektive
Dein Motiv befindet sich in der Zentralperspektive auf Augenhöhe, sodass du weder nach oben noch nach unten schaust.

Zoomen
Zoomen ist die englische Bezeichnung für Vergrößern. Durch die Veränderung der → *Brennweite* des → *Objektivs* kannst du mehr aufs Bild bekommen (→ *Weitwinkelobjektiv*) oder ferne Dinge näher heranholen (→ *Teleobjektiv*).

Zoomhebel
In der Nähe des → *Auslösers* deiner Kompakt- oder Bridgekamera kannst du über einen Hebel die Vergrößerung deines Motivs einstellen.

Zoomobjektiv
Ein → *Objektiv*, bei dem du die → *Brennweite* verändern kannst, nennt man Zoomobjektiv. Das macht dich zum Beispiel im Urlaub flexibler.

Stichwortverzeichnis

D

E

F

G

H

I

J

K

L

M

N

O

P

Q

R

S